A Literatura da República Democrática Alemã

Coleção Estudos
Dirigida por J. Guinsburg

Equipe de realização – Edição de texto: Iracema A. Oliveira; Revisão: Lilian Miyok Kumai; Sobrecapa: Sergio Kon; Produção: Ricardo W. Neves e Raquel Fernande Abranches.

Ruth Röhl e
Bernhard J. Schwarz

A LITERATURA DA REPÚBLICA DEMOCRÁTICA ALEMÃ

Dados Internacionais de Catalogação na Publicação (CIP)
(Câmara Brasileira do Livro, SP, Brasil)

Röhl, Ruth
A Literatura da República Democrática Alemã / Ruth Röhl
e Bernhard J. Schwarz. – São Paulo : Perspectiva : Fapesp, 2006.
– (Coleção Estudos ; 236 / dirigida por J. Guinsburg)

Bibliografia
ISBN 85-273-0772-3

1. Literatura alemã – Alemanha Oriental 2. Literatura alemã
– História e crítica 3. República Democrática Alemã – História
I. Schwarz, Bernhard J. II. Guinsburg, J. III. Título. IV Série.

8246-8246   CDD-839.9

Índices para catálogo sistemático:
1. Literatura : República Democrática Alemã   839,9

Direitos reservados à
EDITORA PERSPECTIVA S.A.
Av. Brigadeiro Luís Antônio, 3025
01401-000 – São Paulo – SP – Brasil
Telefax: (0--11) 3885-8388
www.editoraperspectiva.com.br
2006

Sumário

Prefácio – *Bernhard J. Schwarz* XI

1. TRADIÇÃO E IDEOLOGIA 1
   *Cartas sobre a Interpretação Materialista
   da História* (Friedrich Engels) 11
2. A NORMA ESTÉTICA: O REALISMO SOCIALISTA 17
   Arte e Verdade Objetiva (Georg Lukács) 24
3. A DESMISTIFICAÇÃO DO NAZISMO........................ 33
   O Carro dos Judeus (Franz Fühmann) 39
4. A CONSTRUÇÃO DO SOCIALISMO......................... 47
   O Achatador de Salários (Heiner Müller). 55
5. O CAMINHO DE BITTERFELD............................ 61
   A Fábrica Abandonada (Wolfgang Hilbig). 67
6. A REVISÃO DA TRADIÇÃO.............................. 71
   O Suspeito (Jurek Becker). 82
7. RECEPÇÃO DO *STURM UND DRANG* E DO ROMANTISMO......... 89
   *Bem! Mas a Vida Seguinte Tem Início Hoje.
   (Uma Carta sobre a Bettine)* (Christa Wolf)........... 99
8. SOCIALISMO E SUBJETIVIDADE.......................... 103
   Moscas no Rosto (Thomas Brasch)................... 112

VIII   A LITERATURA DA REPÚBLICA DEMOCRÁTICA ALEMÃ

9. PÓS-MODERNIDADE E UTOPIA NA RDA. 121
   *Vida e Aventuras da Trovadora Beatriz segundo o
   Testemunho de Sua Menestrel Laura* (Irmtraud Morgner) . . 133

10. A ESTÉTICA DE HEINER MÜLLER 143
    Germânia 3. Fantasmas Junto ao Morto (Heiner Müller) . 152

11. DA DIALÉTICA AO DIÁLOGO: ESTAÇÕES DA LÍRICA na RDA
    – Ulrich Johannes Beil 159

12. TEXTOS APÓS 1989 NA ALEMANHA ORIENTAL. SOBRE RUPTURAS,
    TENSÕES E CONTINUIDADE *– Ilse Nagelschmidt* 179

Bibliografia 203

Agradecemos as sugestões valiosas de Ilse Nagelschmidt, livre-docente da Universidade de Leipzig, Alemanha.

Prefácio

A República Democrática Alemã (RDA), fundada em 1949, cinco meses após a fundação da República Federal Alemã (RFA), foi dirigida pelo SED, Partido Socialista Unitário da Alemanha e fez parte do bloco oriental, sob a hegemonia da União Soviética. A formação de um novo Estado foi aclamada com euforia por aqueles que, por mais de uma década, tinham sofrido com o terror nacional-socialista. Mas a Alemanha encontrava-se em um dilema que Brecht, ao retornar ao país, em 1948, compreendeu e descreveu de modo lúcido e visionário: "nada está resolvido quando tudo já está destruído". Brecht certamente refere-se à herança de 12 anos de fascismo, guerra e repressão à qualquer atitude democrática, e ao patrocínio da União Soviética, que dificilmente teria deixado desenvolver automaticamente um socialismo com acento democrático.

No processo de aumento da produção e sua racionalização na RDA, logo se criaram os primeiros confrontos entre as classes, recriando hierarquias antigas, contradizendo o conceito de um socialismo idealista. O desenvolvimento do Estado deu espaço a uma máquina poderosa e um rígido aparato administrativo de funcionários, que além de oprimir qualquer teoria ideal socialista, também reprimiu a esperança do povo. Dessas tensões e insatisfações resultou a insurreição popular de junho de 1953, de modo que o Estado só pode manter a sua existência ao construir o muro, sete anos mais tarde.

A queda do muro, em 1989, marcou o fim da RDA. E foi tão inesperado que provocou grande perplexidade, pois significou também o

XII   A LITERATURA DA REPÚBLICA DEMOCRÁTICA ALEMÃ

fim do "socialismo real" e exigiu uma reorientação de alguns artistas, escritores e ideólogos, para os quais a utopia havia perdido seu quadro externo."Meu país vai ao oeste. O que nunca tive, me foi tirado", assim se refere o renomado escritor Volker Braun, à perda da esperança de se realizar o socialismo real.

É preciso conhecer o contexto estético e histórico da fundação da República Democrática Alemã, em sua "hora primeira", para se compreender a sua literatura. Mesmo que se fale de um "começo", a literatura não cortara completamente os laços com o passado. As raízes da norma estética da RDA – o realismo socialista – remetem ao ano de 1932, a um encontro de Stálin e escritores da União Soviética na casa de Maxim Górki, com o intuito de discutir o conceito literário do país. O termo realismo socialista, aprovado no mesmo ano pelo Comitê Central do Partido Comunista, define um rumo estilístico da arte socialista, como diretiva para a arte e, particularmente, para a literatura e para todo o sistema socialista.

Seguiram-se campanhas que, nos anos seguintes, propagaram termos como partidarismo e patriotismo, a favor de uma literatura que deveria ter clareza e ser adequada às exigências das massas. Esses fatores progressivamente impediram uma livre criação artística, impossibilitando formas literárias como a sátira, as formas grotescas, e, de um modo geral, excluíram a literatura experimental e modernista. Por trás desses juízos estético-ideológicos age a teoria do "Reflexo Artístico da Realidade", de Georg Lukács (amplamente apresentada nesse trabalho), que postula a clareza e a não-ruptura ficcional como elementos decisivos para a recepção de textos.

No caso da RDA, pode-se dizer que o conceito do realismo socialista exigiu uma poética normativa sob o signo de critérios não estéticos, uma poética funcional, para auxiliar o Partido e, segundo Ulbricht, para aspirar a uma nova "cultura progressista".

A hegemonia desse conceito ideológico sobre o estético reflete-se já na primeira década. A primeira fase da produção literária, marcada pelos escritores socialistas vindos do exílio, como Bertolt Brecht, Anna Seghers e Johannes R. Becher, caracteriza-se por um confronto com o formalismo, e contra um tipo de literatura (por exemplo Joyce, Kafka ou Proust) vista como reflexo da decadência da burguesia ocidental. Inicialmente, um sentimento eufórico de um "novo começo" dominava entre esses escritores socialistas, que vieram à Alemanha Oriental para encontrar uma pátria, um lugar onde pudessem realizar um pouco daquilo pelo qual sempre lutaram – um país mais justo.

A Aliança da Cultura para a Renovação Democrática da Alemanha, um órgão cultural para a renovação da democracia alemã, fundado em 1945, era, a princípio, sinônimo de uma política cultural muito aberta e liberal. No entanto, com o começo da Guerra Fria, essa liberdade passou a ser gradualmente limitada.

PREFÁCIO   XIII

Os anos de 1945 a 1949 foram caracterizados por tendências de distanciamento da ideologia do fascismo, consistindo em reeducar o povo no sentido da democracia e do humanismo, sob a criação de uma frente popular antifascista, a Antifa. Como material educativo propagava-se o ideário humanista do classicismo alemão. A próxima fase, a partir da fundação da RDA, em 1949, já se caracteriza pela renúncia à política da Antifa, pela criação e organização do exército nacional e por um planejamento organizado da construção do socialismo, para o qual a literatura recebeu a função subordinada de servir. Em relação aos escritores, isso significou um afastamento dos experimentos modernistas e formalistas e a criação de figuras de identificação, como a do herói proletário, dentro do conceito do realismo socialista. Essa tendência na política intensificou-se de modo ainda mais rígido a partir de uma conferência em Bitterfeld (O Caminho de Bitterfeld),em 1959, na qual se postulou aos escritores participarem na produção e na vida prática, inclusive nas fábricas, com o fim de aproximar a literatura ao cotidiano.

A partir de 1961, entra em vigor uma nova fase do desenvolvimento do Estado, uma vez que a construção socialista já se considerava terminada. À literatura se deu, então, a nova tarefa de dedicar-se à vida cotidiana. A assim chamada "literatura da chegada" proclama a exigência de heróis conscientes, de protagonistas que, através da superação dos obstáculos cotidianos, chegam à consciência socialista. Como exemplos importantes podem-se citar os romances de Brigitte Reimann, *Chegada ao Cotidiano* (1961), de Erwin Strittmatter, *Ole o Bienkopp* (1963), ou os dois romances de Christa Wolf, *O Céu Dividido* (1963) e *Refletir sobre Christa T.* (1968). A partir do VIII Congresso do Partido, proclama-se a sociedade socialista como desenvolvida. O presidente Ulbricht é substituído por Erich Honecker. Segue-se, então, uma correção do curso rígido de Ulbricht, a favor de uma proposta de maior autonomia e responsabilidade própria no processo de trabalho, como também a promessa de remover tabus na literatura. Esse fato, inicialmente, foi recebido de modo positivo entre os artistas, e, a partir de então, a literatura passou a enfocar o indivíduo, o que permitiu também incluir fortes críticas ao sistema. Alguns exemplos são as narrativas de Volker Braun, *Estória Inacabada* (1975), e de Reiner Kunze, *Os Anos Maravilhosos* (1976).

Em 1976, o governo decidiu expatriar o escritor Wolf Biermann, fato que é considerado por muitos o começo do fim da RDA. Esse ato polêmico provocou fortes críticas por parte dos artistas. Como resultado houve uma série de demissões do Partido e da Associação dos Escritores. Em conseqüência, começou o êxodo de muitos artistas rumo ao ocidente, entre estes estavam Jurek Becker, Erich Loest, a cantora Nina Hagen e o ator Müller-Stahl. Muitos outros, no entanto, ficaram no país, divididos entre crítica e solidariedade, tais como Ulrich

XIV   A LITERATURA DA REPÚBLICA DEMOCRÁTICA ALEMÃ

Plenzdorf, Volker Braun e Christa Wolf. Esta última declara em uma entrevista em 2005: "Uma utopia pode ter um efeito muito prolongado dentro das pessoas".

Da RDA resta um grande legado na literatura, que ainda espera ser pesquisado.

NOTA FINAL

A professora Ruth Oliveira Röhl trabalhou intensivamente neste projeto durante mais de dois anos. Este livro, de certo modo, é um resumo de toda a sua pesquisa referente à literatura da RDA, que foi interrompida por uma doença fatal, que a impediu de terminar e publicar a herança de seu conhecimento.

Com apoio da família e de Jandira, sua dedicada enfermeira, empenhei-me em terminá-lo e devo dizer que isso me honra muito, pelo meu grande respeito a Ruth, ao seu conhecimento e ao seu profissionalismo. Em matéria de literatura alemã, esta pesquisa é inédita no Brasil.

Agradeço aos professores Ilse Nagelschmitt e Ulrich Beil que contribuíram de forma crucial para possibilitar a publicação desse livro. Gostaria também de agradecer sobretudo a Jandira pela ajuda, sem cujo empenho e paixão pela pessoa de Ruth, este livro nunca teria visto a luz do dia e a Luciene, que me auxiliou na tarefa de encontrar material e manuscritos.

E finalmente agradeço a Marina, primeira netinha da Prof. Ruth, e sua maior alegria em seus últimos quatro meses de vida.

Bernhard J. Schwarz

1. Tradição e Ideologia

É instigante falar sobre uma literatura aparentemente jovem e de vida breve – quatro décadas – como a da RDA. Sua "hora primeira", denominação usada pelos críticos literários de lá, em lugar da conhecida "hora zero" da literatura da Alemanha Ocidental, conota-lhe um futuro promissor quando o país ainda é zona de ocupação soviética – a República Democrática Alemã só é criada em outubro de 1949, quatro anos depois do fim da Segunda Guerra Mundial. No sentido mais restrito, pode-se dizer que só existe um público especificamente alemão oriental a partir de fins dos anos sessenta, início dos anos setenta. É também só nessa época que a literatura da RDA obteve real ressonância na República Federal da Alemanha, um efeito provável da revolta estudantil de 1968 e da crítica neomarxista da RFA, ligada à Escola de Frankfurt, a Horkheimer, Adorno, Marcuse e Benjamin. E foi somente nos últimos vinte anos que ela se tornou popular. Uma disciplina que verse especificamente sobre a literatura da RDA só foi criada, na Universidade Humboldt – Berlim Oriental –, em 1972.

Além das diferenças econômicas e políticas – plano Marshall e capitalismo na RFA, indenizações de guerra à Rússia e socialismo na RDA –, os dois Estados alemães partiram, no que tange à literatura, de um ponto de vista totalmente diferente. Na Alemanha Ocidental, dominava tanto o ceticismo quanto as ideologias. Os poetas tateavam em busca de palavras que não fossem manchadas pela ideologia nazista. Como fazer poesia depois de Auschwitz? É essa "hora zero", esse inventário de objetos básicos, que se lê no poema de Günter Eich (1907-1972):

A LITERATURA DA REPÚBLICA DEMOCRÁTICA ALEMÃ

INVENTÁRIO

Este é meu gorro,
este é meu casaco,
eis as coisas de barbear
na bolsa de linho.

Lata de conservas:
meu prato, meu copo,
na Folha de Flandres
o nome eu risquei.

Riscado aí fica
com este prego precioso
que protejo de
olhos cobiçosos.

Na sacola de pão ficam
um par de meias de lã
e alguma coisa que
não revelo a ninguém,

ela faz de travesseiro
para esta cabeça, à noite.
Este papelão aqui jaz
entre mim e a terra.

A carga do lápis
é que mais amo:
de dia ela me escreve versos
que à noite eu concebi.

Este é meu livro de notas,
esta é minha lona,
esta é minha toalha,
esta é minha linha[1].

> (Trad. Ruth Röhl)

Bem diferente é o tom de Johannes R. Becher (1891-1958), fundador do periódico *Sinn und Form* e autor da letra do hino nacional da RDA. O poema "Canto da Nova Terra" testemunha o espírito da nova classicidade socialista, então dominante na RDA:

CANTO DA NOVA TERRA

Quando um dia, dos casebres seus,
Saíram os campônios, se uniram,
Do castelo o umbral eles violaram,
Esplendeu também festiva a terra.

1. G. Eich, Inventur, *Ausgewählte Gedichte*, p. 25.

E a terra também renasceu,
Quando livre de senhores, nela
Passaram as filas dos tratores
E o antiquíssimo solo araram.

Como se também cantasse a terra
Quando um dia, livre dos senhores,
Toda aldeia a seara foi colher
E à fecundidade um hino entoou:

Senhor nenhum se assenhoreia e não mais servem servos,
Quem ora manda é a livre raça humana[2].

(Trad. Ruth Röhl e Antonio Medina Rodrigues)

A ideologia serve, pois, de divisor de águas entre as literaturas dos dois Estados alemães. A tradição político-cultural da RDA obviamente tem suas raízes nos clássicos marxistas, em Marx e Engels. Fundamental é o pensamento de Marx de que o homem tem sua consciência determinada por seu ser social, e de que a classe que detém o poder econômico é também responsável pela ideologia vigente. Engels, por sua vez, é muito citado na germanística da RDA, devido, principalmente, a três cartas que escreveu no período de 1885 a 1894, nas quais se mostra a favor de um realismo indireto na literatura. Foi, contudo, Lenin quem colocou as bases para uma ciência literária de ideologia marxista, defendendo a teoria da representação imagética da realidade, bem como a necessidade de uma literatura partidária e de uma assimilação crítica da herança cultural.

O trabalho ideológico é fundamental para a atividade revolucionária marxista. O marxismo entende ideologia como o sistema de idéias sociais, políticas, jurídicas, filosóficas, morais, artísticas etc. que, determinadas pelas condições da sociedade, principalmente pelas condições de produção, expressam interesses de classe. A ideologia possui, portanto, caráter de classe. Segundo Marx, a ideologia da classe operária é, diferentemente de todas as outras ideologias, fundamentada cientificamente, abertamente partidária e uma diretriz para a práxis revolucionária. Ela coloca em forma científica a tarefa histórica da classe dos trabalhadores: eliminar a sociedade capitalista e, com ela, a sociedade antagonista de classes, e fundar o socialismo e o comunismo, isto é, a sociedade sem classes.

A literatura da RDA ancora sua tradição na história, que se diferencia da história da natureza por ser feita pelo homem: ela não é produto de forças superiores, não é dirigida por um ser superior nem personifica uma idéia absoluta. Segundo Marx e Engels, com o afastamento da formação social capitalista e construção da estrutura comunista, "se

2. J. R. Becher, Lied der neuen Erde, *Gesammelte Werke*, p. 54.

4 A LITERATURA DA REPÚBLICA DEMOCRÁTICA ALEMÃ

encerra a pré-história da sociedade humana". É o "salto da humanidade, do reino da necessidade para o reino da liberdade". A história privilegiada não é a oficial, escrita pelos vencedores, mas a dos oprimidos, dos heróis sem nome: "A tradição de todas as gerações mortas oprime como um pesadelo o cérebro dos vivos", escreve Marx no *18 Brumário de Luís Bonaparte*. Anna Seghers (1900-1983), na narrativa "A Luz sobre a Forca" (Das Licht auf dem Galgen – 1961), que relata o levante escravo ocorrido na Jamaica após a tomada da Bastilha, interpreta o facho de luz resplandecente sobre o corpo de Sasportas, jovem idealista que dá a sua vida pela revolução:

> Agora sei também o que ele queria dizer com a luz. Ela não brilha apenas sobre a vida de Sasportas, ela brilha sobre todos com quem Sasportas se relacionou, caso contrário eles teriam desaparecido sem deixar vestígios, em alguma água profunda ou em uma selva; seus nomes não estão em livro algum, nem em nenhum monumento, talvez nem mesmo tivessem nomes[3].

A narrativa, o registro do trabalho de memória, possibilita, na visão marxista de Seghers, o resgate do oprimido, dos heróis sem face desprezados pela história oficial.

Como se vê acima, a RDA faz sua a tradição das revoluções, das lutas de classe: a Guerra dos Camponeses alemães (1524-1526), a sublevação dos tecelões da Silésia (1844), a revolução de 1848/1849 e a de 1918/1919, a história do movimento dos trabalhadores e a luta antifascista. Exemplo disso, na literatura, são as obras escritas por volta de 1950 sobre a Guerra dos Camponeses e o papel nela desempenhado por Thomas Müntzer, o reformador anabatista que apoiou os camponeses, o "teólogo da revolução", segundo Ernst Bloch. Em 1525, na localidade de Frankenhausen, Müntzer foi capturado, torturado e executado.

Em 1950, no III Encontro do Partido, Wilhelm Pieck opina que a história da Alemanha "é rica em movimentos revolucionários, cujo estudo é menosprezado por nós". As medidas ditadas pela política cultural para sanar essa falta vão desde a fundação de institutos e museus de história alemã até a celebração de festivais (por exemplo, a Semana de Thomas Müntzer em Mühlhausen, a Festa de Thomas Müntzer em Stolberg e os Festivais de Thomas Müntzer em Allstedt e Meissen) e séries de selos, "Patriotas Alemães", em 1953. Obviamente a literatura estava incluída nessa assimilação crítica da tradição histórica: em 1949, as obras beletrísticas com tema histórico correspondiam a 2,5% das publicações, em 1953 a 20% e, em 1957, a 25%. Essa era a forma, para Ulbricht, de combater "os esforços dos ocupantes americanos, de levar ao esquecimento as grandes realizações de nosso povo". Acompanhando

---

3. A. Seghers, Das Licht auf dem Galgen, *Ausgewählte Erzählungen*, p. 287.

TRADIÇÃO E IDEOLOGIA

essa reação, são criadas em 1951, para controle da produção artística em geral, a Repartição para Assuntos Literários e Editoriais (Amt für Literatur und Verlagswesen) e a Comissão Estatal para Assuntos Referentes às Artes (Staatliche Kommission für Kunstangelegenheiten). Em 1948, Alexander Abusch, ministro da Cultura da RDA após Becher, tece a seguinte relação entre passado e presente: "Cada romance que configura efetivamente a Guerra dos Camponeses torna claro o sentido da reforma agrária de hoje". No outono de 1948, Günther Weisenborn (1902-1969) escreve uma peça sobre esse tema, de título *Balada de Eulenspiegel, de Federle e da Gorda Pompanne*, apresentada no teatro com prólogo, coros e segundo farsas antigas. Juntamente com Brecht (1898-1956), que se encontrava ainda em Zurique, transforma a peça em projeto para um filme que oferece à Defa. A peça, politicamente inexpressiva, teve dezessete encenações na RDA, e o filme nunca foi rodado. Em 1951/1952, Hanns Eisler elabora um libreto para a ópera *Johann Faustus* que, com exceção de algumas canções, nunca foi composta, mas que suscitou na época uma polêmica de grande importância. Em 1953, Friedrich Wolf (1888-1953) escreve o drama *Thomas Müntzer*.

Johann Faustus, de Eisler, só foi encenado na RDA em 1982, no Berliner Ensemble. Em São Paulo foi objeto de leituras cênicas, realizadas pela Companhia do Latão num *work in progress* de setembro a dezembro de 1999, sob a direção de Sérgio de Carvalho e Márcio Marciano. A tradução é de Irene Aron.

João Fausto, filho de camponês e residente em Wittenberg, é um estudioso com quatro títulos de doutor. De confissão luterana, deixa-se convencer pela causa dos camponeses, por meio dos escritos de Thomas Müntzer. Contudo, não tem coragem de assumir a luta revolucionária e suas conseqüências, o que o leva a crises de consciência:

FAUSTO – Há algo que me consome, deixa-me inquieto, tira-me o sono.
MEFISTO – Vamos lá, diz, Fausto!
FAUSTO – A guerra!
MEFISTO – Qual delas? Existem muitas e bem diferentes.
FAUSTO – Aquela dos camponeses. Mantive-me à margem.
MEFISTO – Uma atitude certa de tua parte! E o que mais?
FAUSTO – Sou filho de um camponês[4].

– e à perdição eterna:

O sino da igreja bate às onze.
UMA VOZ – Fauste! Prepare-te!
FAUSTO – Preparar-me? Não posso! Timor mortis perturbat me! (*Rapidamente*).
Os camponeses dizem que quem arrancar o coração de um homem honrado e colocá-lo dentro do peito poderá resistir à condenação eterna. Neste cemitério jaz meu pai. Vou

4. H. Eisler, *Johann Faustus*, 1º ato, cena 6, p. 53.

6 A LITERATURA DA REPÚBLICA DEMOCRÁTICA ALEMÃ

arrancar-lhe o coração e colocá-lo em meu peito – (*Revolve o túmulo de seu pai*). Ah, também o coração de um homem honrado se transforma em pó.

A voz – Fauste in aeternum damnatus est.

Fausto – Agora chegou o fim! (*As últimas palavras de Fausto*.) Homens, vós que vivereis depois de mim, lembrai-vos de Fausto e de sua severa pena, que veio devagarinho, porém, para ele foi terrível.

O sino da torre começa a soar às doze badaladas[5].

Sua confissão é alvo de uma seqüência de trinta e cinco quadras, pronunciadas após ter recebido um colar de honra dos nobres que aniquilaram Thomas Müntzer, bem como o chapéu de doutor *honoris causa* da Universidade de Leipzig e o abraço de Martinho Lutero. Algumas delas explicitam a sua culpa:

"O bando de aproveitadores,
De ladrões e pilhadores",
Foi o que Müntzer escreveu,
"São os nossos governadores".

"Por isso tendes que ousar,
Com toda força batalhar,
Por isso lançai mão de tudo;
O mundo não precisa de graúdos".

Em Altstedt os campônios começaram,
E palácios e capelas pilharam.
Müntzer observou tudo
E não impediu os miúdos.

Nessa hora me assustei,
E para trás retornei,
Para Lutero voltei,
E o seis por meia dúzia troquei[6].
[...]
Agora só me resta a desgraça,
E é assim que a história se passa,
A quem a coragem falta,
E a hombridade escapa[7].

Thomas Müntzer não aparece como personagem, é apenas mencionado e suas palavras, citadas. Mas os camponeses se acham representados na figura de Carlos, um camponês inválido após tortura, sempre acompanhado por um menino. Sua fala traduz esperança:

Fausto – Lutero tinha razão: não devíamos ter pegado em armas.

Carlos – Cala a boca! Agimos mal, não estávamos unidos. Também houve muita traição e covardia.

5. Idem, 3º ato, cena 7, p. 141.
6. Idem, 3º ato, cena 5, p. 128.
7. Idem, 3º ato, cena 5, p. 133.

TRADIÇÃO E IDEOLOGIA

Fausto faz silêncio.

CARLOS (*baixinho*) – João, só algum idiota acredita que estamos liqüidados. Digo-e, nosso dia chegará tão certo quanto o amém ao fim da reza.

FAUSTO – Mas quando?

CARLOS – O espírito não se abateu.

FAUSTO – E o corpo?

Carlos faz silêncio.

FAUSTO – Carlos, nunca me opus ao teu Müntzer, gostava de lê-lo, mas brigar com os senhores poderosos foi uma estupidez.

CARLOS – O teu Lutero foi o culpado de tudo, incitou aquele sanguinário do Mansfeld contra nós, o cachorro!

FAUSTO – E agora, depois de todo o sangue e desgraça?

Carlos silencia[8].

E o libreto se encerra com o camponês Carlos e o menino atravessando o palco, e com a fala do menino que termina com a exortação 'Acordai!":

Meirinho enxota o camponês inválido
Carlos com seu menino pelo palco.

1º CIDADÃO (*observando Carlos*) – Um dos bandidos do bando de Müntzer.

2º CIDADÃO – Deram-lhe uma boa surra.

1º CIDADÃO – Mal consegue andar!

2º CIDADÃO – Osso duro de roer!

MENINO – Por campos secos eu andava,/ E uma voz ouvi que cantava,/ Parecia uma voz maviosa:/

"Vem, lindo dia;/ Vá, madrugada sombria!/ Paz e alegria/ E fraternidade, acordai!"[9].

O prólogo mostra o inferno como um sindicato de venda de almas, organizado segundo as leis do *big business*. Mefistófeles é, na leitura marxista, um agente do capital; Eisler concretiza o pacto com o demônio como aliança com o capital, direcionando o efeito do texto para o que chama de sua "moralidade": "Quem se posiciona contra o seu povo, contra o movimento de seu povo, contra a revolução, quem a trai, fazendo um pacto com os senhores, é levado pelo diabo".

O debate sobre o *Fausto* teve lugar em maio e junho de 1953. Participaram dele, entre outros, Johannes R. Becher, Bertolt Brecht, Alexander Abusch e o próprio Eisler. Decisivo para a controvérsia foi menos o texto de Eisler do que o artigo publicado por Ernst Fischer, o qual elogiava a combinação, estabelecida por Eisler, entre a maior saga da Renascença alemã e o acontecimento mais importante da história alemã do século XVI, reproduzindo "uma figura central da miséria alemã", "o humanista alemão como renegado". Fischer tocou num problema central da preocupação de então: a "miséria alemã" (*deutsche Misere*), ou seja, o fato da história alemã, desde o século XVI, ter-se

8. Idem, 1º ato, cena 2, p. 30.
9. Idem, 3º ato, cena 7, p. 143.

8 A LITERATURA DA REPÚBLICA DEMOCRÁTICA ALEMÃ

caracterizado por derrotas após levantes revolucionários (1525, 1813 1848, 1918), pela tomada do poder pelo fascismo, em 1933, e pelo fato de o povo alemão não ter se libertado sozinho. O conceito é de Engels, empregado em relação à Guerra dos Camponeses e à evolução política da Alemanha até meados do século XIX, sendo muito citado pela esquerda marxista. A miséria alemã estava agora sendo relacionada com o fracasso da *intelligentsia* em momentos decisivos da história, o que desagradava à política cultural da RDA, que via o classicismo alemão como modelo para uma literatura socialista e se vangloriava pelo fato de o povo alemão ter dado ao mundo obras-primas humanísticas, bem como os fundadores do socialismo científico.

Eisler refutou a acusação, afirmando não ter escrito uma obra histórico-filosófica. Brecht argumentou em sua defesa: "Num momento histórico em que a burguesia alemã novamente instiga a inteligência à traição, Eisler lhe segura um espelho: possa cada um reconhecer-se nele ou não!". O fato é que Eisler desistiu de compor a música para a ópera, e a polêmica é hoje considerada uma das controvérsias mais importantes da estética marxista, "uma discussão eminentemente política, desenrolada no terreno da arte"[10].

A introdução, no drama de Fausto, da figura de Hanswurst / João Salsicha, de um elemento cômico-popular, não foi valorizada na época. No entanto, foi justamente essa personagem que chamou a atenção de Eisler no *Fausto* do teatro de marionetes. Além disso, Eisler pretendia compor uma ópera com cerca de vinte números musicais e grande variedade de elementos teatrais, próximos da tradição da ópera *buffa* e da ópera popular. Foi nessa linha de carnavalização bakhtiniana que o libreto foi encenado na Alemanha Ocidental, em Tübingen e em Berlim, nos anos de 1970.

Brecht também é da opinião de que as obras significativas surgem em épocas de luta. Para ele, a herança literária é essencialmente marcada por sua contribuição à práxis da liberdade, à qual a produção literária do presente deve dar continuidade. Esse critério parece válido também para a crítica literária da RDA. Em seu livro *Erbe und Tradition in der Literatur* (Herança e Tradição na Literatura), publicado em 1977, Hans-Dietrich Dahnke mostra o trajeto do mito de Prometeu, de Hesíodo e Ésquilo na Grécia antiga, até a RDA dos anos de 1960 e 1970, no qual esse mito é reelaborado por autores como Georg Maurer (1907-1971), Volker Braun (1939-), Heiner Müller (1929-1995) e Franz Fühmann (1922-1984), justificando sua fertilidade exatamente por seu poder de antecipar e/ou dar voz a processos libertários.

É a partir dessa função social da obra literária que se pode compreender melhor o tratamento dado à tradição na RDA, em seus primei-

---

10. I. Münz-Koenen, *Johann Faustus* – Ein Werk, das Fragment blieb, und eine Debatte, die Legende wurde, *Werke und Wirkungen. DDR-Literatur in der Diskussion.*

ros quinze anos de vida. Principalmente nessa fase de alicerçamento do regime socialista, a herança literária é utilizada pela política cultural do país estritamente na formação e desenvolvimento da consciência do povo. Ela é posta, portanto, a serviço do desenvolvimento social e, sobretudo, econômico. É essa função social que salta à vista mesmo na definição formulada por Wolfgang Heise em 1974, quando a RDA já havia superado a fase mais difícil e se mostrava mais liberal: "Entendemos, portanto, como nossa herança literária aquelas obras e valores do passado que, no contexto de vida de nossa sociedade, vêm a ter uma função viva, que são usadas em um sistema de comunicações estéticas determinado, em primeira instância, pelas condições socialistas".

A sociedade socialista estabelece, portanto, vínculos com a herança segundo suas necessidades e posições ideológicas e tendo em vista o valor de uso dessa herança para a práxis social.

Assim, comparando-se a postura literária nas duas Alemanhas após a Segunda Guerra Mundial, no que diz respeito à tradição, verifica-se uma retomada da modernidade, na RFA, e uma ligação à luta antifascista a partir de 1933 e aos movimentos de luta nacional e de classe, na RDA. Nessa tradição chamada "progressista", da qual a RDA se via como sua herdeira legítima, figuravam, ao lado dos clássicos de Weimar e Jena, autores do iluminismo tardio, da Jovem Alemanha e do "Vormärz" (literatura engajada que precede a revolução de março de 1848), a literatura do início do socialismo (o realismo e o naturalismo), autores de esquerda da República de Weimar e os antifascistas do exílio. Como se pode ver, a meta visada não era apenas uma socialização da tradição, mas – e principalmente – relacionar esta com a luta de classe, o que explica o peso dado à linha revolucionária, à tradição da revolução.

A conseqüência prática se fez visível notadamente nos programas teatrais e nos currículos escolares. A peça mais levada no pós-guerra foi *Natã, o Sábio*, de Lessing, seguida por *Ifigênia* e *Egmont* de Goethe, e *Guilherme Tell* de Schiller. Também o realista Friedrich Hebbel e o naturalista Gerhart Hauptmann foram privilegiados. A peça *Em Frente da Porta, do Lado de Fora*, de Wolfgang Borchert, não foi incluída no repertório teatral por ser vista como apologética da burguesia. De Brecht foram encenadas, logo depois da guerra (em 1946 e 1948, respectivamente), duas peças por ele já liberadas para a Alemanha: *Os Fuzis da Senhora Carrar* e *Terror e Miséria no Terceiro Reich*. Em 1949, já então em Berlim Oriental, Brecht dirigiu *Mãe Coragem*, mas a crítica oficial não entendeu o final da peça, o fato de Anna Fierling, apesar de suas grandes perdas, ter continuado a seguir as tropas, buscando lucrar com a guerra. Aos olhos da crítica oficial, Brecht estava pregando a capitulação ante o capitalismo, o que já o fazia representante da literatura decadente anti-realista. Incidentes como esse foram freqüentes na vida teatral de Brecht, mas não constituíram obstáculo à sua recepção pelas gerações mais jovens.

10 A LITERATURA DA REPÚBLICA DEMOCRÁTICA ALEMÃ

A aula de literatura, por sua vez, devia transmitir a nova imagem do homem – antifascista, socialista – e educar para a ação partidária por meio da identificação com o herói exemplar. Ao lado da nova literatura socialista – Gorki, Anna Seghers, Willi Bredel (1901-1964) – valorizava-se, por exemplo, a obra de Lessing, de Goethe e Schiller, de Heine, de Gottfried Keller e de Heinrich Mann. As obras de Heine e Goethe foram reeditadas, instituíram-se festivais da herança clássica e anos comemorativos: em 1949, de Goethe; em 1950, de Bach; em 1952, de Beethoven; em 1955, de Schiller, e assim por diante.

Infelizmente logo se formou, na RDA, uma crítica de consciência monológica, exposta ao perigo do autoritarismo e da petrificação. Para se ter uma idéia dessa crítica oficial, pode-se citar a conferência proferida por Alexander Abusch em 1949, ano comemorativo de Goethe, numa sessão da diretoria do partido SED (Partido Socialista Unificado da Alemanha), intitulada *O Humanismo de Goethe e a Classe dos Trabalhadores*. Início e fim do discurso filiam o posicionamento da RDA, quanto à herança cultural, ao contexto socialista, citando, de um lado, o comportamento exemplar de Marx e Engels em relação aos poetas e pensadores do idealismo alemão, interlocutores constantes em seu diálogo crítico com a tradição, e, de outro, colocando o legado de Goethe – "Nobre seja o homem, prestativo e bom" – nas mãos dos trabalhadores, os construtores do mundo socialista. No corpo do discurso, Abusch se contrapõe à recepção capitalista da herança cultural humanística: no trajeto histórico que vai desde o abandono de sua própria revolução democrática, em 1848, até a ditadura de Hitler, a burguesia alemã teria mutilado e falsificado a herança dos grandes clássicos alemães; o percurso do capitalismo alemão até o fascismo reflete-se na descida das alturas do humanismo goethiano em direção ao pessimismo, ao aristocracismo espiritual e ao desprezo pelas massas, personificados em Nietzsche, que se imaginava "além do bem e do mal". E a concepção de arte de Goethe, que se reduz à objetividade, encontra-se resumida nas palavras: "Na superação do subjetivismo desmedido, através de ascensão à altura da objetividade geral, via Goethe a lei decisiva da criação artística".

De 1949, data da conferência de Abusch, aos anos de 1980, quando Heiner Müller relaciona o pensamento aforístico, "nomádico" de Nietzsche à exploração de espaços livres, enriquecendo com seu "gesto" filosofal a sua poética, a produção literária da RDA percorreu um longo caminho. Na última década de vida da RDA, já se encontram obras críticas que investigam o destino de livros – recepção, valoração e revalorização – na sociedade e no transcorrer de sua história. A conclusão a que se chega, como pretendemos mostrar ao longo deste estudo, é que a história da literatura da RDA é uma história de lutas e também um processo de aprendizagem.

CARTAS SOBRE A INTERPRETAÇÃO MATERIALISTA DA HISTÓRIA

Friedrich Engels

I. Engels para J. Bloch

Londres, 21/22 de setembro de 1890.

[...] Segundo o conceito materialista de história, o momento decisivo na história é, em última instância, a produção e reprodução da vida real. Mas, nem Marx nem eu jamais afirmamos. Agora, quando alguém deturpa isso, dizendo que o momento econômico é o único decisivo, ele transforma aquela proposição numa frase vazia de sentido, abstrata, absurda. A situação econômica é a base, mas os diferentes momentos da superestrutura – formas políticas da luta de classes e seus resultados; constituições, definidas pela classe vencedora após batalha ganha etc.; formas jurídicas e até mesmo os reflexos de todas essas lutas reais na mente dos participantes, teorias políticas, jurídicas, filosóficas, convicções religiosas e sua evolução ulterior em sistemas de dogmas – também exercem influência sobre o curso das lutas históricas e, em muitos casos, determinam de modo preponderante sua forma. É uma ação recíproca de todos esses momentos, na qual, por fim, o movimento econômico se impõe como necessário, em meio à quantidade infinita de casualidades (ou seja, de coisas e acontecimentos cuja conexão interna é tão distante ou tão incomprovável, que podemos negligenciá-la como não-existente). Caso contrário, a aplicação da teoria a um período histórico qualquer seria mais fácil do que a solução de uma equação de primeiro grau.

Em primeiro lugar, nós mesmos fazemos nossa história, mas sob pressupostos e condições bem determinados. Dentre eles, os econômicos são os finalmente decisivos. Mas também os políticos etc., e mesmo a tradição fantasmagórica nas cabeças das pessoas desempenham um papel, se bem que não o decisivo. O Estado prussiano também surgiu e se desenvolveu por razões históricas, em última instância econômicas. Dificilmente pode-se, no entanto, afirmar sem pedantismo que dentre os muitos pequenos Estados do norte da Alemanha justamente Brandenburgo, por sua necessidade econômica e não também por outros momentos (principalmente seu enredamento com a Polônia, através da posse da Prússia e, conseqüentemente, com relações políticas internacionais – que aliás também são decisivas na formação do poder da Casa da Áustria) tenha sido determinado a se tornar a potência, na qual se encarnaria a diferença econômica, lingüística e, desde a reforma, também religiosa entre o norte e o sul.

12 A LITERATURA DA REPÚBLICA DEMOCRÁTICA ALEMÃ

Dificilmente será possível explicar economicamente, sem se tornar ridículo, a existência de cada pequeno Estado alemão do passado e do presente ou a origem da mutação fonética do alto-alemão, que ampliou a parede divisória geográfica, formada pelas montanhas dos Sudetos até o Tauno, numa fenda formal através da Alemanha.

Em segundo lugar, no entanto, a história se faz de tal modo que o resultado final sempre provém dos conflitos de muitas vontades isoladas, sendo que cada uma novamente se torna o que é por meio de numerosas condições de vida especiais; são, portanto, inúmeras forças que se entrecruzam, um grupo infinito de paralelogramos de força, de onde sai uma resultante – o resultado histórico –, que de novo pode, ela mesma, ser vista como o produto de um poder que, como um todo, atua inconsciente *e* involuntariamente. *Pois o que cada um quer é impedido por todos os outros, e o que resulta é algo que ninguém queria. Assim, a história rotineira caminha à maneira de um processo natural, submetendo-se essencialmente, ainda, às mesmas leis de movimento. Contudo, mesmo pelo fato de as vontades isoladas – das quais cada uma quer aquilo para o qual impelem sua constituição física e circunstâncias externas, em última instância econômicas (ou suas próprias pessoais ou sociais comuns) – não alcançarem o que desejam, e sim se fundirem numa média final, numa resultante comum, não se deve concluir que elas devam ser igual a zero. Pelo contrário, cada uma contribui para a resultante e está, assim, implícita nela.*

Além disso, gostaria de pedir-lhe que estudasse esta teoria em suas fontes originais e não em segunda mão, na verdade é muito mais fácil. Marx dificilmente escreveu algo onde ela não desempenhasse um papel. Mas especialmente o 18 Brumário de Luís Bonaparte *é um exemplo excelente de sua aplicação. Da mesma forma, no* Capital *há muitas referências. Depois, se me permite, gostaria de remetê-lo a meus escritos, "A Revolução da Ciência Feita pelo Senhor Eugen Dühring" e "Ludwig Feuerbach e o Fim da Filosofia Clássica Alemã", onde fiz a exposição mais minuciosa que existe, no meu conhecimento, sobre o materialismo histórico.*

Pelo fato de os mais jovens, às vezes, darem mais ênfase do que convém ao aspecto econômico, o próprio Marx e eu somos em parte culpados. Tínhamos de acentuar, face aos opositores, o princípio básico negado por eles, não restando muito tempo, nem lugar ou oportunidade para fazer justiça aos outros momentos que participam na ação recíproca. Mas logo que se tratava de exposição de um período histórico, portanto, de aplicação prática, a coisa era outra, e aí não era permitido erro. Infelizmente, com demasiada freqüência, achamos que compreendemos uma teoria nova perfeitamente e podemos lidar com ela sem mais problemas, assim que assimilamos seus teoremas principais, e isso também nem sempre corretamente. E essa

TRADIÇÃO E IDEOLOGIA

ensura não posso poupar a muitos dos mais recentes "marxistas", e, o entanto, também se fez muita coisa admirável [...][11]

I. Engels para C. Schmidt

Londres, 27 de outubro de 1890.

[...] A questão (o materialismo histórico) é captada mais facilmente do ponto de vista da distribuição do trabalho. A sociedade produz certas funções comuns, sem as quais ela não pode passar. As pessoas nomeadas para isso formam um novo ramo da divisão do trabalho dentro da sociedade. Com isso elas mantêm interesses especiais também em relação a seus mandatários, elas se emancipam junto a eles, e - lá está o Estado. E então se passa de forma semelhante ao comércio de mercadorias e, mais tarde, ao comércio de dinheiro: embora o novo poder autônomo tenha de seguir, em geral, o movimento da produção, por sua vez ele também reage, graças à relativa autonomia que lhe é intrínseca, ou seja, que um dia lhe foi conferida e continuou a se desenvolver pouco a pouco, às condições e ao andamento da produção. É ação recíproca de duas forças desiguais, de um lado o movimento econômico, de outro o novo poder político, aspirando ao máximo possível de autonomia e, já que uma vez mobilizado, também dotado de movimento próprio; em geral, o movimento econômico se impõe, mas também tem de sofrer retroação do movimento político, mobilizado por ele mesmo e dotado de relativa autonomia, do movimento por um lado do poder estatal, por outro da oposição criada junto com ele. Como no mercado monetário, o movimento do mercado industrial geralmente, e sob as ressalvas acima expostas, se reflete e naturalmente se transforma, assim também na luta entre governo e oposição se reflete a luta das classes antes já existentes e combatentes, mas igualmente transformadas, não mais diretas, mas indiretas, não como luta de classes, mas como luta por princípios políticos, e tão transformadas, que foram precisos milhares de anos até percebermos isso de novo.

A reação do poder estatal ao desenvolvimento econômico pode ser de três espécies: ela pode se dar na mesma direção, então vai mais rápido, ela pode caminhar contra, aí, hoje em dia, ela se destrói com o tempo em todo grande povo, ou ela pode impedir determinadas direções do desenvolvimento econômico e prescrever outras – este caso se reduz por fim a um dos dois anteriores. Mas fica claro que nos segundo e terceiro casos o poder político pode prejudicar muito o desenvolvimento econômico, desperdiçando força e material em massa.

---

11. F. Engels, Engels an J. Bloch, 21/22 set. 1890, K. Marx; F. Engels, *Philosophie*, . 226. Tradução de Ruth Röhl.

14 A LITERATURA DA REPÚBLICA DEMOCRÁTICA ALEMÃ

Acresce ainda o caso da conquista e destruição brutal de fonte econômicas auxiliares, possível causa, antigamente, da derrocada de desenvolvimentos econômicos locais e nacionais inteiros. Este caso tem hoje efeitos, na maioria das vezes, contrários, pelo menos no grandes povos: com o tempo, o derrotado ganha, às vezes, econômi ca, política e moralmente mais do que o vencedor.

Com o Direito o caso é semelhante: assim que se faz necessária e nova divisão do trabalho, que cria juristas profissionais, está abert um novo campo autônomo, que apesar de toda a sua dependênci geral da produção e do comércio também possui uma capacidade es pecial de reação a essas áreas. Num Estado moderno, o Direito nã só deve corresponder à situação econômica geral, ser sua expressão mas também uma expressão coerente em si mesma, *que não se agrid por meio de contradições internas. E para conseguir isso, a fidelida de ao reflexo das condições econômicas se reduz cada vez mais e nada. E tanto mais, quanto mais raramente se vê que um código é e expressão rude, não-atenuada, não-falsificada do poderio de uma clas se: isso já seria contra o "conceito do Direito". O conceito do Direit puro e conseqüente da burguesia revolucionária de 1792-1796 já est adulterado de muitas formas no Código Napoleônico, e enquanto el corporifica, precisa diariamente sofrer atenuações de todas as espé cies devido ao crescente poder do proletariado. O que não imped que o Código Napoleônico seja a coleção de leis que está na base d todas as novas codificações, em todas as partes do mundo. Assim, marcha do "desenvolvimento do Direito" consiste em grande part apenas no fato de que primeiro se procura afastar as contradiçõe. nascidas da conversão direta de condições econômicas em princípio. jurídicos, criando-se um sistema jurídico harmonioso, e depois a in fluência e pressão do desenvolvimento econômico contínuo sempr torna a romper esse sistema, enredando-o em novas contradições (aqu falo antes de tudo do Direito Civil).*

O reflexo de condições econômicas como princípios jurídico. necessariamente também põe tudo às avessas: ele ocorre sem e consciência dos atuantes, o jurista imagina estar operando com prin cípios apriorísticos, enquanto se trata apenas de reflexos econômico. – assim tudo está às avessas. E parece-me óbvio que esse transtorno o qual, enquanto não for reconhecido, constitui o que chamamos de visão ideológica, *por sua vez, torna a retroagir sobre a base econômi ca, podendo modificá-la dentro de certos limites. A base do Direito d Sucessão, pressupondo-se o mesmo nível de evolução da família, e econômica. Contudo, torna-se difícil provar que, por exemplo, a ab soluta liberdade de fazer testamento, na Inglaterra, bem como su limitação na França, tenham em todos os detalhes apenas causas eco nômicas. Mas ambas retroagem de forma muito significativa sobre e economia, uma vez que influenciam a distribuição dos bens.*

TRADIÇÃO E IDEOLOGIA

Agora, no que diz respeito às áreas ideológicas que pairam ainda mais alto no ar, religião, filosofia etc., elas têm um efetivo pré-histórico, encontrado e assumido pelo período histórico – do que hoje chamaríamos de tolice. Na maioria das vezes, na base das diferentes noções falsas da natureza, da natureza do próprio homem, de espíritos, forças mágicas etc. estão apenas fatores econômicos negativos; o baixo desenvolvimento econômico do período pré-histórico tem por complemento, mas também parcialmente por condição, e mesmo causa, as noções falsas da natureza. E mesmo que a necessidade econômica tenha sido, e cada vez mais se tornado, a mola propulsora principal do crescente conhecimento da natureza, seria pedante querer procurar, para toda essa tolice primitiva, causas econômicas. A história das ciências é a história da eliminação paulatina dessa tolice, respectivamente de sua substituição por uma tolice nova, mas sempre menos absurda. As pessoas que se encarregam disso pertencem, por sua vez, a esferas especiais da divisão do trabalho e têm a impressão de elaborar um campo independente. E, na medida em que elas formam um grupo autônomo no interior da divisão social do trabalho, suas produções, inclusive seus erros, têm uma influência retroativa sobre o desenvolvimento social inteiro, até mesmo o econômico. Mas, com tudo isso, elas próprias estão novamente sob a influência dominante do desenvolvimento econômico. Por exemplo, na filosofia isso pode ser comprovado mais facilmente em relação ao período burguês. Hobbes foi o primeiro materialista moderno (no sentido do século XVIII), mas absolutista, numa época em que a monarquia absoluta tinha seu apogeu em toda a Europa e, na Inglaterra, assumia a luta com o povo. Locke foi, na religião como na política, o filho do compromisso de classe de 1688. Os deístas ingleses e seus continuadores mais conseqüentes, os moralistas franceses, foram os verdadeiros filósofos da burguesia, até mesmo da revolução burguesa. Pela filosofia alemã de Kant a Hegel perpassa o burguês alemão de espírito estreito – ora positiva, ora negativamente. Porém, como área específica da divisão do trabalho, a filosofia de cada época tem por pressuposto um determinado material de idéias, transmitido por seus antecessores e da qual ela parte. E por isso acontece que países economicamente atrasados na filosofia podem, no entanto, tocar o primeiro violino: a França, no século XVIII, em relação à Inglaterra, em cuja filosofia os franceses se baseavam, mais tarde a Alemanha em relação a ambos os países. Mas tanto na França como na Alemanha a filosofia, assim como o apogeu literário daquela época, também é resultado de um crescimento econômico. Estou certo da supremacia final do desenvolvimento econômico também sobre essas áreas, mas ela ocorre dentro das condições prescritas pela própria área em questão: na filosofia, por exemplo, por ação de influências econômicas (que na maioria das vezes atuam em seu disfarce político etc.) sobre o

16 A LITERATURA DA REPÚBLICA DEMOCRÁTICA ALEMÃ

material filosófico existente, transmitido por seus antecessores. A economia não cria aqui nada a novo, mas determina a espécie de modificação e aperfeiçoamento do material de idéias encontrado, e isso também geralmente de forma indireta, na medida em que são os reflexos políticos, jurídicos e morais que exercem o maior efeito direto sobre a filosofia.

A respeito da religião eu disse o necessário no último capítulo sobre Feuerbach.

Portanto, quando Barth acha que nós negamos toda e qualquer retroação dos reflexos políticos etc. do movimento econômico sobre esse mesmo movimento, simplesmente ele está lutando contra moinhos de vento. Ele só precisa consultar o 18 Brumário de Marx, onde quase só se trata do papel especial que as lutas e acontecimentos políticos desempenham, obviamente dentro de sua dependência geral de condições econômicas. Ou o Capital, por exemplo, o capítulo sobre a jornada de trabalho, onde a legislação, que, no entanto, é um ato político, atua de forma tão incisiva. Ou o capítulo sobre a história da burguesia (cap. 24). Ou por que será que lutamos pela ditadura política do proletariado, se o poder político está economicamente impotente? A violência (ou seja, o poder estatal) também é uma potência econômica!

Mas para criticar o livro agora não tenho tempo. O terceiro volume precisa primeiro ser publicado, e, aliás, penso que Bernstein, por exemplo, também poderia concluir isso muito bem.

O que falta a todos esses senhores é dialética. Eles sempre só vêem aqui causa, ali efeito. Que isso é uma abstração vazia, que no mundo real tais oposições polares metafísicas só existem em crises, que todo o grande andamento se dá na forma de ação recíproca – se bem que de forças muito desiguais, dentre as quais o movimento econômico é de sobra o mais forte, o mais primitivo, o mais decisivo –, que aqui nada é absoluto e tudo, relativo, isso eles não vêem, para eles Hegel não existiu [...][12].

---

12. F. Engels, Engels an C. Schmidt, 27 out. 1890, op. cit., p. 228. Tradução de Ruth Röhl.

2. A Norma Estética:
O Realismo Socialista

A estética adotada na RDA – o realismo socialista – nasceu em 1932 de um encontro de Stalin com escritores soviéticos, na casa de Máximo Gorki. Zhdanov, funcionário do partido soviético, a define em 1934 da seguinte forma:

> O camarada Stalin chamou nossos escritores de engenheiros da alma humana. Que significa isso? Que obrigações lhes impõe essa designação? Isso significa, em primeiro lugar, conhecer a vida para poder representá-la fielmente nas obras de arte, [...], não como uma mera "realidade objetiva", mas como a realidade em seu devir revolucionário. Ao mesmo tempo, a representação artística, fiel à verdade e historicamente concreta, deve ser aliada à tarefa de modificar e educar ideologicamente os trabalhadores dentro do espírito do socialismo. Esse é o método que na beletrística e na crítica literária chamamos de realismo socialista. Nossa literatura soviética não teme ser acusada de tendenciosa[1].

A canonização do método do realismo socialista significa, na verdade, a transposição de um modelo de literatura do século XIX – reprodução mimética, onisciente, sem rupturas – para o século XX. Paradoxalmente não se levou em conta, nessa fase, nem a especificidade estética, nem a ideológica do modelo privilegiado, modelo este cunhado na literatura da época do realismo burguês e, portanto, anacrônico e incoerente.

---

1. A. Zhdanov. Die Sowjetliteratur, die ideenreichste und fortschrittlichste Literatur der Welt, *Sozialistische Realismuskonzeption. Dokumente zum 1. Allunionskongress der Schriftsteller*, p. 47.

18 A LITERATURA DA REPÚBLICA DEMOCRÁTICA ALEMÃ

Embora essa incoerência possa ser explicada pela necessidade historicamente fundamentada de se transmitir uma imagem de continuidade e identidade, ela foi desastrosa para a práxis poética dos autores da RDA, sendo veementemente criticada por Brecht. Em um de seus escritos, por exemplo, ele aponta o absurdo da transposição mecânica do lema stalinista "conteúdo socialista, forma nacional" para "conteúdo socialista, forma burguesa", afirmando que a parole "forma burguesa" era simplesmente reacionária, significava apenas a banalidade "conteúdo novo em vasilha velha".

Além disso, o programa do realismo socialista implica uma poética normativa determinada por critérios não-estéticos, tais como partidarismo, cunho popular-nacionalista e atualidade, poética esta destinada a auxiliar o partido em sua luta pela "concretização de mudanças sociais profundas" e por uma "nova cultura progressista", como afirma Ulbricht em 1948.

Principalmente na primeira década de alicerçamento do socialismo, o programa do realismo socialista é controlado com rédeas curtas, especialmente em épocas de recrudescimento da crítica oficial – após o levante dos trabalhadores alemães em 17 de junho de 1953, a rebelião na Hungria e as agitações na Polônia, em 1956. Não só os escritores, mas também a crítica literária e a germanística têm por obrigação verificar se as obras são partidárias, ou seja, se possuem um ponto de vista político claro, ou se apresentam traços de uma postura cética ou pessimista. As resenhas literárias se orientam: 1. pela ideologia da identificação entre o bom e o belo – a ação que expressa ideais sociais elevados não só desperta uma satisfação moral, mas também um deleite estético; e 2. pela ideologia da relação entre verdade e honestidade: o escritor é honesto quando sua obra expressa a verdade nacional sem ferir a linha do partido.

Não é de admirar que esse tipo de crítica suscite protesto por parte dos escritores, como o de Anna Seghers, no ensaio intitulado "O Artista Precisa do Auxílio do Partido": "O partidarismo do autor faz parte de uma verdadeira obra de arte. Mas isso não quer dizer que ele esteja em condições de criar uma 'obra-prima'. Clareza ideológica não é a única coisa que o escritor talentoso necessita: é o pressuposto", ou o de Brecht: "A arte não possui o dom de transformar concepções artísticas de gabinete em obras de arte. Sob medida só se fazem botas. Além disso, o gosto de muitas pessoas politicamente instruídas é malformado e, portanto, não-normativo".

Hans Mayer (1967) menciona um traço da literatura da RDA que pode ser entendido como uma conseqüência dessa poética orientada pela ideologia: o corte do fio dialético entre realidade e possibilidade. O aspecto negativo da realidade é suprimido e o estágio social final, mostrado sob uma luz rembrandtiana. A dialética cede lugar à antítese idealista entre realidade má e possibilidade boa, à oposição entre o

A NORMA ESTÉTICA: O REALISMO SOCIALISTA 19

atual e o virtual os quais, adquirindo feições de um conto de fadas, leva a obras menos realistas que as de escritores da RFA de visão crítica, como Walser, Enzensberger ou Grass.

A ausência de conflito na ficção, sinal de um confronto pouco crítico com a realidade, é abordada por Anna Seghers em vários de seus escritos e discursos, como o proferido no IV Congresso de Escritores, em 1956, de título *A Grande Mudança e Nossa Literatura*, na qual a conota ao exercício da crítica ideológica:

> Em nossa literatura faltam enredos com conflitos verdadeiros. Às vezes tem-se até mesmo a impressão de que os autores evitaram mostrá-los, pois convivem com eles a todo instante. E não se pode acreditar que não os vejam, não os vivenciem. Isso torna seus livros pobres. [...] Alguns amigos meus mostram-se inseguros em seu trabalho porque temem ser censurados por terem dado muita ênfase aos aspectos escuros e negativos da realidade, em detrimento dos claros e auspiciosos. Essa censura é correta se a linha evolutiva se perdeu, se não souberam mostrá-la com clareza ao longo de todas as contradições. Nesse caso o leitor fica preso no negativo. Mas a censura é errada e de efeito coercivo se o autor mostrou as contradições a fim de serem superadas[2].

Assim, à exceção de alguns autores já então respeitados, em especial Brecht, que com seu Berliner Ensemble exerceu uma influência decisiva sobre a produção teatral dos dois Estados alemães, a literatura otimista da primeira década da RDA, centrada sobre o herói positivo e uma realidade sem conflitos, não apresenta grandes obras, cabendo-lhe a classificação sugerida por Inge von Wangenheim (1912-) em 1958 – a de científica, voltada para o mundo, não-trágica e afirmativa.

Por trás dos juízos estéticos adotados na RDA, pode-se reconhecer a teoria do reflexo de Georg Lukács, o grande teórico de sua literatura, já em 1958 considerado revisionista (v. ensaio de Alexander Abusch, "A Luta Revisionista de Lukács contra a Literatura Socialista"). Lukács via a literatura como parte do processo social, donde a dialética entre forma e conteúdo, postulando um realismo crítico e socialista. A questão central, como mostra Fritz J. Raddatz (1971), gira em torno da concepção de arte, entendida como reflexo, compreensão, conhecimento da realidade, e não como criadora de uma realidade própria.

Em suas reflexões estéticas, Lukács examina a obra de arte segundo o critério do reflexo da realidade. A objetivação da realidade é por ele colocada como processo, ou seja, como um movimento dialético – da contemplação viva ao pensamento abstrato e, deste, à práxis –, de forma a permitir não só a configuração artística da realidade enquanto totalidade intensiva, como também a de seus condicionamentos históricos. Lukács apóia-se na importância dada por Lênin à categoria da totalidade: "Lenin pôs em evidência, repetidamente e de forma enérgica,

---

2. A. Seghers, Die grosse Veränderung und unsere Literatur, *Aufsätze, Ansprachen, Essays 1954-1979*, p. 92.

20 A LITERATURA DA REPÚBLICA DEMOCRÁTICA ALEMÃ

o significado prático da categoria da totalidade: 'Para se conhecer realmente um objeto, é preciso abranger e pesquisar todos os seus lados, todas as suas relações e mediações'". Clareza e não-ruptura ficcional são decisivas para a recepção, uma vez que

toda obra de arte deve oferecer um contexto fechado, em si arredondado, em si perfeito, na verdade um contexto tal, cujo movimento e estrutura sejam evidentes sem mediação. [...] A unidade entre manifestação e essência só pode se tornar vivência imediata quando o receptor vivencia imediatamente cada momento essencial do crescimento ou da mudança, junto com todas as causas que lhes são essencialmente determinantes, quando nunca lhe são oferecidos resultados prontos, mas sim ele é direcionado a covivenciar imediatamente o processo que conduz a esses resultados[3].

Os acentos recaem, como se pode ver, sobre a obra fechada e o processo visível de causa e efeito, excluindo quaisquer rupturas, sejam as constituídas pela mediação ou transparência do narrador, sejam as resultantes da fragmentarização constatável em experimentos formais. A exigência de clareza exclui obviamente pontos de opacidade que permitiriam outras leituras, o que mostra a linha monológica a que se filia o teórico, confirmada em sua definição de "realidade objetiva", quando faz suas as palavras de Lenin, o qual coloca aquela em termos de "verdade": "Da contemplação viva ao pensamento abstrato *e deste à práxis* – este é o caminho dialético do conhecimento da *verdade*, do conhecimento da realidade objetiva" (grifos do autor).

A crítica lukacsiana a autores e movimentos literários geralmente se atém a esses critérios, como mostra sua controvérsia com Ernst Bloch no conhecido "Debate sobre o Expressionismo", que atingiu o seu auge em 1938, e no qual participaram, entre outros, Lukács, Bloch, Brecht, Eisler e Anna Seghers. Embora seja pessoa proeminente do pensamento dialético, autor de obras-primas como *O Jovem Hegel* e *A Teoria do Romance*, Lukács é especialmente severo em relação ao expressionismo, que ele aproxima da ideologia nazista por criar uma "nova mitologia" de fuga:

Os expressionistas colocam-se também aqui naquela longa lista de ideólogos da era imperialista que, no interesse de salvar velhas idéias teóricas, ou com a finalidade de introduzir uma nova mitologia, negam a causalidade, a ligação objetiva entre os objetos e processos do mundo exterior. A lista vai de Nietzsche e Mach até Spengler, Spann e Rosenberg[4].

O ensaio em questão, intitulado "Grandeza e Decadência do Expressionismo" (1934), recebeu uma nota de rodapé em 1953: "Que os nacional-socialistas tenham mais tarde repudiado o expressionismo

---

3. G. Lukács, Kunst und objektive Wahrheit, *Werke, Probleme des Realismus. Essays uber den Realismus*, p. 616.
4. Idem, Größe und Verfall des Expressionismus, op. cit., p. 144.

A NORMA ESTÉTICA: O REALISMO SOCIALISTA   21

como 'arte degenerada' não muda nada na exatidão histórica da análise aqui feita. G. L.".

O primado da ideologia sobre o aspecto propriamente artístico reflete-se, notadamente nos primeiros anos da RDA, na importância que se atribui ao conteúdo, em detrimento da forma. No início da década de cinqüenta trava-se um combate acirrado contra a arte chamada "formalista", contra o tipo de literatura praticada por Joyce, Proust ou Kafka, e que era vista como reflexo da decadência burguesa, da ruína do sistema capitalista. Essas discussões ocorreram nos anos de 1949 a 1951, entre Friedrich Wolf (1888-1953) e Brecht, acerca das possibilidades de efeito e questões estruturais do drama; elas se espelham no *Diário de 1950* de Becher e nas contribuições de Anna Seghers e Kuba, pseudônimo de Kurt Barthel (1914-1967), ao Congresso de Escritores, em 1950. No V Encontro do Comitê Central do partido SED, em março de 1951, esses debates atingem um ponto culminante.

Segundo Werner Mittenzwei (1978), a tentativa dos círculos burgueses vigentes de agir contra o realismo, em especial contra o realismo socialista, com auxílio das diferentes correntes artísticas modernistas, fazia parte da Guerra Fria, que começou no final dos anos de 1940. Em 1949, foi assinado o plano Marshall em Bonn, por Adenauer e McCloy. Logo em seguida, o governo de Bonn, a mando das potências ocidentais, cessou a venda de aço à RDA. Juntamente com o bloqueio econômico, deu-se a remilitarização da Alemanha Ocidental. Mittenzwei é da opinião de que, sem esse pano de fundo político, não se pode entender o desenvolvimento artístico e literário desses anos.

O V Encontro do Comitê Central do Partido SED determinou a função da literatura e das artes na etapa da transição do capitalismo para o socialismo na RDA. Foram discutidas, principalmente, as possibilidades educativas da literatura e das artes, e incentivaram-se efeitos que pudessem auxiliar o comportamento das "camadas mais amplas do povo". A grande meta – possibilitar ao povo "entusiasmo, coragem e otimismo" – era, na opinião de Joachim Hannemann e Lothar Zschuckelt (1979), imprescindível, em vista do pensamento de grande parte da população, ainda influenciada pelo fascismo e pela ideologia burguesa. Nessa ocasião constatou-se que as obras literárias e artísticas ficavam aquém dos sucessos observados nos campos econômico e político.

Partindo-se da determinação do método do realismo socialista, no Congresso de Escritores soviético, em 1934, acentuou-se a representação da realidade em seu devir revolucionário, fiel à verdade e historicamente concreta. Ligada a isso estava a tarefa educativa de ativar o povo a lutar pela paz e por uma Alemanha unificada, bem como pelo bom sucesso do plano econômico previsto para cinco anos. O partido exigiu dos escritores e artistas o estudo do marxismo-leninismo, pois só com um conhecimento bem fundamentado eles poderiam "representar

22 A LITERATURA DA REPÚBLICA DEMOCRÁTICA ALEMÃ

a vida em sua evolução progressiva, prever o amanhã dessa evolução e descobrir no presente os traços reais do novo". Lembrando-se a observação de Engels a Margaret Harkness, de abril de 1888: "Realismo significa, em minha opinião, além da fidelidade ao detalhe, a reprodução fiel de personagens típicos em situações típicas", procurou-se dar aos escritores e artistas a chave para a tipificação e generalização necessárias. Além disso, viu-se na representação do herói positivo um pressuposto essencial para o cumprimento da função didática da arte.

O partido viu o formalismo como o maior obstáculo para um progresso mais rápido nas artes. Essa generalização teve sua origem nas artes plásticas. Isso porque a arte abstrata na Alemanha Ocidental e nos outros países ocidentais ganhava um espaço cada vez maior, influenciava – através de obras artísticas, da teoria e da crítica – o desenvolvimento artístico na RDA e impedia a afirmação do realismo socialista. Considerava-se formalista a arte que não possuía ligação com a realidade e na qual o significado do conteúdo e das idéias era negado, a arte na qual a questão da forma se tornara independente e conduzia à abstração, enfim, a arte que não contribuía para o conhecimento da realidade. O partido levou em consideração a seguinte tese: Uma vez que a arte formalista não proporciona o conhecimento da realidade, separa a arte do povo e leva à abstração, ela serve visivelmente ao imperialismo.

Por volta de 1952, Johannes R. Becher fez uma observação crítica: "O formalismo não é de forma alguma uma coisa tão simples como imaginam alguns de seus adversários. Na maioria dos casos, combate-se o formalismo com meios formalistas: um formalismo ocupa o lugar de outro, e o formalismo em si, como princípio, continua vivo". Brecht também opinou: "A forma de uma obra de arte não é senão a organização perfeita de seu conteúdo; seu valor, portanto, dependente totalmente deste".

Da mesma forma como Anna Seghers, que já no Congresso de Escritores de 1950 havia defendido a necessidade de "experimentos conscientes", Brecht sempre foi da opinião de que o experimento era uma exigência para a criação de uma nova arte e literatura. Ele partia da seguinte tese: "A vida, que se espelha em novas formas em todo o nosso país, onde as bases da sociedade estão sendo revolucionadas, não pode ser configurada nem influenciada por meio de uma literatura nos moldes antigos".

Com a discussão sobre o formalismo, agravou-se a querela em torno do método de Brecht. Também ele foi acusado de formalista. Não só a *Mãe Coragem*, mas também a encenação de *A Mãe* deram origem a perguntas como "Será isso realmente realismo?", "Estão sendo apresentados aqui personagens típicos em situação típica?". Um crítico chegou até mesmo à seguinte conclusão: "Na minha opinião isso não é nenhum teatro; é algo como um cruzamento ou uma síntese entre Meierhold e *proletkult*". Como se pode ver, a causa das restrições

A NORMA ESTÉTICA: O REALISMO SOCIALISTA

feitas a Brecht, no início da década de cinqüenta, eram seguramente os conceitos de tradição da época, bem como o autoritarismo de certas concepções estéticas e a orientação político-cultural ligada a elas.

Como era complicado o julgamento do valor das obras de arte, no contexto das condições historicamente concretas da época, pode-se exemplificar através do debate em torno da ópera *A Condenação de Lúculo*, de Paul Dessau. A música foi citada como exemplo de formalismo: "Sua música não é melódica, é até mesmo repulsiva, além de ruidosa, equipada com muitos instrumentos de percussão [...] Ela só pode confundir o gosto das pessoas. Uma música desse tipo não é capaz de levar avante nossa cultura democrática".

Brecht, que escreveu o libreto para a ópera, estava convicto da atualidade do assunto, e de que a forma da ópera correspondia à de seu conteúdo. Contudo, ele chamou a atenção dos críticos por ser o artista mais conhecido.

Em suas *Notas a Respeito da Discussão sobre o Formalismo*, Brecht critica intensamente a forma como esta é conduzida:

> A discussão sobre o formalismo se complica porque do lado certo estão pessoas erradas e à tese certa se apresentam argumentos errados. [...] Para o artista é estéril e até mesmo irritante a postura de certos combatentes do formalismo, que fazem uma distinção clara, ou obscura, entre o povo e eles próprios. Eles nunca falam a respeito do efeito da obra sobre si mesmos, sempre sobre o povo. No entanto, sabem exatamente o que o povo quer, e conhecem-no pelo fato de ele querer o que eles querem. [...] O que se precisa fazer é: definir o que é o povo. E vê-lo como um conjunto de pessoas em processo de desenvolvimento, extremamente contraditório, e um conjunto do qual também se faz parte[5].

Como se pode ver, já em seus primeiros anos de vida, os dois Estados alemães apontam posturas diferentes em relação à literatura: enquanto na RFA, logo depois da Segunda Guerra Mundial, se redescobrem os autores expressionistas condenados pela ideologia nazista, Kafka, os surrealistas franceses, Beckett e Ionesco, Hemingway e Faulkner, só a partir de fins da década de sessenta é que esses autores começam a ser publicados na RDA.

A canonização do conceito de realismo socialista teve, pois, por conseqüência, a recusa da modernidade estética como fase decadente da literatura burguesa. A não-recepção dos clássicos da modernidade fez com que a literatura da RDA se afastasse da poética ocidental, isolando-se.

É lógico que esse problema se colocou de forma mais drástica para os autores jovens, que não haviam vivenciado a modernidade literária. Não é o caso de Brecht, que nunca renunciou às técnicas literárias

---

5. B. Brecht, Notizen über die Formalismusdiskussion, *Gesammelte Werke 17, Schriften zur Literatur und Kunst*, p. 527.

24 A LITERATURA DA REPÚBLICA DEMOCRÁTICA ALEMÃ

desenvolvidas, entre outros, por Joyce, Kafka ou Döblin – sobretudo a montagem, o estranhamento, a troca de estilos –, pois elas representavam uma resposta à realidade de sua época, testemunhando "não só a última etapa alcançada sob o domínio e controle da burguesia, mas também a última etapa alcançada pelo homem".

A retomada da estética do século XIX é, também para autores como Heiner Müller, um ponto negativo no programa estético-literário da RDA; outros são a dramaturgia do herói positivo, impedindo o efeito no público, qual seja, a co-produção da síntese, a opção por "esboços utópicos" e questões históricas e sociais tratadas do ponto de vista moral. Heiner Müller ainda se posiciona em relação à política cultural da RDA, vendo-a como um instrumento de poder, de submetimento, uma "arte de feitores". A proibição a posições contrárias é apontada por ele como distorção da teoria marxista: há em Lenin uma frase: "Quanto mais vocês mantiverem fora do partido os incômodos e rebeldes, tanto mais seguramente vão arruinar o partido".

Por conseguinte, a postura em relação à tradição literária foi, na RDA, nitidamente guiada pela política cultural, o que levou fatalmente a reduções e perdas. Alguns problemas foram aqui constatados, mesmo deixando de lado o decorrente da máquina burocrática e repressora. É preciso, no entanto, dizer que na RDA sempre existiu, desde o início, dois modos diferentes de práxis poética, um afirmativo e um dialético-crítico, o que nunca significou "dissidência", como diz Hans Mayer, refletindo, antes, o conflito entre Estado e literatura face à representação das contradições do socialismo real.

ARTE E VERDADE OBJETIVA

Georg Lukács

O Reflexo Artístico da Realidade

O reflexo artístico da realidade parte dos mesmos contrastes que qualquer outro reflexo da realidade. Seu caráter específico consiste em buscar, para sua solução, um caminho diferente do científico. Podemos caracterizar melhor esse caráter específico do reflexo artístico, partindo mentalmente da meta alcançada para, desse ponto, elucidar as premissas de sua consecução. Tal meta consiste, em toda grande arte, em proporcionar uma imagem da realidade na qual a oposição entre aparência e essência, caso particular e lei, não-mediação e conceito etc. se resolva de tal forma que ambos os aspectos coincidam, na impressão não-mediada da obra de arte, numa unidade espontânea, que ambos formem, para o receptor, uma unidade

A NORMA ESTÉTICA: O REALISMO SOCIALISTA 25

indivisível. O geral aparece como qualidade do particular e do peculiar, a essência se torna visível e vivenciável no fenômeno, a lei se revela como causa motriz específica do caso particular especialmente representado. Engels expressa nitidamente essa maneira de ser da configuração artística, ao afirmar acerca da característica das personagens do romance: "Cada um é um tipo, mas ao mesmo tempo também um determinado indivíduo particular, um 'este', como diz o velho Hegel, e assim deve ser".

Disso resulta que toda obra de arte deve oferecer uma coerência fechada, acabada e perfeita em si mesma, uma coerência tal, que seu movimento e sua estrutura sejam imediatamente *evidentes. A necessidade dessa evidência não-mediada se mostra de forma mais nítida precisamente na literatura. As conexões verdadeiras e mais profundas de um romance, por exemplo, ou de um drama, podem se revelar apenas no final. Faz parte da essência de sua estrutura, e de seu efeito, o fato de apenas o final fornecer o esclarecimento real e completo acerca do início. E, contudo, sua composição seria totalmente falha e sem efeito, se o caminho que conduzisse a esse arremate não apresentasse, em cada etapa, uma evidência imediata. As determinações essenciais do mundo representado em uma obra de arte literária revelam-se, portanto, dentro de uma seqüência e uma gradação artísticas. Mas essa gradação deve se processar dentro da unidade indivisível entre fenômeno e essência, desde o início imediatamente existente; deve tornar mais íntima e mais evidente a unidade de ambos os momentos, à medida que eles vão cada vez mais se concretizando.*

Essa imediação acabada da obra de arte tem por conseqüência o fato de que toda obra de arte deve desenvolver, à medida que se autoconfigura, todos os pressupostos das personagens, situações, acontecimentos que nela apareçam. A unidade entre aparência e essência só pode se tornar uma vivência imediata, se o receptor vivenciar imediatamente cada momento essencial do crescimento ou da mudança, juntamente com todas as causas que essencialmente os determinam, se nunca lhe forem oferecidos resultados acabados, mas sim for levado a vivenciar imediatamente o processo que conduz a tais resultados. O materialismo natural dos grandes artistas (sem prejuízo de sua ideologia muitas vezes parcial ou totalmente idealista) se evidencia justamente devido ao fato de sempre configurarem claramente os pressupostos e condições, a partir dos quais surge e se desenvolve a consciência das personagens que apresentam.

Toda obra significativa de arte cria, dessa forma, seu "mundo próprio". Personagens, situações, orientação da ação etc. possuem uma qualidade peculiar, que não tem nada em comum com nenhuma outra obra de arte, absolutamente distinta da realidade cotidiana. Quanto maior é o artista, quanto mais vigorosamente sua força configuradora penetra em todos os momentos da obra de arte, tanto

26 A LITERATURA DA REPÚBLICA DEMOCRÁTICA ALEMÃ

mais expressivamente se evidencia, em todos os detalhes, esse "mundo próprio" da obra de arte. Balzac diz a respeito de sua Comédie humaine: *"Minha obra tem sua geografia, como tem sua genealogia e suas famílias, seus lugares e suas coisas, suas personagens e seus fatos; do mesmo modo como também possui sua heráldica, seus nobres e seus burgueses, seus artesãos e seus camponeses, seus políticos e seus* dandies *e seu exército, numa palavra, seu mundo".*

Tal determinação da peculiaridade da obra de arte não anula seu caráter de reflexo da realidade? Em absoluto! Apenas destaca de maneira nítida a especificidade, a peculiaridade do reflexo artístico da realidade. A aparente perfeição da obra de arte, sua aparente incomparabilidade com a realidade, repousa justamente sobre o reflexo artístico da realidade. Pois essa incomparabilidade é precisamente apenas uma aparência, ainda que uma aparência necessária, própria da essência da arte. O efeito da arte, a entrega completa do receptor ao efeito da obra de arte, sua capitulação total ante a peculiaridade do "mundo próprio" da obra de arte baseiam-se justamente no fato de a obra de arte oferecer um reflexo da realidade mais fiel em sua essência, mais completo, mais vivo, mais animado do que aquele que o receptor costumeiramente possui; de conduzi-lo, portanto, apoiado em suas próprias experiências, apoiado na coleção e abstração de sua reprodução usual da realidade, além dos limites dessas experiências – na direção de um relancear de olhos mais concreto pela realidade. Trata-se, portanto, apenas de uma aparência, como se a própria obra de arte não fosse um reflexo da realidade objetiva, como se tampouco o receptor concebesse o "mundo próprio" da obra de arte como um reflexo da realidade e o comparasse com suas próprias experiências. Isto ele faz, pelo contrário, ininterruptamente, e o efeito da obra de arte cessa imediatamente quando o receptor se torna consciente de alguma contradição, quando ele percebe a obra de arte como um reflexo incorreto da realidade. Mas essa aparência é, apesar de tudo, necessária. Pois não se trata de comparar conscientemente uma experiência particular isolada com um traço particular isolado da obra de arte e, sim, de o receptor se entregar, apoiado no conjunto de sua experiência, ao efeito total da obra de arte. E a comparação entre ambos os reflexos da realidade permanece inconsciente enquanto o receptor se sente arrebatado pela obra de arte, isto é, enquanto suas experiências concernentes à realidade estão sendo ampliadas e aprofundadas pela configuração da obra de arte. Por isso Balzac não se mostra em desacordo com os comentários anteriormente citados acerca de seu "mundo próprio", ao afirmar: "Para ser fecundo, basta apenas estudar. A sociedade francesa deveria ser o historiador e eu, apenas seu secretário".

A coerência da obra de arte é, pois, o reflexo do processo da vida em seu movimento e em sua concatenação animada concreta. Obvia-

mente este objetivo também é o da ciência. Esta atinge a concreção dialética, na medida em que penetra cada vez mais fundo nas leis do movimento. Engels diz: "A lei geral da transformação é muito mais concreta que todo e qualquer exemplo 'concreto' da mesma". Esse movimento do conhecimento científico da realidade é infinito. Ou seja: em todo conhecimento científico correto, a realidade objetiva se reflete corretamente; neste sentido tal conhecimento é absoluto. Como, porém, a realidade mesma sempre é mais rica, mais variada que qualquer lei, é próprio da essência do conhecimento que ele deva ser sempre ampliado, aprofundado, enriquecido, que o absoluto apareça sempre na forma do relativo, do que é correto apenas aproximadamente. Também a concreção artística é uma unidade do absoluto e do relativo. Uma unidade, porém, que não pode ser ultrapassada dentro dos limites da obra de arte. O desenvolvimento objetivo ulterior do processo histórico, o desenvolvimento ulterior de nosso conhecimento acerca desse processo não anula o valor artístico, a validade e o efeito das grandes obras de arte que configuraram sua época de modo correto e profundo.

Junta-se a isso, como segunda diferença importante entre os reflexos científico e artístico da realidade, o fato de que os diversos conhecimentos científicos (lei etc.) não existem independentes uns dos outros, mas formam um sistema coerente. E tanto maior é essa coerência, quanto mais a ciência se desenvolve. Contudo, toda obra de arte deve subsistir por si mesma. Naturalmente há uma evolução da arte; naturalmente tal evolução tem uma coerência objetiva e pode ser reconhecida com todas as suas leis. Mas essa coerência objetiva da evolução da arte, enquanto parte integrante da evolução social geral, não anula o fato de que a obra só se torna uma obra de arte porque possui essa coerência, essa capacidade de atuar por si mesma.

A obra de arte deve, portanto, refletir, em conexão correta e corretamente proporcionada, todas as determinações objetivas, essenciais, que determinam objetivamente a porção de vida por ela configurada. Ela deve refleti-las de tal forma que essa porção de vida se torne compreensível, passível de ser vivenciada em si e a partir de si, que apareça como uma totalidade da vida. Isso não significa que o objetivo de toda obra de arte deva ser o de refletir a totalidade objetiva, extensiva da vida. Ao contrário: a totalidade extensiva da realidade necessariamente ultrapassa os limites possíveis de toda e qualquer configuração artística; ela só pode ser reproduzida mentalmente, a partir do processo infinito da ciência, em aproximação sempre crescente. A totalidade da obra de arte é, antes, uma totalidade intensiva: é a coerência acabada e completa em si mesma daquelas determinações que são – objetivamente – de extrema importância para a porção de vida configurada que determinam sua existência e seu movimento, sua qualidade específica e sua posição no conjunto do processo da vida. Neste sentido, a mais breve canção também possui uma totalida-

28 A LITERATURA DA REPÚBLICA DEMOCRÁTICA ALEMÃ

de intensiva, assim como a epopéia mais impressionante. A respeito de quantidade, qualidade, proporção etc. das determinações que se manifestam, quem decide é o caráter objetivo da porção de vida configurada, em ação recíproca com as leis específicas do gênero adequado à sua configuração.

A coerência significa, pois, em primeiro lugar, que o objetivo da obra de arte consiste em representar, dar vida em reflexo animado àquela "astúcia", àquela riqueza, àquela inesgotabilidade da vida, da qual nos falou atrás Lenin. Indiferentemente se a obra de arte tem a intenção de configurar o todo da sociedade ou apenas um caso particular, artificialmente isolado, ela sempre estará empenhada em configurar a infinitude intensiva de seu objeto. Ou seja: ela se empenhará em incluir em sua exposição, dando-lhes forma, todas as determinações essenciais que constituem objetivamente, na realidade objetiva, o fundamento de tal caso ou de tal complexo de casos. E a inclusão configuradora significa que todas essas determinações aparecem como características pessoais das personagens atuantes, como qualidades específicas das situações representadas etc. e, portanto, na unidade sensivelmente imediata do particular e do geral. Poucos indivíduos são capazes de uma tal vivência da realidade. Eles chegam ao conhecimento das determinações gerais da vida apenas abandonando a imediação, apenas através da abstração, somente através de comparação abstrata das experiências. (Evidentemente, tampouco o próprio artista constitui, no que tange a isto, uma exceção rígida. Seu trabalho antes consiste em elevar suas experiências, também obtidas normalmente, à forma artística, à unidade configurada de imediação e lei.) Na medida em que o artista configura indivíduos e situações particulares, ele suscita a aparência da vida. Na medida em que os configura em indivíduos e situações exemplares (unidade do individual e do típico), na medida em que torna imediatamente vivenciável a maior riqueza possível das determinações objetivas da vida, como traços particulares de indivíduos e situações concretas, surge seu "mundo próprio", que é o reflexo da vida em seu conjunto animado, da vida como processo e totalidade, justamente porque intensifica e excede, em seu conjunto e em seus detalhes, o reflexo usual dos acontecimentos da vida, através do homem.

Tal configuração da "astúcia" da vida, de sua riqueza que excede a experiência usual é, contudo, apenas um aspecto da forma do reflexo artístico da realidade. Se na obra de arte estivesse configurada somente a imensa riqueza de traços novos, daqueles momentos que, enquanto algo novo, enquanto "astúcia", vão além das abstrações costumeiras, da experiência normal da vida, a obra de arte desnortearia o receptor, ao invés de arrebatá-lo, da mesma forma como o aparecimento de tais momentos, na vida em si, geralmente desnorteia o receptor e o torna perplexo. É, portanto, necessário que em tal ri-

A NORMA ESTÉTICA: O REALISMO SOCIALISTA

queza, em *tal "astúcia", se manifestem, ao mesmo tempo, as novas leis que anulam ou modificam as abstrações antigas. Isso também é um reflexo da realidade objetiva. Pois as novas leis nunca são transportadas para a vida, mas extraídas das novas manifestações da vida, mediante reflexão, comparação etc. Todavia, na própria vida isso se dá sempre em dois atos: somos surpreendidos, às vezes dominados pelos novos fatos, e só* depois *é que precisamos elaborá-los mentalmente, com auxílio do método dialético que se aplica a eles. Ambos os atos coincidem na obra de arte. Não no sentido de uma unidade mecânica (pois assim a novidade dos fenômenos particulares estaria novamente abolida), mas no sentido de um processo, de forma tal que nos novos fenômenos, nos quais se manifesta a "astúcia" da vida, suas leis transpareçam desde o início e se evidenciem cada vez mais, e de forma mais nítida, ao longo de seu desenvolvimento artisticamente intensificado.*

Essa representação da vida, ao mesmo tempo articulada e ordenada de forma mais rica e vigorosa que em geral o são as experiências da vida do indivíduo, está intimamente relacionada com a função social ativa, com a eficácia propagandística das verdadeiras obras de arte. Os artistas são "engenheiros da alma" (Stálin), sobretudo porque são capazes de representar a vida com essa unidade e animação. Pois uma tal representação não pode ser em absoluto a objetividade morta e falsa de uma reprodução "imparcial", sem tomada de posição, sem direção, sem apelo à atividade. Contudo, já sabemos, por meio de Lenin, que essa parcialidade não é levada arbitrariamente ao mundo exterior pelo sujeito; é, ao contrário, uma força propulsora inerente à própria realidade, que se faz consciente e é introduzida na prática pelo reflexo dialético, correto da realidade. Por esse motivo tal parcialidade da objetividade deve se reencontrar potencializada na obra de arte. Potencializada no sentido de clareza e evidência, pois o material da obra de arte é agrupado e ordenado conscientemente pelo artista para esse fim, no sentido dessa parcialidade. Potencializada também no sentido da objetividade, pois a configuração da verdadeira obra de arte tem em vista justamente configurar essa parcialidade como qualidade da própria matéria representada, como força propulsora que lhe é inerente, que nasce organicamente dela. Quando Engels se posiciona clara e decisivamente a favor desta tendência na literatura, tem sempre em mente – como depois dele Lênin – esse parcialismo da objetividade, *recusando categoricamente toda e qualquer tendência introduzida subjetivamente, "montada" subjetivamente: "Quero dizer que a tendência precisa surgir da própria situação e ação, sem que haja uma referência explícita a isso".*

Todas as teorias estéticas que tratam do problema da aparência estética chamam a atenção para essa dialética do reflexo artístico. A paradoxalidade do efeito da obra de arte reside no fato de nos entregarmos a ela como a uma realidade colocada diante de nós, de a

30 A LITERATURA DA REPÚBLICA DEMOCRÁTICA ALEMÃ

aceitarmos como tal e a assimilarmos, muito embora tenhamos absoluta certeza de que não se trata de realidade alguma e, sim, meramente de uma forma peculiar do reflexo da realidade. Lenin diz corretamente: "A arte não exige que suas obras sejam reconhecidas como realidade*". A ilusão artisticamente criada, a aparência estética repousa, portanto, de um lado na coerência da obra de arte, tal como a analisamos, no fato de a obra de arte refletir, em sua totalidade, o processo total da vida e não oferecer, nos detalhes, reflexos de fenômenos particulares que, em sua particularidade, poderiam ser comparados com a vida, com seu modelo real. A não-comparabilidade é, sob esse aspecto, o pressuposto da ilusão artística, a qual é imediatamente destruída por qualquer comparação desse tipo. De outro, e inseparavelmente ligado a isso, a coerência da obra de arte; o surgimento da aparência estética só é possível quando a obra de arte reflete de forma* objetivamente correta *o processo total e objetivo da vida.*

Tal dialética objetiva do reflexo artístico da realidade não pode ser concebida pelas teorias burguesas, motivo pelo qual estas caem sempre no subjetivismo, seja inteiramente, seja em determinados pontos de suas explanações. O idealismo filosófico, como vimos, precisa isolar o traço característico da coerência da obra de arte, sua superação da realidade costumeira, da realidade material, objetiva, precisa confrontar a coerência, a perfeição formal da obra de arte com a teoria do reflexo. Se o idealismo objetivo quer, apesar de tudo, salvar e justificar mentalmente a objetividade da arte, tem de cair inevitavelmente no misticismo. Não é absolutamente casual que a teoria platônica da arte, da arte como reflexo das "idéias", tenha exercido uma influência tão grande, mesmo na época de Schelling e Schopenhauer. Pois até os materialistas mecânicos, ao caírem no idealismo, devido à insuficiência necessária do materialismo mecânico na concepção dos fenômenos da natureza, costumam passar diretamente da teoria mecânico-fotográfica da reprodução a um platonismo, a uma teoria da imitação artística das "idéias". (Isso se pode ver claramente em Shaftesbury, às vezes também em Diderot.) Mas esse objetivismo místico transforma-se sempre e inevitavelmente em um subjetivismo. Quanto mais os momentos da coerência da obra de arte e do caráter ativo da elaboração e transformação artísticas da realidade se contrapõem à teoria do reflexo e não derivam dialeticamente dela, tanto mais o princípio da forma, da beleza, do artístico se isola da vida, tanto mais se torna um princípio inexplicável, subjetivamente místico. As "idéias" platônicas, que no idealismo do período ascendente da burguesia eram por vezes reflexos inchados e exagerados de problemas sociais decisivos, isolados artisticamente da realidade social e, portanto, apesar de sua deformação idealista, impregnados de conteúdo e não totalmente carentes de correção quanto a esse conteúdo, tais idéias perdem, com a decadência da classe, mais e mais toda substância. O

A NORMA ESTÉTICA: O REALISMO SOCIALISTA 31

isolamento social do artista subjetivamente sincero em uma classe decadente reflete-se nessa inchação místico-subjetivista do princípio da forma, negadora de toda relação com a vida. O desespero original que essa situação inspira nos verdadeiros artistas transforma-se cada vez mais na resignação e na vaidade parasitárias da arte pela arte e de sua teoria estética. Baudelaire ainda celebra a beleza através de uma forma desesperada, místico-subjetiva: "Je trône dans l'azure comme un sphinx incompris" (Eu sobressaio dentro no azul como uma esfinge). Na arte pela arte posterior do período imperialista, esse subjetivismo transforma-se na teoria de uma separação altiva, parasitária, entre a arte e a vida, na negação de toda objetividade da arte, na glorificação da "soberania" do indivíduo criador, na teoria da indiferença pelo conteúdo e da arbitrariedade da forma.

Já vimos que a tendência do materialismo mecânico é oposta a essa. Na medida em que, ao imitar mecanicamente a vida imediatamente percebida, insiste em seus detalhes imediatamente percebidos; precisa negar a propriedade do reflexo artístico da realidade, caso contrário cai no idealismo com todas as suas deformações e tendências à subjetivação. Por isso a falsa tendência à objetividade, por parte do materialismo mecânico, à reprodução mecanicamente imediata do mundo imediato dos fenômenos, necessariamente se transforma em subjetivismo idealista, porque não reconhece a objetividade das leis e relações mais profundas não-perceptíveis imediatamente pelos sentidos, porque não vê nelas reflexo algum da realidade objetiva e, sim, meros recursos técnicos para um agrupamento claro dos traços particulares da percepção imediata. Tal fraqueza da imitação imediata da vida com seus traços particulares deve ainda se acentuar, deve se transformar ainda mais fortemente em um idealismo subjetivo vazio de conteúdo, quanto mais a evolução ideológica geral da burguesia for transformando os fundamentos filosófico-materialistas dessa modalidade de reprodução artística da realidade em um idealismo agnóstico (teoria da empatia).

A objetividade do reflexo artístico da realidade repousa sobre o reflexo correto da conexão total. Assim, a exatidão artística de um detalhe nada tem a ver com a possibilidade de, enquanto detalhe, terlhe alguma vez correspondido, na realidade, detalhe semelhante. O detalhe na obra de arte é um reflexo correto da vida, se constitui um momento necessário do reflexo correto de todo o processo da realidade objetiva, indiferentemente se foi observado na vida pelo artista, ou se foi criado pela fantasia artística, a partir de experiências imediatas ou não-imediatas da vida. Inversamente, a verdade artística de um detalhe, que corresponde fotograficamente à vida, é meramente casual, arbitrária, subjetiva. O fato é que, se o detalhe não se evidencia imediatamente como momento necessário a partir do contexto, enquanto momento da obra de arte ele é casual, e sua escolha como

32 A LITERATURA DA REPÚBLICA DEMOCRÁTICA ALEMÃ

detalhe é arbitrária e subjetiva. É, portanto, perfeitamente possível que uma obra seja "montada" apenas com reflexos fotograficamente verdadeiros do mundo exterior e, apesar disso, o todo seja um reflexo incorreto, subjetivamente arbitrário da realidade. Pois a justaposição de milhares de fatos casuais nunca pode resultar em uma necessidade. Para se estabelecer uma conexão correta entre o casual e o necessário, esta precisa mostrar-se ativa interiormente, na própria casualidade e, portanto, nos próprios detalhes. Desde o início o detalhe precisa ser selecionado e configurado como detalhe, de tal forma que essa conexão com o todo seja operante em seu interior. Tal seleção e disposição dos detalhes repousa unicamente sobre o reflexo artisticamente objetivo da realidade. O isolamento dos detalhes em relação à conexão total, sua seleção segundo o ponto de vista de que correspondam fotograficamente a um detalhe da vida, não dá atenção ao problema mais profundo da necessidade objetiva, ignorando, até mesmo, sua existência. Portanto, o artista que cria dessa forma não escolhe e organiza seu material a partir da necessidade objetiva da própria coisa, mas de um ponto de vista subjetivo que, na obra, se patenteia como arbitrariedade objetiva de seleção e disposição.

Esse descaso pela necessidade objetiva mais profunda no reflexo da realidade revela-se, também no ativismo da arte que cria de tal forma, como anulação da objetividade. Já podemos ver em Lenin e Engels que o parcialismo, também na obra de arte, é um elemento da realidade objetiva e de seu reflexo objetivo, artisticamente correto. A tendência da obra de arte se manifesta através da coerência objetiva do mundo configurado na obra de arte; é a linguagem da obra de arte e, portanto, a linguagem da própria realidade – veiculada pelo reflexo artístico da mesma –, não a opinião subjetiva do autor, a qual, como comentário subjetivo e como conclusão subjetiva, se manifesta clara e abertamente. A concepção da arte como propaganda direta, concepção defendida na arte contemporânea principalmente por Upton Sinclair, não leva, pois, em consideração, as possibilidades de propagandas mais profundas, objetivas da arte, o sentido leninista do conceito de partidarismo, colocando em seu lugar uma propaganda puramente subjetivista, que não surge organicamente da lógica dos próprios fatos configurados, mas permanece uma mera exteriorização subjetiva da opinião do autor[6].

---

6. G. Lukács, *Kunst und objekive Wahrheit*, op. cit., p. 616. Tradução de Ruth Röhl.

3. A Desmistificação do Nazismo

Muitas continuidades foram destruídas pelo nazismo – também a da literatura. Alguns dos melhores escritores foram assassinados (Erich Mühsam e Carl von Ossietzky, entre outros), outros passaram anos em presídios e campos de concentração, outros ainda cometeram suicídio (Kurt Tucholsky, Walter Hasenclever, Ernst Toller, Walter Benjamin, Stefan Zweig). Muitos escritores democratas e socialistas foram para o exílio, forçados ou de livre e espontânea vontade.

Logo após 1945, a maior parte deles retornou à zona de ocupação soviética. Segundo Wolfgang Emmerich, pode-se falar em uma biografia típica dos autores democratas radicais ou socialistas, nascidos entre 1875 e 1910. Os traços comuns são: 1. participação, durante a República de Weimar, na defesa da república e dos direitos democráticos, contra tendências estatais autoritárias e, mais tarde, nazistas; 2. opção pelo exílio durante o nazismo; 3. retorno à zona de ocupação soviética ou à RDA e contribuição literária para a construção socialista-antifascista.

É o caso, principalmente, dos escritores proletários revolucionários que haviam participado ativamente nas lutas políticas na República de Weimar. A partir de 1933, seus livros foram proibidos e queimados, e muitos foram presos. Bruno Apitz (1900-1979), Willi Bredel (1901-1964) e Eduard Claudius (1911-1976), entre outros, passaram anos em campos de concentração. Bredel e Claudius, após terem sido soltos, lutaram na guerra civil espanhola, juntamente com Hans Marchwitza (1890-1965).

34 A LITERATURA DA REPÚBLICA DEMOCRÁTICA ALEMÃ

Os autores mais representativos dos primeiros anos da RDA também vieram do exílio, a saber: Johannes R. Becher (1891-1958) e Friedrich Wolf (1888-1953) da União Soviética; Anna Seghers (1900-1983), Ludwig Renn (1889-1979) e Bodo Uhse (1904-1963) do México; Bertolt Brecht (1898-1956), Ernst Bloch (1885-1977) e Stefan Heym (1913-2001) dos Estados Unidos; Arnold Zweig (1887-1968) da Palestina; Stephan Hermlin (1915-1997) da Suíça, e Erich Arendt (1903-1984) da Colômbia.

Fizeram escola, no que concerne às gerações mais jovens de literatos da RDA, apenas Anna Seghers, na prosa; Johannes R. Becher e Stephan Hermlin, na lírica; e Brecht, no drama.

A produção em prosa, publicada na zona de ocupação soviética e nos primeiros anos da RDA, dá continuidade a formas e tendências da literatura de exílio e tem por tema o passado nazista. A maioria das obras tem caráter documentário, apenas dá testemunho acerca dos horrores vividos: o estilo é sóbrio, sem qualquer ambição estética. O próprio Brecht havia chegado à conclusão de que os acontecimentos em Auschwitz, no gueto de Varsóvia ou em Buchenwald não permitiam descrição em forma literária. Assim, não se sabia concretamente como a literatura podia auxiliar o processo de "desnazificação" (*Entnazifizierung*). Apenas poucos textos desvendam o "nexo causal" (Brecht) necessário à compreensão e superação do nazismo.

Um dos primeiros romances, de projeção internacional, publicado ainda na zona de ocupação soviética, em 1946, é *A Sétima Cruz*, de Anna Seghers. Foi publicado em 1942 em Nova York e filmado, em 1944, em Hollywood. A fábula é simples: em outubro de 1937, sete prisioneiros conseguem escapar do campo de concentração Westhofen, na Renânia. Fahrenberg, o comandante do campo, manda fincar sete cruzes na praça central, para martírio dos fugitivos que estavam sendo procurados e escarmento dos demais. Apenas um deles, o comunista Georg Heisler, consegue a liberdade do outro lado da fronteira alemã; os outros seis pagam a fuga com a morte. Todavia, a sétima cruz permanece vazia e torna-se símbolo de esperança e vitória contra o terror e a tirania.

A estrutura do romance repousa sobre a montagem. Paralelamente fluem vários fios da ação, em episódios isolados, contrastando ou cruzando uns com os outros. Só no decorrer da ação é que se estabelecem relações e as diferentes cenas se juntam num todo. O princípio composicional é, pois, a simultaneidade dos episódios.

O romance compõe-se de sete capítulos, cujos acontecimentos transcorrem no lapso de um dia. Grande parte dos episódios agrupa-se em torno de três centros principais: o campo de concentração Westhofen, com os comandantes da SS Fahrenberg, Bunsen e Zillich; a propriedade da família Marnet, em uma aldeia do Tauno; e as residências de Alfons Mettenheimer e de sua filha Elli, a esposa de Heisler, em Frankfurt. Trata-se, portanto, do espaço geográfico dos rios Reno e Meno,

A DESMISTIFICAÇÃO DO NAZISMO

entre Worms, Mainz e Frankfurt, região muito conhecida de Anna Seghers, que nasceu na cidade de Mainz. Através desse espaço, Heisler traça o seu caminho, vivendo as estações de seu drama.

Não menos complexa é a estrutura temporal do romance. A trama se desenrola em sete dias, narrados em sete capítulos. À primeira vista, parece um esquema cronológico simples, mas a impressão engana. Em pontos esparsos inserem-se inúmeras passagens que interrompem o curso linear da história. Trata-se de *flashbacks* – reminiscências e reflexões –, com a função de associar o presente com o passado e de dar aos personagens um pano de fundo biográfico, conferindo-lhes profundidade. Em um tempo em que a oposição organizada se tornara impossível, a força que supera o medo e a desconfiança, possibilitando uma ação solidária, só podia surgir da lembrança da luta comum. O *flashback* não é um mero recurso literário – é também condutor da mensagem política do romance.

A Sétima Cruz não possui um narrador onisciente, de forma que o leitor tem a impressão de se encontrar no palco do acontecimento, ou de contemplá-lo através dos olhos de um personagem. Apenas duas passagens, uma no início e outra no final do romance, são narradas na primeira pessoa do plural. Elas têm por função acentuar a autenticidade do fato narrado, permitindo que testemunhas façam uso da palavra, além de articular a afirmação valorativa que não podia partir da própria autora.

O romance é decisivamente político, embora lhe faltem agressividade e apelo ao ódio e à vingança. A questão que ele coloca – se é moralmente permitido pôr em risco a vida de alguém para salvar outra vida humana – é claramente respondida por um dos personagens: "Sim, era permitido. Não só permitido, como também necessário". Embora Anna Seghers não se faça ouvir diretamente, seu engajamento humano é indubitável. E engajamento humano significava para ela engajamento político, principalmente a partir de 1928, data de sua entrada no Partido Comunista. As estações da paixão de Georg Heisler são, ao mesmo tempo, as estações da solidariedade. Sua fuga não seria possível sem a organização comunista clandestina que lhe arranjou dinheiro e passaporte para escapar para a Holanda com nome falso. Mas também seria inviável sem o auxílio daqueles que, sem motivação política concreta, se engajaram em sua causa. No ver de Seghers, o homem possui uma "resistência de ferro", um potencial moral que pode ser atualizado em situações extremas.

O nome Westhofen pode ser substituído por Buchenwald, Dachau, Sachsenhausen ou Auschwitz: o ficcional e o autêntico coincidem no plano da exemplaridade. O espaço do romance é real e exemplar ao mesmo tempo; real, por se deixar seguir passo a passo em uma carta geográfica, e exemplar, porque algo semelhante aconteceu, de fato, em inúmeros outros locais na Alemanha.

Como já foi dito, *A Sétima Cruz* revela o uso da montagem. Nesse

36 A LITERATURA DA REPÚBLICA DEMOCRÁTICA ALEMÃ

aspecto, Anna Seghers discorda de Georg Lukács, como comprova a correspondência trocada entre eles, onde se pode ler:

Tais épocas de crise sempre se caracterizaram, na história da arte, por rupturas estilísticas bruscas, por experimentos, por formas mistas singulares; posteriormente o historiador pode ver que caminho se tornou viável. [...] Mas o que você considera desintegração me parece mais um inventário; o que considera experimento formal, uma tentativa enérgica de expressar um novo conteúdo, uma tentativa inevitável[1].

Outro romance de Anna Seghers, de grande significado para a época, é *Os Mortos Permanecem Jovens*, escrito parcialmente no exílio. Em 1969 ele foi filmado segundo roteiro escrito por Christa Wolf e Joachim Kunert. Diferentemente de *A Sétima Cruz*, que se passa em apenas sete dias, esse romance encerra o balanço de toda uma época, estendendo-se do final da Primeira Guerra Mundial e da revolução de 1918/1919 até o final da Segunda, em 1945.

A fábula é simples e didática: Erwin, soldado e revolucionário do grupo Spartakus, é morto por um trio de oficiais reacionários, mas sua amiga Maria tem um filho que, mais tarde, assume o legado político de seu pai. Em 1945, o jovem Hans tem o mesmo destino do pai, mas sua amiga também espera um filho seu. O processo de morte e nascimento, aludido no título *Os Mortos Permanecem Jovens*, simboliza o entrelaçamento de tragédia e perspectiva, que a autora divisa nessas três décadas de luta antifascista e socialista: embora as perdas sejam imensas, há sempre alguém para continuar a batalha.

Seghers mostra o processo histórico de forma objetiva, predominando ao longo do romance o lado reacionário. Os três assassinos de Erwin – o industrial von Klemm, o futuro membro da SS von Lieven e o oficial de carreira von Wenzlow – representam três vertentes do nazismo, e sua história permite o reconhecimento do nexo causal tão importante para Brecht: a origem e crescimento do nazismo torna-se compreensível e, portanto, criticável.

Todavia, as figuras de trabalhadores permanecem projeções do desejo da autora. Não obstante, o romance é importante e cumpre o propósito da literatura pós-fascista, no ver de Seghers, ou seja, tornar claro ao público leitor – principalmente jovem – o passado nacional e individual. Ele é considerado, na RDA, um "avanço decisivo" em direção ao realismo socialista.

Bruno Apitz foi prisioneiro no campo de concentração de Buchenwald durante oito anos. Anos após seu retorno, em 1958, publicou um romance sobre sua experiência no campo, concentrando-se na história do salvamento de uma criança polonesa. *Nu entre Lobos* teve uma recepção inédita na história da literatura da RDA. O livro foi publicado

---

1. Carta de Anna Seghers (28 de jun. 1938), Briefwechsel zwischen Anna Seghers und Georg Lukacs, G. Lukács, *Werke, Probleme des Realismus I*, p. 349.

A DESMISTIFICAÇÃO DO NAZISMO 37

por várias editoras, com uma tiragem de mais de dois milhões de exemplares. Foi traduzido em mais de trinta idiomas, e vertido em radiopeça em 1959, filmado para a televisão, em 1960, e para o cinema, pela Defa, em 1963. A partir de 1970 tornou-se, juntamente com *A Sétima Cruz* de Anna Seghers, leitura obrigatória nas escolas da RDA.

Segundo a fábula, o menino Stefan-Jerzy Zweig é contrabandeado numa mala para o campo de concentração pelo polonês Jankowski, escapando da câmara de gás. O fato verdadeiro de seu salvamento é o núcleo narrativo, em torno do qual se estrutura o material do romance. Quase todos os personagens se relacionam com ele: os prisioneiros, envolvidos de várias maneiras em seu salvamento, e os membros da SS, que caçam a criança para poder destruir o comitê ilegal do campo. A aproximação da frente é decisiva para a solução do conflito. É no contexto dessa situação histórica (a resistência dos prisioneiros aumenta, a SS entra cada vez mais em pânico e perde em poder) que o comitê ilegal consegue esconder os 46 detentos procurados pela SS como líderes da resistência.

O romance alia, pois, o destino da criança à luta pela libertação do campo. Na verdade, *Nu entre Lobos* é a primeira obra beletrística em língua alemã que tem por tema a resistência dentro de um campo de concentração nazista. O salvamento da criança põe em perigo a atividade dos combatentes ilegais e, conseqüentemente, a vida de muitos. Semelhantemente a Anna Seghers, Bruno Apitz opta pelo indivíduo, propondo um juízo de valor que vai ganhar cada vez mais espaço na produção literária da RDA, nas décadas seguintes.

O espaço temporal escolhido por Apitz para abrigar a ação é de grande significado. A criança chega em Buchenwald poucas semanas antes da libertação do campo pelos prisioneiros. Daí o suspense que reveste a trama do romance, considerando-se a situação específica do campo na fase final da guerra.

A técnica narrativa baseada em episódios é outro elemento estrutural a serviço do suspense. Apitz enfileira episódios, alguns bem curtos, de forma que os dois conflitos centrais – a história da criança e a da resistência – aparecem fragmentados e variados em diversos conflitos isolados. Esses episódios são narrados cronologicamente – registram-se apenas dois *flashbacks* –, embora com interrupções. Muitas vezes o episódio se encerra abruptamente e o leitor é lançado em outro fio narrativo, sem poder seguir o primeiro.

Assim é que, depois que ela desapareceu, não se ouve mais falar na criança por várias seqüências, antes que a SS pudesse descobrir o seu esconderijo, por meio da traição de Rose, sob tortura. O leitor questiona-se sobre ao paradeiro do menino, enquanto se envolve com outras constelações narrativas igualmente tensas: a decisão do comitê ilegal de esconder da SS seus 46 líderes, o destino de Höfel e Kropinski no *Bunker*, os preparativos da SS para a fuga, a preparação da resistência

38 A LITERATURA DA REPÚBLICA DEMOCRÁTICA ALEMÃ

no campo. Somente quando os planos de evacuação da SS desmoronam, os aeroplanos aliados sobrevoam o campo com maior freqüência e a rebelião pode eclodir a qualquer momento é que o leitor fica sabendo que o menino foi levado para outro esconderijo, a mando de Bogorski.

Nu entre Lobos situa-se no limite entre o ficcional e o autêntico. A relação tensa entre esses dois campos, conscientemente construída por Apitz, não diz respeito apenas à criança, mas também a uma série de personagens atuantes nos dois conflitos. Na apresentação do livro, Apitz alia esse procedimento à intenção autoral: "Saúdo com este livro nossos camaradas de luta de todas as nações, que tivemos de deixar para trás em nosso trajeto pleno de sacrifícios, no campo de Buchenwald. Para honrá-los, dei a muitos personagens do livro os seus nomes".

A pedido de inúmeros leitores interessados no destino de Stefan-Jerzys Zweig, o jornal *BZ am Abend* organizou uma procura que conseguiu localizar seu pai em Tel Aviv, o qual informou que o filho estava estudando em Lyon. Em 3 de fevereiro de 1964, o jornal publicou essa informação na primeira página: "Boa notícia para milhões: o jovem de *Nu entre Lobos* está vivo".

Nu entre Lobos é considerado, nas resenhas e ensaios da literatura especializada da RDA, o protótipo do romance realista socialista.

Franz Fühmann (1922-1984) começou como poeta, nos anos cinqüenta, tematizando a época nazista que vivenciou como soldado. Estudou Marx quando era prisioneiro de guerra na União Soviética. Escreveu romances, contos e livros infantis. Seu ajuste de contas com o nazismo estende-se pelos anos de 1960, quando se localizam os contos *A Criação* e *O Carro dos Judeus*.

A Criação tem por epígrafe os versículos 26, 27 e 31 do primeiro capítulo do *Primeiro Livro de Moisés* (*Bíblia* de Lutero). Os primeiros dois versículos tratam da criação do homem à imagem e semelhança de Deus, e o último fala da satisfação com a criação, no sexto dia.

O conto narra a atuação de um jovem soldado, Ferdinand W., numa aldeia de pescadores na costa do Peloponeso, na Grécia, onde deveria ajudar a construir uma estação de rádio para o exército alemão. As duas páginas iniciais situam o jovem, informando sobre sua família, formação, seu gosto por leitura e cinema. Criado no nazismo, W. está pronto a dar sua vida pelo *Führer*, pelo *Reich* e pela salvação da Europa do bolchevismo.

Fühmann acompanha as etapas da criação do mundo, descrevendo detalhada e magnificamente as vivências iniciais do jovem soldado na terra desconhecida. W. tem a sensação de ser senhor desse pedaço de terra, mais ainda: evocador, criador, redentor dessa terra primitiva, à espera de seu chamado e de seu olhar. A verbalização de seu sentimento põe à mostra a retórica nazista:

A DESMISTIFICAÇÃO DO NAZISMO

um novo milênio alvorecia, pois um povo criador, mais audaz que os viquingues e os argonautas, tinha finalmente rompido suas correntes e, cônscio de sua missão como de uma revelação, começado a destruir a velha ordem do mundo com a força das armas e, pronunciando o seu poderoso "Haja" por sobre os escombros, a construir o novo *Reich*, luminoso e magnífico, que deveria se erguer até o mais remoto futuro, o *Reich* do *Führer*, o baluarte da Europa, a coroa imperial do planeta, na qual também essa terra indistinta, para onde eles iam, haveria um dia de cintilar como uma pedra preciosa! Era a criação, para a qual eles haviam partido, a criação de um novo mundo e uma nova aurora, e este era o seu primeiro dia[2].

O desenlace da narrativa é motivado por uma ordem do comandante de vasculhar as casas da aldeia e prender todos os moradores encontrados, sem exceção, por serem suspeitos de guerrilha. W. depara-se, em um casebre, com uma velha enferma, deitada no chão perto do fogo. Dominado por um misto de piedade e repulsa, W. não sabe de início como agir, mas logo se refugia no senso do dever e no delírio nazista: "É preciso exterminá-los, esses seres inferiores!". De repente – tinha despontado o sexto dia – surge um homem do nada e W. distingue apenas um clarão que o devora e a seus companheiros de tropa, restando apenas o "grande silêncio sagrado do sétimo dia".

Enquanto *A Criação* desmistifica o nazismo em uma operação militar, *O Carro dos Judeus* tem por cenário uma escola, e elabora o anti-semitismo.

O conto é narrado em primeira pessoa: trata-se de uma vivência do eu-narrador aos nove anos, no verão de 1931, quando irrompe, na paisagem paradisíaca de sua infância, o pesadelo do carro dos judeus – amarelo, bem amarelo –, maculando sua pureza e inocência e desgarrando-o da natureza:

Até então eu tinha estado inocente na natureza, como uma de suas criaturas, uma libélula ou um cálamo ondulante, mas agora era como se ela me afastasse de si e se abrisse um abismo entre o mundo à minha volta e eu. Eu não era mais terra, nem grama, nem árvore ou animal[3].

Embora termine semelhantemente a *Mãe Coragem* de Brecht – o eu-narrador menino continua a perseverar no erro –, o leitor toma conhecimento dos preconceitos maquinados pelos nazistas e tem oportunidade de formar o seu juízo. Segue o conto na íntegra.

2. F. Fühmann, Die Schöpfung, *Erzählungen 1955-1975*, p. 125.
3. Idem, Das Judenauto, op. cit., p. 10.

O CARRO DOS JUDEUS

Franz Fühmann

Há quanto tempo remonta a memória? Um verde quente, esta é provavelmente a imagem mais antiga em minha memória: o verde de uma estufa de ladrilhos, cuja borda superior dizem ter trazido o relevo de um acampamento cigano; mas isso eu só sei das histórias de minha mãe, nenhum esforço do cérebro me traz de volta essa imagem. O verde, porém, eu mantive: um verde quente de garrafa de vinho de um brilho opaco. Sempre quando trago esse verde diante dos meus olhos, sinto-me pairar levemente nos ares, por sobre o soalho: eu só podia ver os ciganos, como mamãe contava, quando meu pai me levantava, guri de dois anos, nas alturas.

Então segue-se em minha lembrança algo brando e branco, que me punha sentado quieto um tempo imensamente longo e enquanto isso me fazia fitar fixamente para dentro de algo negro, que se retorcia para cima e para baixo e daí para uma caverna de sabugueiros com um banco e um homem em cima, o qual cheirava a aventuras e me deixava cavalgar em seu joelho, e me enfiava na boca um pedaço de uma salsicha deliciosamente doce, que eu mastigava avidamente, e essa lembrança é ligada a um grito e a uma tormenta que repentinamente arrancava de mim homem e folhagem, para rodopiá-los precipitadamente no nada. Não era obviamente nenhum ciclone, era o braço de minha mãe que havia me arrancado da caverna verde, e o grito também tinha sido o grito de sua indignação: o homem, cujo joelho havia me embalado, era uma das figuras da aldeia vítimas de zombaria, um latifundiário caído em degradação que, aproximando-se, balançando sobre pernas tortas, costumava esmolar pelas aldeias em busca de pão e aguardente, e o cheiro de aventuras selvagens era seu hálito de pinga e, a salsicha, um resto do matadouro de cavalos. De qualquer forma deve ter sido maravilhoso cavalgar em seus joelhos: essa é a primeira imagem que eu, ainda hoje, vejo bem nítida diante de mim, e naquela época eu tinha apenas três anos.

Desse tempo em diante seguem-se imagens mais e mais densas: as montanhas, o bosque, a fonte, a casa, o riacho e o prado; a pedreira, em cuja gruta moravam os espíritos que eu imaginava; tartarugas, vespões, o grito da corujinha, a alameda das árvores dos pássaros diante da fábrica cinzenta, a feira anual com seu cheiro de mel turco e a barulhada do realejo dos apregoadores das barracas, e finalmente a escola, com seu corredor pintado a cal, sempre sombrio apesar de suas janelas altas, através do qual rastejava o medo humano de todas as classes, como um nevoeiro. Os rostos dos professores eu esqueci; ainda vejo apenas dois olhos cinzentos apertados sobre um nariz longo, afiado como faca, e um bastão de bambu, entalhado

A DESMISTIFICAÇÃO DO NAZISMO

por anéis, e também as faces dos colegas se tornaram pálidas e desfocadas, menos um rosto de menina de olhos escuros, com uma boca fina, um pouco arrojada, e com cabelos claros curtos sobre a fronte alta: a face diante de cujos olhos se baixaram os meus, pela primeira vez perturbados por uma força enigmática; isso não se esquece, mesmo que depois tenha acontecido algo amargo...

Certa manhã era o verão de 1931, e eu tinha na época nove anos, entrou correndo na classe, como sempre poucos minutos antes do sinal, a faladeira da turma, a Gudrun K., de tranças negras, falando como um viveiro de sapos, novamente com o seu grito: "Gente, gente, vocês já ouviram?!". Ela arfava, pois gritava, e agitava selvagem os braços; sua respiração voara, no entanto ela gritava: "Gente, gente!" e lutava por fôlego arquejando no grito. As meninas como sempre se precipitaram subitamente em sua direção e a cercaram como um enxame de abelhas a sua rainha; nós meninos, no entanto, ligamos pouco para o seu espalhafato, muito freqüentemente a matraca da classe já tinha gritado alguma coisa ou como sensação, que logo depois tinha se revelado como algo sem importância. Assim não nos deixamos incomodar no que estávamos fazendo: nós estávamos justamente discutindo as mais recentes aventuras de nosso ídolo, Tom Schark, e Karli, nosso chefe, nos mostrava como se podia matar num repente o mais perigoso lobo, à maneira dele: um golpe firme na goela, lá onde os dentes são mais afiados, segurando firme o maxilar superior, abaixando com força o maxilar inferior, girando o crânio em rodopio e dando um pontapé na laringe do animal – aí ouvimos, do enxame das meninas, um grito sibilante. "Iii, que horror!" tinha guinchado uma das meninas, um "iii" bem agudo de susto pânico; nós nos voltamos e vimos a menina parada, a mão diante da boca escancarada e nos olhos o horror mais profundo, e o grupo das meninas estava curvado de pavor. "E então eles mexem o sangue com farinha de trigo e assam pão!", ouvimos Gudrun relatar rapidamente e vimos como as meninas se arrepiavam. "Que besteira é essa que está contando!", gritou Karli em voz alta. As meninas não deram atenção. Hesitantes, aproximamo-nos delas. "E aí eles comem?", perguntou uma menina com voz enrouquecida. "Isso eles comem no seu dia santo, aí eles se reúnem à meia noite, acendem velas e dizem um esconjuro e aí eles comem!", afirmou Gudrun com veemência ofegante. Seus olhos queimavam. "Que fórmula mágica?", indagou Karli e riu, mas a risada não soou verdadeira. De repente senti um medo estranho. "Vamos, fale!", berrei para Gudrun, e os outros meninos também berraram, e cercamos as meninas, que cercavam Gudrun, e Gudrun repetiu em frases curtas, quase gritadas, o seu relato. Um carro de judeus, assim ela falou aos borbotões, surgiu nas montanhas e à noite anda pelos caminhos pouco conhecidos para agarrar meninas, esquartejá-las e assar um pão mágico com o seu sangue; era um car-

42 A LITERATURA DA REPÚBLICA DEMOCRÁTICA ALEMÃ

ro amarelo, bem amarelo, assim ela falou, e boca e olhos estavam escancarados de pavor: um carro amarelo, bem amarelo, com quatro judeus dentro, quatro judeus negros, assassinos, com facas compridas, e todas as facas estavam cobertas de sangue, e do estribo também pingava sangue, isso as pessoas tinham visto nitidamente, e até agora tinham esquartejado quatro meninas, duas em Witkowitz e duas em Böhmisch-Krumma; eles as tinham pendurado pelos pés e cortado suas cabeças e deixado o sangue escorrer em panelas; e nós estávamos amontoados uns sobre os outros, um montão de susto que berrava e tremia, e Gudrun gritava mais alto do que nosso horror com voz estridente de coruja e assegurava ávida, embora ninguém duvidasse de sua história, que tudo era verdadeiramente verdadeiro. Quando ela tinha ido ontem para Böhmisch-Krumma, para entregar trabalho de casa, ela tinha podido ver o carro dos judeus com os próprios olhos: amarelo, bem amarelo, e o sangue pingando do estribo, e eu olhava fixo para o rosto de Gudrun, que era vermelho, e pensava maravilhado que ela tinha tido uma sorte imensa por não ter sido esquartejada, pois que o carro dos judeus corria pelos campos e pegava meninas, disso eu não duvidava nenhum segundo.

É verdade que eu não tinha visto ainda judeus, mas tinha aprendido muito sobre eles com as conversas dos adultos: os judeus tinham todos um nariz adunco e cabelos negros e eram culpados por tudo de ruim que havia no mundo. Eles tiravam das pessoas honestas, com truques ordinários, o dinheiro do bolso e tinham provocado a crise que ameaçava engolir a drogaria de meu pai; eles mandavam roubar o gado e as sementes dos camponeses e armazenavam cereais de tudo quanto é canto, jogavam aguardente em cima e então os lançavam ao mar, para que os alemães morressem de fome, pois eles odiavam a nós, alemães, acima de tudo e queriam nos destruir – por que é que não podiam espreitar num carro amarelo nos caminhos do campo, para agarrar meninas alemãs e esquartejá-las?

Não, eu não duvidava nenhum segundo de que o carro dos judeus existia, e mesmo as palavras do professor, que nesse ínterim havia entrado na classe e havia colocado como pouco merecedora de crédito a notícia do carro dos judeus, que todas as bocas lhe berravam, não mudaram nada. Eu acreditava no carro dos judeus; eu o via amarelo, bem amarelo, correndo entre campos de trigo, com quatro judeus negros com facas compridas e pontudas, e de repente vi o carro parar e dois dos judeus saltar para o trigal, em cuja beira uma menina de olhos castanhos estava sentada e trançava uma coroa de flores de trigo azuis, e os judeus, as facas entre os dentes, agarraram a menina e a arrastaram para o carro, e a menina gritou, e eu ouvi o seu grito, e eu estava superfeliz, pois era o meu nome que ela gritava. Em voz alta e desesperada ela gritava o meu nome; procurei o meu revólver, mas não o encontrei, saí em disparada de meu caminho secreto

A DESMISTIFICAÇÃO DO NAZISMO

com mãos nuas e pulei em cima dos judeus. O primeiro derrubei no chão com um soco no queixo, o segundo, que já havia levantado a menina nos ares, para lançá-la no carro, abati com o canto da mão na nuca, de forma que ele também foi abaixo; o judeu na direção deu a partida e o carro voou em minha direção. Mas naturalmente eu estava preparado para isso e dei um pulo para o lado; o carro passou voando, eu pulei em sua carroceria, despedacei com um soco a capota, arranquei a faca da mão atacante do judeu no banco ao lado, lancei-o para fora do carro, dominei o judeu na direção, brequei, saltei do carro e vi a menina desmaiada na grama diante do trigal, e eu vi o seu rosto que jazia imóvel na grama, e de repente vi apenas o seu rosto: olhos castanhos, boca fina, pouco arrojada e cabelos curtos e claros sobre a fronte alta. Eu vi faces e olhos e lábios e testa e cabelo, e era como se esse rosto sempre tivesse sido encoberto e pela primeira vez eu o visse nu. A timidez apoderou-se de mim; queria afastar os olhos e não o podia e me curvei sobre a menina que jazia imóvel na grama, e toquei com a minha mão a sua face, um hálito, e fiquei como que em chamas e repentinamente minha mão se queimou: uma dor súbita, meu nome retumbou em meu ouvido, acordei sobressaltado e o professor me bateu uma segunda vez com a régua nas costas de minha mão. "Duas horas de castigo", bufou ele, "já vou acabar com o seu sono durante as aulas!". A classe caiu na risada. O professor bateu pela terceira vez; a mão inchou, mas eu cerrei os dentes: a menina, cujo rosto havia visto na grama, estava sentada dois bancos à minha frente, e eu pensei que ela agora era a única a não rir de mim. "Dormir na aula – o garoto pensa que o banco é uma cama!". O professor tinha falado isso como piada, e a classe morria de rir. Eu sabia que ela nunca riria de mim. "Silêncio", berrou o professor. O riso abaixou. As estrias em minha mão ficaram azuis.

Depois do castigo não tive coragem de ir para casa; eu ruminava, quando subia lentamente a rua da aldeia, sobre uma desculpa verossímil, e finalmente tive a idéia de contar em casa que estivera pesquisando o carro dos judeus, e assim, para não chegar em casa pela rua principal, mas pelos campos, virei a rua e subi por uma vereda em direção às montanhas: trigais à direita e campinas à esquerda, e grão e grama ondeavam por cima de minha cabeça. Eu não pensava mais no castigo nem no carro dos judeus; eu via o rosto da menina nas ondas da grama, e no trigo via o seu cabelo claro. O cheiro dos prados era de estontear, a carne cheia das campânulas se agitava azul à altura do meu peito, o tomilho enviava ondas selvagens de um olor atordoante, enxames de vespas zumbiam malévolos, e a papoula brilhava ao lado do joio azul, um veneno crestador, do vermelho mais vivo. As vespas voejavam selvagens em torno do meu rosto, o sol dardejava, os grilos me gritavam uma mensagem louca, grandes pássaros alçavam um vôo súbito da folhagem, a papoula ao lado do joio

44 A LITERATURA DA REPÚBLICA DEMOCRÁTICA ALEMÃ

exalava um cheiro ameaçador, e eu estava perturbado. Até então eu tinha estado inocente na natureza, como uma de suas criaturas, uma libélula ou um cálamo ondulante, mas agora era como se ela me afastasse de si e um abismo se abrisse entre o mundo à minha volta e eu. Eu não era mais terra, nem grama, nem árvore ou animal; os grilos gritavam, e eu precisava pensar que ao chilrear eles tinham de esfregar as asas uma na outra, e de repente isso me pareceu desavergonhado, e de repente era como se tudo estivesse mudado e sendo visto pela primeira vez: as hastes de trigo estalavam ao vento, a grama se revolvia suavemente, a papoula cintilava, uma boca, mil bocas da terra, o tomilho borbulhava um olor amargo, e eu sentia o meu corpo como algo estranho, como algo que não fosse eu: pus-me a tremer e esfreguei a unha dos dedos na pele do meu peito e a arranhei; queria chorar e só conseguia gemer; eu não sabia mais o que estava acontecendo comigo, aí veio, afastando grão e grama para o lado, um carro marrom descendo lentamente a estrada do campo.

Quando eu o divisei levei um susto, como se tivesse sido pego cometendo um crime; arranquei as mãos do meu peito e o sangue se precipitou súbito em minha cabeça. Com muito esforço reuni meus pensamentos. Um carro? Como aparece um carro aqui, pensei eu gaguejante; aí entendi num relance: o carro dos judeus! Um pavor me atropelou: estava paralisado. No primeiro instante deixei de ver que o carro era marrom; agora que olhei, apavorado e estimulado por uma curiosidade pavorosa, uma segunda vez para ele, via que era mais amarelo do que marrom, na verdade amarelo, bem amarelo, amarelo gritante. Se no início tinha visto só três pessoas dentro, certamente tinha me enganado, ou talvez uma delas tinha se abaixado, eram quatro no carro, e um tinha se abaixado, para saltar em cima de mim, e aí senti um medo mortal. Era medo mortal; o coração não batia mais, nunca tinha percebido o seu batimento, mas agora, que ele não batia mais, eu o sentia: uma dor mortal na carne, um lugar vazio que, se crispando, expirava a minha vida. Eu estava paralisado e contemplava fixamente o carro, e o carro veio descendo lentamente a estrada do campo, um carro amarelo, bem amarelo, e vinha em minha direção, e aí, como se alguém tivesse posto um mecanismo em movimento, repentinamente meu coração bateu de novo, e agora batia super-rápido, e rápido os meus pensamentos capotaram: gritar, sair correndo, esconder no trigal, pular para a grama, mas aí me ocorreu ainda, no último segundo, que eu não devia levantar nenhuma suspeita. Eu não devia deixar perceber que eu sabia: esse era o carro dos judeus, e assim me pus a caminho, agitado de terror, estrada abaixo, com o passo regular diante do carro, o passo disparou, e me pingava o suor da testa, e ao mesmo tempo estava gelado, e assim caminhei quase uma hora, embora fossem só alguns passos até a aldeia. Meus joelhos tremiam; já estava pensando que ia desmaiar, quando ouvi, estalando

A DESMISTIFICAÇÃO DO NAZISMO 45

como um golpe de chicote, uma voz do carro: um chamado talvez ou uma ordem, e aí vi preto diante dos olhos; só sentia ainda como minhas pernas corriam e me levavam consigo; eu não via nem ouvia nada mais, e corria e gritava, e só quando estava no meio da rua da aldeia, entre casas e no meio de gente, é que ousei arfando me virar e aí eu vi que o carro dos judeus tinha sumido sem rastro.

É lógico que na manhã seguinte contei na classe que o carro dos judeus tinha me caçado horas a fio e quase me alcançado, e que eu só tinha escapado por um magnífico murro, e eu descrevi o carro dos judeus: amarelo, bem amarelo, e ocupado por quatro judeus que haviam brandido facas cobertas de sangue, e eu não estava mentindo, tinha de fato vivenciado eu mesmo tudo isso. A classe ouvia sem respirar; tinham me cercado e me olhavam maravilhados e também invejosos; eu era um herói e agora poderia me tornar o chefe no lugar de Karli, mas eu não queria isso, eu queria apenas um olhar e não ousava procurá-lo. Então chegou o professor; gritamos-lhe na cara a notícia incrível. Em febre descrevi o que tinha passado, e o professor me perguntou lugar e hora e circunstâncias, e eu podia indicar tudo o mais exatamente possível, não havia trapaças nem contradições, não havia nada senão fatos irrefutáveis: o carro amarelo, bem amarelo, os quatro ocupantes negros, as facas, o sangue no estribo, a estrada do campo, a ordem de me agarrar, a fuga, a caçada; e a classe ouvia sem respirar.

Aí a menina de cabelos curtos e claros levantou os olhos, e aí ousei olhar em seu rosto, e ela meio que virou em seu banco e me contemplou e sorriu, e meu coração disparou. Era a felicidade suprema; ouvi os grilos gritarem e vi a papoula brilhar e senti o olor do tomilho, mas tudo isso agora não me embrulhava mais, o mundo estava novamente salvo, e eu era um herói, ileso do carro dos judeus, e a menina me contemplou e sorriu e me disse com sua voz calma, quase pensativa, que seu tio tinha vindo ontem com dois amigos de visita, eles tinham vindo de carro, dizia ela, e respondeu à rápida pergunta do professor: eles tinham descido o mesmo caminho ao mesmo tempo que eu dizia ter visto o carro dos judeus, e seu tio tinha perguntado a um menino, que estava parado à beira do prado, pelo caminho, e o menino saiu correndo aos berros, e ela passou a língua por seus lábios finos e disse, bem devagar, que o menino no caminho estava trajando calças de couro verdes iguais às minhas, e nisso ela me olhava sorrindo amavelmente, e todos, assim eu sentia, estavam me olhando, e eu sentia os seus olhares zunirem malévolos como vespas, enxames de vespas sobre arbustos de tomilho, e a menina me sorria com aquela crueldade calma, como só crianças são capazes. E quando uma voz berrou de mim, a imbecil estava imaginando coisa, tinha sido o carro dos judeus: amarelo, bem amarelo, e quatro judeus negros dentro, com facas sangrentas, aí ouvi de outro mundo, através do meu berrei-

46 A LITERATURA DA REPÚBLICA DEMOCRÁTICA ALEMÃ

ro, uma voz calma dizer que ela mesma tinha me visto sair correndo diante do carro. Ela dizia isso muito calmamente, e eu ouvi como o meu berreiro cessou súbito; fechei os olhos, era um silêncio de morte, e aí de repente ouvi uma risada, uma risada de menina abafada, afiada, aguda como zumbido de grilos, e aí estourou uma onda de gritaria pela sala e me expulsou dela. Saí correndo da sala, entrei no banheiro e fechei a porta atrás de mim; lágrimas saltavam de meus olhos, fiquei um tempo anestesiado no meio do cheiro cáustico de cloro e não tinha nenhum pensamento e contemplava fixamente a parede fedida, alcatroada de preto, e de repente eu sabia: eles eram culpados! Eles eram culpados, eles, só eles: eles tinham feito tudo quanto era maldade que havia no mundo, tinham arruinado o negócio do meu pai, tinham provocado a crise e lançado o trigo no mar, eles tiravam com seu truque ordinário o dinheiro do bolso das pessoas honestas, e até comigo tinham feito um de seus truques sujos, para me envergonhar diante da classe. Eram culpados de tudo; eles, ninguém mais, só eles! Eu cerrei os dentes: eles eram culpados! Em prantos pronunciei o seu nome; eu golpeava os olhos com os punhos e estava no banheiro dos meninos alcatroado de preto e fedendo a cloro e berrava o nome deles: "Judeus", gritava repetidamente: "judeus!", como só isso podia soar: "Judeus, judeus!", e estava em prantos na cela do banheiro e gritava, e aí vomitei. Judeus. Eles eram culpados. Judeus. Reprimi o vômito e cerrei os punhos. Judeus. Judeus, judeus, judeus. Eles eram culpados. Eu os odiava[4].

4. Idem, p. 5-13. Tradução de Ruth Röhl.

4. A Construção do Socialismo

A luta pela nova ordem democrática antifascista, nos anos de 1945 a 1949, foi, ao mesmo tempo, uma imensa luta econômica. No campo, os grandes latifúndios foram transformados em cooperativas de produção agrícola e terras estatais; até 1950, 60% das empresas industriais já estavam estatizadas. Previu-se para 1949-1950 um plano econômico de dois anos, para 1951-1955, um qüinqüenal. Na segunda conferência do partido, em 1952, decidiu-se que a "construção do socialismo" devia ser vista como tarefa primordial do povo da RDA.

Brecht define o socialismo como "a grande produção"; segundo ele, essas palavras também subentendem a assimilação produtiva, autodeterminada da própria natureza e superação progressiva do que lhe é estranho. Em 1966, Heiner Müller afirma: "cada trabalho, em nosso país, produz também produtividade nas pessoas que o realizam, e a questão seria a liberação de produtividade e do prazer na produtividade junto àqueles que aqui trabalham". Incentivar a produtividade, despertar o prazer na produtividade, era a grande meta a ser atingida.

O plano econômico, previsto em 1949 para dois anos, mas cumprido em um ano e meio, baseava-se num sistema de normas de trabalho, elaboradas segundo aproveitamento otimizado das possibilidades técnicas existentes e melhoria dos métodos de trabalho. A produtividade do trabalhador era recompensada por prêmios em dinheiro acrescidos a seu salário. O título "Herói do Trabalho", dado anualmente a trabalhadores que haviam se destacado em sua profissão, era acompanhado de prêmio no valor de dez mil marcos.

48 A LITERATURA DA REPÚBLICA DEMOCRÁTICA ALEMÃ

O conceito "herói do trabalho" havia sido introduzido na União Soviética em 1934, por Gorki, significando a imagem do homem novo da nova sociedade socialista. Gorki colocava o trabalho como tema central da literatura socialista a ser criada, capaz de construir a sociedade sem classes. O título "Herói do Trabalho" encerrava um feixe de conotações significativas para o momento histórico-social da RDA: o trabalhador era responsável pelo desenvolvimento social revolucionário, sujeito e não mero objeto da história, criador das bases da nova sociedade, protótipo do "herói positivo" e, como tal, detentor de uma função didática, função esta semelhante à exigida da literatura.

Em 1950, o pedreiro Hans Garbe recebeu o título por ter consertado um forno circular sem parar o seu funcionamento, isto é, a uma temperatura de cem graus, economizando para a fábrica Siemens-Plania, em Berlim-Lichtenberg, cerca de meio milhão de marcos. Foi citado por Ulbricht em discurso proferido no III Encontro do Partido Socialista Unificado da Alemanha, em julho do mesmo ano.

Seu feito foi assunto da reportagem "Pedreiro de Forno Hans Garbe Tinha Razão", escrita por um correspondente do povo e publicada no jornal *Neues Deutschland* em 24 de fevereiro de 1950. Nos anos seguintes, Garbe foi tema de uma série de obras literárias que focalizaram os anos difíceis da construção do socialismo.

Eduard Claudius (1911-1976) escreve duas versões a respeito, uma narrativa intitulada *O Começo Difícil* (1950) e o romance *Gente ao Nosso Lado* (1951), de grande sucesso, citado por Ulbricht como exemplo do tema "herói do trabalho". Claudius é um escritor afirmativo, pouco dialético. Seu discurso laudatório fica claro no final patético do conto *Homem na Fronteira*, história de um emigrante sem documentos que é levado por policiais para a fronteira, sem ter para onde ir, conta apenas com a solidariedade de um trabalhador e um camponês:

> E devo ter sido despertado pelo vento, que começou a soprar com a chegada da noite. Os policiais, não os vi mais. Um rosto se curvou sobre mim, e era o rosto do trabalhador e, como eu tinha frio, ele tirou seu paletó e o colocou sobre mim. E do outro lado estava o camponês, e suas mãos me davam pão. Minha nudez e minha fome! "Você não pode ficar aqui", disse o trabalhador, "está caindo a noite!". Eram ambos homens. "Você não pode ficar aqui", disse o camponês. "À noite faz frio". E eu, eu era também um homem. E novamente sabia que se pode olhar com olhos secos e a outrem dar a impressão de estar chorando. "Venha", disse o trabalhador. "Venha", disse o camponês, "vai-se achar um lugar". E eu novamente sabia como é quando se tem de cerrar os dentes e não se está... não se está... junto a homens![1]

O romance *Gente ao Nosso Lado* apresenta traços problemáticos, como simplificação da realidade, abolição da contradição, maniqueísmo e personagens e situações com função ilustrativa. Não se percebe um processo de aprendizado, pois as decisões não são mostradas em

---

1. E. Claudius, Mensch auf der Grenze, *Mensch auf der Grenze*, p. 122.

A CONSTRUÇÃO DO SOCIALISMO 49

processo, mas já articuladas conscientemente: a realidade é captada de forma estática.

Käthe Rülicke, colaboradora de Brecht, entrevista Garbe em 1952 e elabora uma reportagem intitulada "Hans Garbe narra". Sua abordagem também é simplificadora, pois a história é rememorada pelo herói, e a vitória final está presente desde o início e nunca é questionada.

Brecht deixou fragmentos para uma peça didática sobre Garbe, a ser intitulada *Büsching*. Em 11 de julho de 1951 registra o seguinte: "do material, uma linha: esse trabalhador se apruma à medida em que produz. A ser pesquisado tudo o que muda para ele e nele, quando passa de objeto a sujeito da história – contanto que isso não seja um processo meramente pessoal, pois diz respeito à classe".

Na segunda metade de outubro de 1953, Brecht anota conversa com Eisler a respeito do projeto: "nós discutimos um 'Garbe', no estilo da 'decisão' ou da 'mãe', a ser escrito em março ou abril, com um ato completo sobre o 17 de junho".

Brecht opta pela historicização do material: o feito de Garbe e sua pré-história imediata são situados no contexto histórico da RDA do final da guerra até 17 de junho de 1953, data da greve dos trabalhadores em Berlim Oriental, da qual Hans Garbe participa. O esboço de 1954 dá, porém, menos espaço a Garbe, trabalhador ingênuo em termos políticos, e acentua a greve de 17 de junho, momento em que, acima de tudo, era preciso ter consciência política.

O esboço encontra-se no arquivo Bertolt Brecht, registrado sob o número 925/01: 1. Garbe no advogado, por ter engravidado uma mulher (cujo marido não lhe compra nenhuma blusa), com víveres roubados como suborno; 2. Garbe, liberto, continua a trabalhar em empresa particular. Ele é a favor da expropriação, tenta expropriar o proprietário e é expulso do partido; 3. A empresa sem dono é desmontada (as ferramentas são recolhidas por trabalhadores); 4. Garbe pela redução das normas, prejudica a si mesmo, Garbe como achatador de tarifas (tampa do forno); 5. Luta pelo forno; 6. Garbe contra outra redução das normas, sem sucesso; 7. Pode o governo manter as novas normas? Não! Pode renunciar a elas? Não! – O governo renuncia às normas; 8. O 17 de junho; 9. A história de seu aluno. Fuga para o Ocidente; 10. Os russos salvam a fábrica. Garbe morre; 11. O aluno retorna. Tarde demais. Agora, mas não para sempre.

Hildegard Brenner (1973) não aceita a explicação de Rülicke, de que Brecht desistiu do projeto por ele não conter contradições suficientes, e explica a atitude do dramaturgo a partir de fatos que ele reprovava, mas que eram inevitáveis na época – a necessidade de heróis do trabalho e conseqüente manutenção de fetiches burgueses, como mercadoria e dinheiro –, o que tornava a figura do "aluno" fraca, mesmo com a morte do "herói" Garbe, e a peça, inadequada para teatro com público.

Em 1956, Heiner Müller escreve, em co-autoria com sua mulher Inge, a peça *O Achatador de Salários*, considerada, pela crítica de teatro da Alemanha Oriental, o marco inicial da dramaturgia socialista da RDA, e apontada, em relação a outras peças da época produzidas no país, como "o materialismo em relação ao idealismo, a dialética em relação à lógica formal". A peça é fruto de uma conjuntura político-ideológica mais aberta à crítica: com o discurso de Krushev no II Encontro do PCUS em 1956, tornava-se possível uma avaliação do stalinismo; no IV Congresso de Escritores, também realizado em 1956, havia sido criticada a representação esquemática da realidade, bem como a ausência de conflitos.

O Achatador de Salários teve a sua estréia em março de 1958 em Leipzig. Embora elogiada pela crítica, a peça teve, até 1959, somente mais três encenações; em montagem com *A Correção*, do mesmo autor, retornando a palcos da RDA apenas duas décadas depois, em 1978, 1981 e 1988, esta última vez concomitantemente com o Festival Heiner Müller realizado em Berlim Ocidental (Deutsches Theater de Berlim Oriental, direção de Müller). Na Alemanha Ocidental foi encenada em 1974 na Schaubühne de Berlim, suscitando celeuma em torno do tipo de teatro praticado nos dois lados da Alemanha e da dificuldade de se colocar, num palco burguês, o mundo do trabalhador. A distância e o desconhecimento da realidade do trabalhador socialista, com seus planos de produção, normas e prêmios, suas instalações anacrônicas e precárias, foram possivelmente a causa dos poucos aplausos por parte do público, na opinião de Henning Rischbieter.

Nas palavras introdutórias a *O Achatador de Salários*, Müller indica o tempo e o lugar onde se passa a ação, bem como a fábula – a história do forno circular –, que coloca como conhecida, apelando para o trabalho de memória do receptor. Precedendo essas informações acha-se o eixo central das preocupações do autor: apresentar a luta entre o "velho" e o "novo" em co-produção com o receptor.

O confronto entre o "velho" e o "novo" – a mentalidade inscrita e a mentalidade renovada – é um tema obsessivo de Müller. Nesse ponto pode se ver uma continuação direta de Brecht, que afirma num texto de 1956: "A divisão da Alemanha é uma divisão entre o velho e o novo. A fronteira entre a RDA e a RFA separa a parte em que o novo – o socialismo – exerce o poder da parte governada pelo velho – pelo capitalismo".

A peça *O Achatador de Salários* oferece uma outra visão da história do ativista Garbe, visão esta centrada nos conflitos vividos no universo do trabalho. Este é reconstruído em quinze cenas, sendo que a sexta é subdividida em 6a e 6b, e a oitava, em 8a, 8b, 8c e 8d.

A história de Garbe, na peça Balke, e do forno circular é mostrada nas cenas 8a a 15. Esta tarefa, anunciada por Müller como fábula da peça, é, no entanto, precedida por uma tarefa primeira, também resolvida a contento por Balke nas cenas 2 e 4 a 6b. O resultado dessa

A CONSTRUÇÃO DO SOCIALISMO 51

primeira tarefa pode ser visto dialeticamente em seu efeito positivo para a empresa e negativo para o trabalhador em seu ambiente de trabalho: o preço que Balke paga por seu sucesso é a alcunha de "achatador de salários", que recebe dos companheiros por estabelecer uma nova norma de trabalho.

Como o aspecto da realidade privilegiada na peça é o do trabalho, o perfil dos personagens não inclui as dimensões psicológica e privada; trata-se mais de tipos de trabalhadores, construídos em função do confronto temático "velho" *versus* "novo" e da vida na empresa: alguns são assinalados apenas como "um velho trabalhador" ou "um trabalhador jovem", o que já os situa no contexto histórico, outros possuem um passado nazista ou socialista, outros ainda são nomeados por sua função na empresa (diretor, secretária, contador) ou pela ação em que estão envolvidos no momento (trabalhadores comendo, jogando cartas etc.). A ênfase é no perfil social das pessoas, e não no que nelas ocorre por trás da máscara social ou do padrão social por elas esperado e mantido.

Balke é apenas apresentado como um bom profissional. A peça explora, no entanto, facetas contraditórias e menos exemplares desse personagem, mostrando-o em processo de formação no socialismo. Em comparação a Balke, cabe a Schorn, secretário do partido, uma atuação mais equilibrada, mas a peça também deixa claro que seu valor não se vincula necessariamente ao partido, na medida em que registra igualmente a atuação negativa de antecessores, fato criticado na época. Os tipos de trabalhadores carregam marcas deixadas pela ação da sociedade, entre outras, a disciplina e a dureza adquiridas na época do nazismo e da guerra, e aproveitadas na fase de construção do socialismo.

Visando ao desvelamento dos personagens em sua contraditoriedade, *O Achatador de Salários* explora o diálogo dramático, que se mostra acima de tudo como um ato de linguagem em situação. O contexto situacional, de extrema importância para a visão dialética, é no mais das vezes marcado pela dêixis do texto e tem suas contradições postas em destaque por recursos que geram um efeito de estranhamento: interrupções nos diálogos, linguagem gestual, visual – letreiros, faixas, artigos de jornal em quadros de avisos – e comentários cênicos. O diálogo é movido por falas de vários personagens, permitindo a abordagem da situação de diferentes ângulos, bem como a constatação de consensos e dissensos. As falas são pontuadas por pausas e gestos estrategicamente colocados.

A forma como a dialética funciona na peça testemunha o modo de pensar do autor. Para Müller, a condição de mudança é a diferença; o aparentemente resolvido – face daninha da ficção do herói do trabalho – gera estagnação e imobilidade. Assim, acentuando as contradições e os conflitos, o autor não encerra o processo dialético com um *happy end*. Também aqui parece seguir as pegadas de Brecht, para quem a

52 A LITERATURA DA REPÚBLICA DEMOCRÁTICA ALEMÃ

atrofia da dialética não somente freia o desenvolvimento como também permite o exercício do poder e a neutralização das massas. A falta de resolução que a peça atesta é, em última análise, uma contribuição importante no sentido de chamar a atenção para a importância da dialética.

O *Achatador de Salários* não oferece uma versão afirmativa da história oficial, mas uma leitura crítica da realidade socialista. Essa leitura crítica é viabilizada por dois movimentos: pelo deslocamento do feito heróico – o conserto do forno em pleno funcionamento –, decantado em outras versões, para o processo do fazer, e pela simultaneidade entre o fazer difícil e a construção do mito pela mídia. Se o primeiro movimento deixa à mostra os condicionamentos históricos e os problemas emergentes, o segundo permite o confronto entre a realidade e a versão oficial.

O deslocamento do ato heróico para o conflito, patente também no título, sinaliza a crise da época, o descontentamento que gerou a greve em 17 de junho de 1953, questão passada ao largo pelos elaboradores da "norma técnica de trabalho", os quais eram vistos pelos trabalhadores como "achatadores de salário".

Concentrando a tarefa central na etapa da resolução, *O Achatador de Salários* põe em cena situações cuja leitura exige um trabalho dentro da história, um movimento constante no espaço e no tempo, pois se constrói mediante redes de relações. Essas relações são dadas por falas, gestos e posturas de diferentes personagens, em situação de enunciação, evidenciando o conflito vivido pelo trabalhador – a mentalidade condicionada pelo sistema passado e a mudança exigida pela nova constelação em meio a condições adversas.

O mito do herói do trabalho é confrontado com as circunstâncias de sua produção nas cenas "recortadas" e, com isso, estranhadas pela subdivisão: 6a-6b, 8a-8d. Permitindo a inferência de uma intenção didática, a versão oficial, tal qual a seqüência das duas tarefas, se apresenta em dois momentos; por duas vezes um repórter busca notícias auspiciosas da empresa para o jornal de domingo. Em ambas as vezes, a situação vivida na empresa é negativa. As notícias publicadas no jornal são, a seguir, contrastadas com a realidade. Nas cenas 6a e 6b têm-se a situação real de desconfiança e desagrado em relação à atuação de Balke. A foto do "melhor cavalo" da empresa, quando pendurada no escritório e na cantina, dá ensejo, de um lado, a comentários acerca de seu comportamento na época nazista e, de outro, à animosidade dos colegas. Já a reportagem, escrita no tom afirmativo e grandiloqüente do estilo oficial – "inovador intrépido", "ritmo de trabalho socialista", "o suor escorre sobre o peito nu, seus rostos expressam decisão e confiança" –, é lida, na cena 8d, pelo próprio Balke e seus ajudantes. A história oficial é desmistificada pelo contraste com as cenas precedentes 8b e 8c, que registram a história real: não-adesão ao plano por parte dos trabalhadores, atos de sabotagem.

A forma como o material histórico é tratado na peça remete à in-

A CONSTRUÇÃO DO SOCIALISMO 53

tenção do autor. Os vários episódios retomam um momento histórico já datado para o público receptor da RDA: o fato ocorreu nos anos 1949/1950 e a peça foi estreada em 1958, depois, portanto, da morte de Stalin e da greve dos trabalhadores em 1953. Ao mesmo tempo, revelam problemas de todo não solucionados na época da produção e recepção da peça. O final em aberto condiz com o gesto autoral de delegar a construção do significado ao receptor.

Em comentário acerca da encenação de *O Achatador de Salários* no Maxim Gorki Theater, em fins dos anos de 1950, Müller aborda a questão da não-completude do processo dialético. A cena que deu origem ao debate mostra um ex-nazista enunciando o seu desejo de entrar para o partido. Relembrando a discussão que se seguiu à peça, o autor expõe dois modos de ver a questão. A opinião de que a aceitação ou não do candidato deveria ser definida em cena, e não ficar "no ar", é contraposta ao diferente modo de ver de outro espectador: "Como assim no ar? Nós falamos a respeito!". É a partir dessa experiência com o público que Müller argumenta em defesa de um "teatro como processo" (Theater als Prozess), centrado na tensão dramática criada entre palco e platéia. Essa concepção de teatro é explicitada em oposição ao que chama de "teatro de situação" (Theater als Zustand), ou seja, o teatro que conserva uma estrutura historicamente anacrônica e mantém o *status quo* estético e social – dicotomia entre palco e platéia –, na medida em que o drama, formulando e solucionando conflitos, se passa no palco e os espectadores assumem uma postura meramente contemplativa.

No contexto da reflexão sobre "teatro como processo", Müller chama de crise, referindo-se ao teatro socialista, ora a separação (1972, texto publicado em *Theater der Zeit*, RDA), ora a congruência (1975, texto publicado em *Theater heute*, RFA) das funções "sucesso" e "efeito". "Sucesso" seria a expressão da forma de mercadoria do teatro, do teatro que se adapta às leis vigentes do mercado; "efeito", por sua vez, define o conceito "teatro como processo" do ponto de vista sociopolítico, correspondendo à expressão do teatro liberado da pressão do sucesso, ou seja, de uma funcionalização ditada pelo sistema. Theo Girshausen (1981) sintetiza a categoria "efeito" numa fórmula feliz, que dá conta de ambos os sistemas, o socialista e o capitalista; para ele, "efeito" designa a "função estética específica do teatro emancipado de pressão social integradora". O aparente paradoxo entre as avaliações registradas nos dois momentos acima citados parece resultar da observação que, no correr do tempo, a categoria "sucesso" se impôs como única função social, ou como *a* função social institucionalizada. Na verdade, o cerne da questão é a expressão ou não da diferença – conflito de opiniões *versus* nivelação de pontos de vista contrários –, tal como formulada pelo autor, no lado alemão oriental, ao criticar a atuação das instituições responsáveis pelo processo didático de formação, por promoverem um consenso superficial que põe fim à diferença.

No conceito "efeito" há, pois, que considerar dois aspectos, o processo palco-platéia e o processo teatro (socialista)-sociedade (socialista), sendo que o último remete à questão "instituição". Em vários testemunhos, Müller opõe-se ao teatro socialista enquanto instituição: em sua opinião, a instituição perpetua a produção e a recepção, definindo-se paradoxalmente em relação à verdadeira função da literatura e às possibilidades sociais – como "mausoléu da literatura" e "conservante de situações ultrapassadas" (texto de 1975). Nessa crítica à instituição, o estético mostra-se profundamente vinculado ao social. A mesma ligação pode ser constatada nas palavras em defesa da inovação estética: "De uma peça que nada ensina aos escritores de peças, a sociedade também nada pode aprender".

Ao mesmo tempo em que a peça *O Achatador de Salários* subverte a norma estética do realismo socialista – herói positivo, realidade sem conflitos, *happy end* –, ela reforça a função do público. Na verdade, a peça funciona como um laboratório do cotidiano do trabalho: as situações que se cristalizam são estranhadas conforme a óptica brechtiana. Contudo, o estranhamento do cotidiano não se dá de forma direta, como *V-Effekt* com caráter apelativo, à moda de Brecht, mas exige co-produção dialética: cabe ao público espectador avaliar as redes de relações expostas no processo da trama, investindo a sua experiência e pondo à prova a sua consciência social.

Um dos efeitos das técnicas de estranhamento em *O Achatador de Salários* é impedir a avaliação legitimatória do *status quo*, ressaltando o conflito e apontando o que precisa ser mudado; outro, igualmente produtivo em termos de formação de uma consciência não só crítica, mas também aberta à mudança, é a alteração que acarreta no *a priori* histórico da organização da percepção. A forma usual de vivência da realidade é irritada ao deparar-se, não com uma cópia, mas com um modelo da realidade que desafia a interpretação automática, por ser visivelmente um signo construído de forma descontínua, chamando a atenção para a sua teatralidade. Tendo em vista a complexidade estética da peça e a condição de recepção por parte do público, habituado a normas estéticas e a um estilo de comunicação prescritos pela instituição cultural, a luta entre o "velho" e o "novo" é também traço estrutural de sua forma de comunicação.

A leitura crítica de *O Achatador de Salários* é politicamente produtiva pelo fato de operar "de dentro": ela leva em conta a inscrição social, cultural e psíquica, mas valoriza a diferença. A saída da imobilidade condiciona-se à mudança de postura por parte do trabalhador e do partido. Cabe a ambos, enquanto público receptor, pôr em prática a terceira lei da dialética – a lei da negação da negação. O trabalhador é levado a refletir sobre uma atuação mais efetiva, por meio de confronto com o seu comportamento contraditório (insatisfação com sistema de normas, mas omissão no tocante à ação politicamente efetiva; carência

A CONSTRUÇÃO DO SOCIALISMO

de produtos, mas atos de sabotagem na produção). A transparência de opções impostas pela necessidade, a conseqüente anulação da individualidade e a falta de diálogo sinalizam, por sua vez, o perigo da institucionalização de soluções inadequadas e do dogmatismo.

Hoje, essa peça é valiosa como documento de época, como testemunho dos conflitos e desacertos que levaram ao fracasso da utopia socialista na RDA. Valiosa também pela capacidade do autor, não só de perceber, mas tornar vivo o impasse, mesmo para platéias que podem não estar por dentro dos fatos.

Seguem quatro cenas de *O Achatador de Salários* – 8a-8d –, que mostram as dificuldades que Balke tem de enfrentar e desconstroem o mito oficial. Balke, na tradução, chama-se Amparo.

O ACHATADOR DE SALÁRIOS

Heiner Müller

8a
Escritório técnico. Os engenheiros Kant e Mangalarga, o Diretor, Xavier, Amparo, Rogado.

DIRETOR – *O forno 4 estourou. Não preciso explicar para os senhores o que isso significa. Os fornos bombardeados ainda não foram reconstruídos, o material está escasso. Se um forno ficar parado o plano vira uma folha de papel.*

MANGALARGA – *Isso ele já é, com ou sem forno 4.*

DIRETOR – *Isso é discutível. Você viu o forno. Uma coisa é certa: ele tem que ser totalmente reformado, com remendos nada feito. Quer dizer: ele vai ficar parado quatro meses – é o tempo que demora a reforma.*

Batem na porta.

SRTA. MELAN – *Desculpe. O repórter do jornal está aqui. Ele quer falar com o senhor. Disse que precisa de alguma coisa da produção para o suplemento de domingo.*

DIRETOR – *Diga a ele que escreva sobre joaninhas. Em dezembro isso interessa às pessoas. Não preciso dele. Agora não.*

SRTA. MELAN (ri baixo e depois) – *Mas...* (reagindo a um olhar do Diretor) – *Sim. Joaninhas.* (Sai.)

DIRETOR – *É costume deixar o forno completamente parado durante a reforma. Sempre foi feito assim.* (Pausa. Enxuga o suor.)

MANGALARGA – *Não vejo nenhuma outra possibilidade.*

ROGADO – *Certo, sempre foi feito assim.*

Kant cala-se.

56   A LITERATURA DA REPÚBLICA DEMOCRÁTICA ALEMÃ

DIRETOR – *Se desligarmos o forno, estamos fritos. Os prazos de entrega estão acima de tudo.*

MANGALARGA – *Já aconteceu de eles serem cumpridos?*

DIRETOR – *Já. Em todo caso o plano de produção começa e termina com o forno quatro. Parar está fora de cogitação.*

MANGALARGA – *Tudo muito bom e bonito, mas não parar também está fora de cogitação.*

DIRETOR – *Isso que eu queria perguntar.*

KANT – *O senhor quer reformar o forno com o fogo aceso?*

DIRETOR – *Quero. Claro que a câmara que estiver em obras vai ser desligada.*

MANGALARGA – *Absurdo.*

ROGADO – *Se isso fosse possível os empresários já teriam feito.*

MANGALARGA – *Quer apostar: o que desaba antes: pedreiro ou forno?*

KANT – *Pode ser que dê para trabalhar a cem graus de calor. A questão é: dá para trabalhar limpo? Eu duvido.*

XAVIER – *Isso não é só uma questão da técnica, do material.*

MANGALARGA – *"Mas da consciência". Não me atrevo a dar palpite pro senhor, afinal o senhor é pago pra isso. Mas aqui se trata de fatos.*

XAVIER – *A classe trabalhadora cria novos fatos.*

MANGALARGA – *Tirem os chapéus pra classe trabalhadora. Mas exploração não é fato novo.*

DIRETOR – *O pedreiro Amparo se dispôs a reformar o forno aceso. Eu sou a favor de que a solução dele seja testada.*

MANGALARGA – *O Amparo é um cabeça-de-vento.*

XAVIER – *O Amparo é um pedreiro.*

MANGALARGA – *Sei. Se o pedreiro faz o forno, ele é um herói. Se o forno estoura, os sabotadores somos nós.*

Xavier sorri.

ROGADO – *O forno vai estourar.*

AMPARO – *Ele está estourado.*

ROGADO – *E você se acha um estouro ainda maior, hã?*

MANGALARGA – *Eu lavo minhas mãos.*

AMPARO – *Exijo que me deixem fazer o forno.*

Pausa. Mangalarga acende um charuto.

DIRETOR – *A gente vai se dar mal.*

MANGALARGA – *O senhor pode pensar de mim o que o senhor quiser. Eu sempre cumpri com minha obrigação.*

DIRETOR – *Mais.*

MANGALARGA – *Sim senhor, até mais. Mas colocar em jogo minha*

A CONSTRUÇÃO DO SOCIALISMO   57

*reputação de técnico, isso é demais. Ninguém pode exigir isso de mim.
(Pausa.) Esse plano é bom pra lata de lixo, uma utopia.*
AMPARO *(para o Diretor) – Eu também consigo reformar o forno
sem engenheiro.*
MANGALARGA *– Pois não. (Levanta-se.) Eu consigo meu pão em
qualquer lugar. Construir o socialismo de vocês não tem graça ne-
nhuma. (Apaga charuto) Até o charuto perdeu a graça.*
XAVIER *– Você tem razão.*
MANGALARGA *– Quê?*
XAVIER *– Estou dizendo que você tem razão. Mas sem engenheiro
o Amparo não consegue fazer o forno 4.*

Pausa. Mangalarga senta-se e reacende o charuto.

KANT *(para Amparo) – Você fez um cálculo?*
AMPARO *(entrega-lhe papéis) – Tentei. (Silêncio) (Kant lê.)*

8b
Galpão. Trabalhadores, Diretor, Amparo e Armando diante deles.

DIRETOR *– Temos algo grande em vista. Vai ser um exemplo para
toda a produção. Com isso poderemos provar do que a classe traba-
lhadora é capaz. Deve ser uma honra para vocês poderem participar.
(Pausa)*
ARMANDO *– É um trabalho como outro qualquer. Só que vai ser
feito pela primeira vez.*
TRABALHADOR *– O cara do boteco falava que cachaça é cachaça e
servia aguarrás.*
GUERREIRO *– Isso é exploração.*
AMPARO *– Companheiros, é o plano que está em jogo.*
VOZ DO FUNDO *– Nós 'tamo' cagando pro plano.*
AMPARO *– A questão é se vocês vão ter o que cagar sem o plano.*

Quatro-olhos ri, trêmulo, e emudece ao perceber que os outros
não riem.

AMPARO *– Não dá para eu reformar o forno sozinho, e a gente
precisa dele. (Silêncio)*
DIRETOR *– Guerreiro, você diz que é exploração. Você foi explorado
a vida inteira. Agora o seu garoto está na universidade.*
GUERREIRO *– E fui eu que mandei ele pra universidade? Eu fui
contra. (Silêncio)*
AMPARO *– Vai ser difícil, muito quente. O dobro de ganho, o triplo
de trabalho.*
TRABALHADOR *– E se alguma coisa der errada, oito anos, que nem
o Bessa.*
ROGADO *– Eu tô falando que isso vai dar rolo.*

58 A LITERATURA DA REPÚBLICA DEMOCRÁTICA ALEMÃ

AMPARO – *Eu sei o que eu tô fazendo.* (Pausa)
DENIS – *Eu vivi dentro de um tanque até quarenta e cinco. E também não era nenhuma geladeira. Eu tô nessa.*
GUERREIRO (dá um passo à frente) – *Se é pra ser.*

8c

Pátio. Cidão, Ilton, em seguida Quatro-olhos, depois Denis.

CIDÃO – *Tá precisando de tijolo seco, Ilton? No forno 4 tem.*
ILTON – *Desses o Amparo mesmo vai precisar.*
CIDÃO – *Justamente.*

Quatro-olhos, vindo da cantina, pára.

CIDÃO – *Gente, se eles conseguirem fazer o forno, nosso salário vai pro saco até 1980.*

Denis chegando da cantina com a comida de Amparo.

CIDÃO (em voz alta) – *Ele já está carregando a comida do senhor brigadeiro pra dentro do forno. Esse se cuida.*
DENIS – *Quando eu descobrir quem foi que roubou o casaco do Amparo, que ele não pode mais sair do forno e atravessar o pátio até a cantina, eu sei muito bem o que vou fazer.*
CIDÃO – *Os homens são maus.*

Denis sai.

ILTON – *O casaco está com você?*
CIDÃO – *Se você estiver precisando de um, Ilton, pra você eu faço bem baratinho.*

Ilton sai.

QUATRO-OLHOS – *Tecido bom?*
CIDÃO – *Pura lã. Quase novo.*

8d

Junto ao forno. Amparo e Guerreiro exaustos. Denis chega com comida e cerveja para Amparo.

DENIS (bebe) – *Comparado com o forno o tanque era uma geladeira.*
AMPARO (comendo) – *Forno não é tanque nazista. Dá pra saltar fora.*
GUERREIRO (para Denis) – *Trouxe o jornal?*
DENIS (tira o jornal do bolso) – *Tá aqui. "Superadas normas na Fábrica de Propriedade do Povo 'Outubro Vermelho'. Os*

A CONSTRUÇÃO DO SOCIALISMO

trabalhadores da Fábrica de Propriedade do Povo 'Outubro Vermelho' conseguiram superar uma norma. O ativista Amparo idealizou o projeto de reformar um forno circular que estourou, sem interrupção do trabalho, algo tido como impossível neste setor da produção. Divulgado pelo presidente do sindicato Armando [...]".

GUERREIRO – *Logo o Armando.*

DENIS – *"... esse projeto, que significa uma economia de 400.000 marcos e assegura a consecução do plano, obteve apoio entusiástico. Procuramos pela brigada do inovador intrépido em seu local de trabalho, onde predomina um movimento incessante, e pudemos lançar um olhar ao forno. Como esses homens lidam com os tijolos, isso que é ritmo de trabalho socialista...". Idiota. Sem ritmo você queima a pata. (Continua lendo). "Trabalham com luvas, pois os tijolos estão em brasa, e em primeiro plano está a preocupação com o homem. Enquanto as câmaras, uma após outra, vão sendo desligadas, demolidas e reconstruídas, ao lado, atrás de uma parede fina, o fogo continua a arder. Os tamancos dos homens chegam a pegar fogo. Um desempenho que o leigo é incapaz de imaginar. O suor escorre sobre o peito nu, seus rostos expressam decisão e confiança. O pessoal orgulha-se deles".*

AMPARO – *E também é por isso que roubam os tijolos secos que a gente precisa.*

DENIS – *Quando o da caneta voltar a gente dá um curso de especialização pra ele no forno a cem graus.*

GUERREIRO – *E ele deu um bom destaque pra você, Amparo[2].*

---

2. H. Müller, O Achatador de Salários, *Medeamaterial e Outros Textos*, p. 53-59. Tradução de Christine Roehrig e Marcos Renaux.

5. O Caminho de Bitterfeld

O programa literário que recebeu o nome de "Caminho de Bitterfeld" (Bitterfeld Weg) dá seqüência à literatura produzida na fase inicial da construção do socialismo. Prenunciada em 1956, por ocasião do IV Congresso de Escritores, a concepção literária do caminho de Bitterfeld acompanha as transformações políticas e econômicas que ocorrem na RDA no período de 1959 (primeira conferência de Bitterfeld) a 1965 (décima primeira plenária do comitê central do PSUA). Essa fase testemunha um processo de autodefinição da RDA, processo este que se reflete no horizonte de expectativa do campo literário.

Com a morte de Stalin em 1953 e a conseqüente desestalinização, cabe também à literatura rever a imagem harmônica da sociedade, vazada pelo realismo socialista. Em vigor desde o primeiro congresso de escritores soviéticos, em 1934, o realismo socialista partia do pressuposto da inexistência de confronto de classes, donde a negação de conflitos.

Acresce que o novo sistema econômico de planejamento e administração, introduzido nesses anos, prevê uma maior democracia por meio do acatamento de exigências das bases. No setor econômico admite-se a contradição entre planejamento socialista e normas de distribuição burguesa como contradição básica de uma sociedade na passagem do capitalismo para o socialismo.

Dentro dessa conjuntura, o programa formulado na conferência de Bitterfeld significa um passo à frente, pois entende que a representação da realidade deve deixar visível o nexo causal e o homem em

62 A LITERATURA DA REPÚBLICA DEMOCRÁTICA ALEMÃ

ação, um pensamento de Brecht. A concepção literária de "O Caminho de Bitterfeld" substitui a representação alegórica da realidade em termos de afirmação do ideal socialista pela captação dialética da realidade. A imagem da realidade não é mais mostrada como algo terminado, fechado, mas em elaboração, em processo. A personagem central não pode mais ser o "herói do trabalho", já pronto.

Deseja-se, ao mesmo tempo, superar a distância entre arte e vida, artista e povo. Os lemas são: "Escritores para a base!" (Schriftsteller an die Basis!) e "Tome da pena, camarada!" (Greif zur Feder, Kumpel!). Escritores deveriam trabalhar um certo tempo na produção, para adquirirem uma vivência autêntica da realidade a ser elaborada, ao passo que trabalhadores são incentivados a escrever. A tarefa do escritor é a de tornar visível o processo de inserção do indivíduo na produção social, o escritor é visto *como* um "historiador do socialismo em processo", numa visão aproximada ao conceito de partidarismo de Georg Lukács.

Abre-se espaço para a discussão da sociedade socialista, abordando-se problemas até então ignorados como a questão dos sacrifícios exigidos e das perdas necessárias no processo de construção do socialismo. O herói está mais próximo de ser verdadeiramente sujeito do processo social, não um mero objeto. Exemplos dessa postura mais aberta são os romances *O Céu Dividido*, de Christa Wolf, e *Ole Bienkopp*, de Erwin Strittmatter, obras publicadas em 1963.

No início dos anos de 1950 Christa Wolf (1929-) estudou germanística em Jena e Leipzig, onde foi aluna de Hans Mayer. De 1957 a 1963 foi colaboradora não-oficial da Stasi. *O Céu Dividido* tem por plano de fundo a construção do muro de Berlim, mas é em primeira linha uma história simples de amor, uma "história banal", como diz a protagonista. O fato histórico não foi o mais importante; numa entrevista à rádio de Hessen, Wolf afirma:

Eu mesma [...] considerei uma variante durante o trabalho, que esse par pudesse se separar, mas sem que um deles abandonasse a RDA. Pois meu tema básico, meu primeiro tema para esse livro não foi a divisão da Alemanha, mas a questão: por que é que as pessoas têm de se separar?[1]

O livro narra o processo de cura da jovem Rita Seidel. Tendo sofrido um acidente na fábrica em que trabalha, Rita encontra-se em um sanatório e reflete sobre sua vida. Revê mentalmente o encontro com o químico Manfred Herrfurth, a mudança para a cidade deste, onde estuda pedagogia e, como parte do curso, faz estágio numa fábrica, e a separação dos dois, quando Manfred abandona a RDA depois de uma desilusão profissional.

1. Wolfgang Emmerich, *Kleine Literaturgeschichteder der DDR*, p. 152.

O CAMINHO DE BITTERFELD 63

Pessoas e acontecimentos retornam à memória de Rita, decisões e vivências são questionadas criticamente. O processo de cura de Rita é, ao mesmo tempo, um processo de amadurecimento. A superação da crise pessoal, que ocorre ao longo da narração, leva à opção consciente definitiva pela sociedade socialista.

O Céu Dividido foi filmado em 1964, ocasião em que foi objeto de discussão numa plenária da Academia das Artes de Berlim. Konrad Wolf, diretor do filme, acentuou a dificuldade de mostrar a realidade, ao mesmo tempo, em dois níveis, o da apreensão mental e o da vivência direta. O passado, incorporado às reflexões de Rita, é narrado em *flashback*.

Ole Bienkopp é o nome do protagonista de Erwin Strittmatter (1912-1994), que luta para impor suas idéias em uma cooperativa agrícola. O romance deu origem a um grande debate registrado em revistas especializadas e jornais, como o *Neue Deutsche Bauern-Zeitung*. Os pontos negativos levados em consideração foram a morte da personagem principal no final do romance, a intenção de Bienkopp de deixar marcas como inovador e a imagem dos funcionários do partido, pintada com tons satíricos. No âmbito do teatro, um exemplo de peça produzida dentro do programa "Caminho de Bitterfeld" é *A Construção*, de Heiner Müller (1929-1995), publicada em 1964. O autor já tinha sido expulso da Associação de Escritores da RDA.

Nessa peça, Müller mostra o caminho e as conseqüências da produtividade através do confronto entre duas brigadas, a de Dreier e a de Barka, e entre dois altos funcionários, o burocrata Belfert e o técnico Hasselbein. Enquanto a brigada de Dreier segue à risca as instruções do planejamento e se aliena em relação ao próprio trabalho, chegando a desfazê-lo por ordem de superiores, a de Barka ignora o planejamento e busca soluções próprias para conseguir o material necessário para a sua tarefa. Frustrado e alienado sente-se também Hasselbein, com seus planos tecnológicos trancafiados pelo burocrata Belfert, aguardando permissão de cima e vendo-se como "Hamlet em Leuna, Hans Wurst na construção, segundo palhaço na primavera comunista":

HASSELBEIN: Sua majestade o brigadeiro falou. Com a central elétrica ele tem razão, e não me perguntem por que eu fecho os olhos ao roubo de betão: com o engenheiro ele também tem razão: Hamlet em Leuna, Hans Wurst na construção, segundo palhaço na primavera comunista. Minha cabeça é minha corcova. Poeira diante dos cotovelos dos práticos, talo seco na chuva de prêmios, carneiro entre lobos, a consciência infeliz, Hegel, Fenomenologia do Espírito, IV romano. Aqui eu perdi dez quilos. Os dez quilos são apenas um adiantamento. [...]: meu pai é pastor e fala comigo através da boca de Deus. [...]: olhem para mim: engenheiro, eu custei 80.000 marcos e trabalho como palhaço. [...] *Comunismo, imagem final, sempre refrescante, com moeda/ pequena o cotidiano o paga, sem brilho, cego de suor*. Práxis, devoradora das utopias[2].

2. H. Müller, Der Bau, *Geschichten aus der Produktion I*, p. 98.

64 A LITERATURA DA REPÚBLICA DEMOCRÁTICA ALEMÃ

Barka, o herói da peça, tem tiradas ousadas, como "O partido vem e vai, nós trabalhamos", ou "Dance uma dança de carpinteiro comigo, isso esquenta. Secretário, você tem medo da classe dos trabalhadores?", ou ainda "O mundo é um ringue de boxe e o punho tem razão". Donat, o novo secretário do partido, não lhe fica atrás: "Aonde você quer ir? Meu braço é mais comprido/E o que lhe vou agora dizer vale para tudo aqui: A construção não é nenhum ringue de boxe, abra o seu punho/ Ou nenhuma parede mais de suas mãos".

O velho camarada, no terceiro ato, intitulado "Um Comunista", também é ousado com o secretário do partido:

> VELHO CAMARADA: [...] Você sabe se tem razão, um contra vinte, dez deles camaradas? Um pode ser inimigo, dois podem ser tolos, três, covardes, mas vinte? É fácil ter razão em se tratando do inimigo, mas, e no caso de camaradas? A coragem precisa de ciência, o herói precisa saber fazer contas. Meu diploma só é válido em feriados, nisso você não pode contar comigo, eu vi a economia da perspectiva de baixo, minha universidade foi a rua, vocês aprenderam mais conosco do que nós[3].

A construção também apresenta momentos metalingüísticos, como este:

> HASSELBEIN: Manhã no grande canteiro de obras. Não gaste seus olhos com a natureza, os palácios culturais estão cheios disso, pintura para cegos. Olha para o cavalete. Um olho de pintor que não abrange três meses. Pinte pelo menos o que o senhor não vê [...]
>
> PINTOR (enquanto Hasselbein liga seu veículo): Isso me recorda um caso criminalístico da Bíblia. A torre de Babel. Permaneceu fragmento por falta de cooperação. O dono da construção, Nabucodonozor, se é que me lembro do seu nome, foi castigado com uma língua própria. Ele só podia falar consigo mesmo, Blubbblubb e blabla. Isso é o formalismo. Hasselbein se retira. Pintor pinta. Hasselbein retorna.
>
> HASSELBEIN: Feliz Nabucodonozor. O senhor terá de morar em seus quadros. Sou formado em castigos do inferno[4].

Müller mostra a dialética do progresso: a tecnologia substitui a espontaneidade da brigada de Barka, o distanciamento do produto final introduz a alienação. O salto qualitativo é mediado pelo secretário do partido que, fiel às diretrizes do novo sistema econômico, possibilita o uso da tecnologia de Hasselbein pela brigada de Barka.

A Construção deixa transparecer o gesto inconfundível de Müller: o aguçamento e entrelaçamento de problemas e as lacunas no lugar do que se esperava ser nomeado positivamente. Ele usa a contradição como "explosivo capaz de destruir toda e qualquer leitura consensual de história"[5].

---

3. Idem, p. 108.
4. Idem, p. 128.
5. G. Schulz; H. T. Lehmann, Protoplasma des Gesamtkunstwerkes. Heiner Müller und die Tradition, G. Förg, Unsere Wagner. Essays, p. 77.

O CAMINHO DE BITTERFELD 65

Referindo-se a essa peça, Heiner Müller afirma que sua intenção é confrontar o público com uma situação de conflito que favoreça a reflexão, forçando-o a elaborar a situação e, eventualmente, a mudá-la.

O último livro, *A Aula*, de Hermann Kant, pode ser visto como um "livro de memória", como afirma Krenzlin, em 1987, de toda uma geração. Hermann Kant (1926-) fez curso técnico e foi soldado e prisioneiro de guerra na Polônia. De volta à Alemanha, estudou e foi professor na Faculdade dos Trabalhadores e Camponeses, e cursou germanística, tornando-se assistente na Universidade Humboldt, em Berlim Oriental. É escritor autônomo desde 1962, e de 1978 até 1989 foi presidente da Associação de Escritores da RDA, em substituição a Anna Seghers.

O romance *A Aula* foi publicado em 1965, e narra a história de um jornalista, ex-aluno da Faculdade dos Trabalhadores e Camponeses, que recebe um convite do diretor dessa faculdade para proferir a conferência de despedida da mesma. A instituição ia deixar de vigorar por já ter cumprido sua tarefa histórica. Como se pode ver, há muito de autobiográfico no livro. O romance ensina que a faculdade foi fundada em 1949 para propiciar igualdade de chances profissionais, e fechada em 1962 por já ser supérflua. Esse é o pano de fundo do romance, que não deixa de ser uma crônica e um balanço desses anos de formação.

De início, o jornalista e ex-eletrotécnico Robert Iswall fica atônito, e até mesmo irritado, com o telegrama do diretor Meibaum, mas pouco a pouco ele se envolve no trabalho. Pesquisa material, faz viagens para conversar com ex-professores e ex-colegas, volta ao passado e é obrigado a rever velhas feridas, principalmente com seu melhor amigo, Gerd Trullesand. Recorda os companheiros do internato, no quarto Outubro Vermelho: Trullesand, engenheiro, Karl Heinz Riek, o Quasi, o mais dogmático e posteriormente fugitivo, e Jakob Filter, o lenhador que chegou a assessor de ministro.

O livro é montado por episódios em *flashback*. Digna de nota é a entrevista de Iswall para o ingresso na faculdade, quando ele deixa entrever, pelo viés de homem maduro, a postura político-ideológica dos entrevistadores. O romance permite detectar uma visão ideológica dogmática por parte dos detentores do poder. A carta de Meibaum, enviada depois do telegrama, pede a Iswall o envio do discurso com antecedência de seis a quatro semanas, com a seguinte justificativa: "É claro que ele não precisava dizer a Robert que não se podia imaginar circunstância mais importante, e também estava longe dele querer fazer a Robert quaisquer prescrições; [...] Ele só queria fazer algumas observações que Robert, se quisesse, poderia deixar de lado sem problemas".

A postura prescritiva aparece também quando um grupo de estudantes e professores marcha em direção à prefeitura para reivindicar a mudança do nome da praça – Pommernland – para Praça da Libertação. No percurso, Fiebach, um estudante, comenta ingenuamente com

66 A LITERATURA DA REPÚBLICA DEMOCRÁTICA ALEMÃ

Angelhoff, professor, o fato de terem feito um alarde imenso devido a uma falha da transcrição de um telegrama de Stalin. Haviam ignorado o adjetivo "democrático". Fiebach deixa escapar: "Tanta gritaria com tão pouca vontade foi mesmo exagero". Ao que Angelhoff lhe responde, irado: "E será que é tarefa sua – ainda não estou perguntando quem lhe deu essa tarefa, ainda não estou perguntando – impedir que os pontos de partida para um pensamento revanchista, como é o nome desta praça, desapareçam de nossa cidade, Fiebach?".

A pouca vontade de ser democrático atingiu em cheio. Iswall deplora não ter, na época, auxiliado o colega por covardia. Fiebach, sentindo-se abandonado por mestres e colegas, acaba abandonando os estudos.

Outras passagens elucidativas do livro dizem respeito à norma estética literária e ao programa "Caminho de Bitterfeld". Iswall comenta ironicamente a linha vigente:

> Agora apareceu de novo um grosso livro que também tem a ver com vento, ele se intitula *Nenhuma Tempestade Pode Tirar Nossos Sonhos*. Não é bonito, setecentas páginas de tempestade, mas os sonhos não podem ser tirados. [...]
> Eu não sei, camarada Iswall, eu acho que sua concepção não é bem correta; a nova literatura precisa ser otimista, isso é um resultado de nossa nova ordem social; está, posso dizer, nos termos da lei[6].

Ou, no caso de uma jovem escritora:

> Estou bolando um livro sobre Hermann Friedrich Schwabe, cuja participação no desenvolvimento de nossa indústria de óleo comestível parece ser desconhecida por todos. Com minha nova obra procuro fechar essa lacuna. Vai ser um livro muito poético, mas é lógico que devo adquirir alguns dados tecnológicos, como foi dito na conferência de Bitterfeld. Mas o que acontece comigo? Não permitem a minha entrada no moinho de óleo daqui. Tomam por pretexto tudo quanto é prescrição higiênica. Mas para que, pergunto eu agora, estou na Associação dos Escritores?[7]

A Aula é escrita em primeira e terceira pessoas, a última dentro do estilo indireto livre. Na parte final do romance prevalece a narração em primeira pessoa, a ótica pessoal de Robert, bem como relações pessoais. Apesar da visão crítica em relação à postura ideológica de pessoas que detêm o poder, ou a atitudes eticamente suspeitas, determinante no romance é a crença na construção de um novo modelo de sociedade. O final seria feliz, não fosse o fato de Meibaum ter alterado o programa da festa, retirando o discurso de Iswall que fica sabendo do fato em casa de Trullesand, por meio de uma carta-convite de Meibaum a este. Retornando à sua casa, Iswall sofre um acidente de carro.

6. H. Kant, *Die Aula*, p. 266.
7. Idem, p. 339.

O CAMINHO DE BITTERFELD   67

A frase final é poética e ambígua: "Aqui ninguém está morto, e aqui também ninguém está irado, e aqui ainda se falará". A possível morte do protagonista levantou celeuma na RDA. Num curto espaço de tempo três livros tinham o seu protagonista morto ou vítima de grave acidente – *A Aula*, *Ole Bienkopp* e *O Céu Dividido* –, o que pareceria suspeito.

As várias possibilidades de interpretação da frase final – negação da possibilidade da morte de Iswall, negação da alteração emocional devido à retirada do discurso e afirmação de futuras falas – obrigam o leitor a uma co-produção da história. Esse é um dos objetivos de Kant, o confronto com o passado individual, com a geração de cada um: "Parecia-me que a história, narrada em *A Aula*, tinha muito a ver com a memória não só de um grupo de pessoas, mas de toda uma geração, e acho que é chegada a hora de relatar algo sobre ela, sobre essa geração. Esse é o motivo principal".

A epígrafe do romance é de Heinrich Heine: "O dia de hoje é um resultado do de ontem. O que este queria é o que devemos pesquisar, se queremos saber o que aquele deseja". Heine, que vivenciava a revolução de julho de 1830, referia-se à Revolução Francesa de 1789. Kant apóia-se em Heine para incentivar o leitor a se confrontar com o próprio passado, para poder agir conscientemente, no presente, em relação a fatos e objetivos que ficaram em aberto ou se perderam no transcorrer do processo histórico.

Segue-se, a título de complementação, a narrativa *A Fábrica Abandonada*, de Wolfgang Hilbig (1941-).

A FÁBRICA ABANDONADA

Wolfgang Hilbig

Depois do desaparecimento do escuro na manhã de inverno, a central elétrica com as suas luzes que se ostentam até o meio da planície, os fantasmas desapareceram com o ar cinza, ou se desmancharam na claridade que ainda é capaz de apresentar estrelados aos olhos, os raios de luz lá longe nessa distância; é uma claridade que enche o olhar deixando-o embaciado e cheio de água, quando as lâmpadas brilhavam na noite que desaparece, e começam agora a picar. Muito atrás, muito atrás dos campos planos fica novamente a neblina, longos pedaços recheados de neblina, com nada a não ser neblina.

Lá eu sou o único, só perto de mim procurei eu o terreno na neblina, eu sou o único a bater cegamente os olhos em uma chave que enferruja na fechadura de uma porta inchada.

O pensamento que me levou foi a idéia que se construiu a nova central elétrica porque não se podia mais encontrar na neblina a ve-

68 A LITERATURA DA REPÚBLICA DEMOCRÁTICA ALEMÃ

lha. Cercando as paredes fuliginosas, sujas de vermelho, que já são novamente invisíveis na metade das janelas inferiores, acreditei que eu mesmo tinha que desaparecer na irrealidade embaciada de branco, até finalmente abrir a porta e entrar. Os velhos saguões da produção, seu vazio triste perturbador, apareceram-me estranhamente conhecidos, nas lâmpadas carregadas de restos de corrente elétrica, de lixo de eletricidade – alguma escada dificilmente ainda transparente tinha de alcançar os agregados da central elétrica –, brilhava uma luz vacilante, freqüentemente quase apagando, na qual as sombras dos andaimes perpendiculares cheios de ferrugem, sobre os quais se tinham movimentado as cintas transportadoras de outrora, estendendo-se e contraindo-se, sob eles continuei a caminhar, trepei cuidadosamente por sobre carris escorregadios, evitei as escadas de ferro que conduziam para cima, tateei através de um corredor escuro em direção a um ruído tiquetaqueante que inchava, se multiplicava até eu entrar em um saguão, no qual corria e pingava água do teto em muitos lugares. Depois de um certo tempo esse barulho me parecia quase ensurdecedor, o chão estava coberto de água, cuja profundidade aumentava a medida que eu avançava; não ousei me aproximar das paredes, onde cabos que vedavam o caminho e caixas de segurança abertas estavam inundados pelo molhado, pois também aqui brilhavam ainda as lâmpadas. Muitas das janelas mostravam ainda que conduziam para fora, elas eram revestidas por teias de aranha espessas, multiformes, nas quais deslizava a umidade, os vidros, porém, quebrados e lanceolados, deixavam às vezes o olhar livre por sobre a parede de neblina leitosa impenetrável. Quando deixei o salão, deveria me afastar do barulho tilintante, mas eu me enganei, quanto mais avançava mais eu ouvia a água; às vezes era um bater e um transbordar no labirinto das salas, freqüentemente um ruído como se fossem lavados pedaços firmes das arcadas; a água, de um número enorme de roturas de canos ávidos, corria por todas as paredes. Ficou cada vez mais frio, o arco parecia acompanhar turvo, branco e vermelho as paredes. Os assoalhos das salas estavam cobertos com entulho crescente, no qual a água escura e gélida parava, às vezes também peças enigmáticas, apodrecidas. Algum dia, inevitavelmente, o escorregar sobre a madeira de caixas apodrecendo, um bater longamente, um recompor-se, susto inconsciente, movimentos de remar com os braços, tentativas pânicas, animalescas de vir novamente para cima, então a espera de um sapo ferido no chão; a percepção lenta de que não é mais possível se levantar de novo, enquanto o fumegar das lâmpadas vai ficando cada vez mais escuro. E agora o canto inaudível com o qual a água se forra com gelo fino, com o qual o gelo se distende através da escuridão insípida, o barulho de passos que se afastam, em um corredor ao lado, um tatear que o espaço das paredes armazenou durante anos, os passos em outros saguões, às vezes mais baixo,

O CAMINHO DE BITTERFELD

às vezes silêncio de morte. Passos, um arranhar, distintamente uma voz que diz uma frase impossível de ser compreendida. Várias vezes se repetindo, o eco de meia palavra, só da última vogal de uma palavra.

Lembrar-se de que nem bem eu estava no primeiro saguão, a porta atrás de mim se fechou, a chave foi girada. Lembrança distinta desse duro estalo da tranca, que era eu que me trancava, o homem arcaico, que aqui foi fechado, aqui serei novamente fabricado, transformar-me-ei novamente em meu pai, em meu avô, em meu ancestral; eu o reconheço em minha pele da face mole e curtida, em minha barba crescida branca, molhada de suor, névoa no branco do cabelo, teias de aranha nas sobrancelhas. E logo começam, com um barulho enferrujado, chiado, que não sai para fora, as cintas transportadoras a se ligar, arrastam primeiro parando, então cada vez mais regulares a terra preta para as prensas, que gritam atormentadas, até realizar, estalando e gemendo, a simetria estóica de seu trabalho.

Inverno iniciado profundamente no passado, atrás das planuras, onde não pode escapar das névoas, gelo igualmente arcaico que degela lentamente e novamente lento congela, frio e dilacerado pendura-se seu pingar imóvel dos canos rebentados, nenhum hálito de calor que desencadeia o tremeluzir da morte das paredes, que derrete montanhas de névoa, o fogueiro jaz derrubado sob o seu carvão[8].

---

8. W. Hilbig, Die verlassene Fabrik, *Stimme Stimme*, p. 99. Trad. Ruth Röhl.

6. A Revisão da Tradição

A questão da herança cultural desempenhou um papel central na política cultural da RDA nos anos setenta. A defasagem entre teoria e práxis levou a uma revisão da tradição literária oficial. Momentos românticos do pensamento marxista como, por exemplo, o conceito de alienação do jovem Marx, até então reprimidos, começaram a vir à tona já no final dos anos de 1960, notadamente no discurso literário. Além disso, por mais que a pesquisa goethiana acentuasse a continuidade da herança realista-humanista, um classicismo sem as contradições decorrentes da situação histórica estava fadado a se tornar peça de museu.

O humanismo burguês do século XVIII desempenhara, na época pós-fascista da construção do socialismo, um papel modelar. Nos anos de 1950 e 1960, não havia dúvidas quanto à exemplaridade dessa herança humanista, e as vozes discordantes, preocupadas com a herança cultural revolucionária e a tradição literária especificamente proletário-revolucionária, eram caladas pela crítica oficial. Também se costumava recorrer à obra de Georg Lukács, cujo conceito de história literária continuou influente mesmo após a queda política do autor, em 1956, pois tinha sido o ponto de partida da teoria literária marxista da RDA. Só nos anos de 1970 é que contribuições críticas como as de Hans Mayer foram realmente levadas em consideração.

Contudo, logo no início da vida literária da RDA pode-se constatar um caminho alternativo, proposto pela obra de Brecht e pelos trabalhos de Hanns Eisler, caminho este barrado pelo aparato do partido. A

72 A LITERATURA DA REPÚBLICA DEMOCRÁTICA ALEMÃ

leitura do *Fausto*, em discordância com o modelo do humanismo – o intelectual que pactua com o poder –, atualizada por Eisler no texto para ópera *João Fausto*, esbarrou na oposição da crítica partidária. Quanto a Brecht, o texto clássico, canonizado, corria perigo de ser visto como imutável, não podendo mais ser questionado. Na verdade, o que o opunha à posição oficial da RDA era a questão do método. Para ele, as obras-primas do passado, em situações históricas concretas, deviam permitir leituras diferentes e estar abertas a outras funções. Por isso era contra a classificação de autores e obras segundo épocas e correntes literárias, pois achava que esse procedimento reduzia a resistência do texto. No seu modo de ver, flexível e não-dogmático, toda e qualquer classificação histórica tradicional continha, ademais, um elemento de legitimação, por aceitar o processo da continuidade literária. O método de Brecht visava o assunto e sua elaboração como material concreto da apropriação. A partir de meados dos anos de 1960, todavia, a teoria literária da RDA começou a ter em Brecht um ponto de orientação para uma reformulação teórica do realismo socialista. Na obra *A Postura de Brecht em Relação à Tradição* (1972), Werner Mittenzwei apontou a multiplicidade de recorrências à tradição, detectáveis na obra de Brecht, e o conceito dialético de herança posto em prática pelo autor como paradigma de um comportamento genuinamente marxista em relação à tradição.

A discussão dos anos de 1970 deixou claro que as categorias históricas de Georg Lukács ainda estavam, em grande parte, em vigor. O fato de Anna Seghers (1900-1983) ter se colocado, no diálogo com Lukács, a favor de Kleist, Lenz ou Karoline von Günderode não chegou sequer a influenciar a opinião oficial, não obstante a postura partidária da autora. Dietrich Dahnke, em trabalho publicado em 1971 no periódico *Weimarer Beiträge*, embora reconheça as metas humanísticas dos autores românticos, argumenta que, no confronto com a realidade social, eles ficavam presos a um anticapitalismo pequeno-burguês, passível de se transformar numa postura reacionária:

> Separando-se radicalmente da práxis social, abrigando uma inimizade improdutiva para com a realidade, retirando-se para o mundo interior, ele (o romantismo) fundou uma tradição estética e de visão de mundo de literatura burguesa, que desembocou no modernismo burguês tardio.

Como se pode ver, a crítica de Dahnke diz respeito não só à literatura romântica, mas também à literatura moderna da vanguarda européia, marcada pelo estigma de decadência e formalismo. Da perspectiva de uma sociedade socialista, em que a arte devia espelhar a realidade, a literatura clássica continuava a ser a herança adequada à cultura.

A discussão sobre a tradição literária, motivada, conforme o exposto, pela defasagem entre teoria e práxis, foi também impelida por

A REVISÃO DA TRADIÇÃO

dois acontecimentos políticos – a invasão da Tchecoslováquia por tropas soviéticas, em agosto de 1968, e a liberalização da política cultural a partir do VIII Encontro do PSUA, em junho de 1971, início da era Honecker.

A afirmação de Erich Honecker, de que não havia mais tabus para a literatura, abriu espaço para posturas literárias avançadas, pelo menos até 1976, momento em que as rédeas administrativas se tornaram mais curtas devido ao episódio Biermann.

Wolf Biermann (1936-), natural de Hamburgo, teve seu pai assassinado pelos nazistas em Auschwitz. Em 1953, mudou-se para a RDA, estudou filosofia e foi, inclusive, assistente de direção teatral. No final dos anos de 1950, começou a cantar canções de lavra própria, acompanhando-se à guitarra. Seus mestres eram Heine, Brecht e François Villon, poeta do século XV, que mereceu a seguinte observação de Paul Valéry:

> É excepcional que um poeta seja um bandido, um criminoso rematado, muito suspeito de lenocínio, filiado a companhias assustadoras, vivendo de pilhagens, arrombador de cofres, eventualmente assassino, sempre à espreita, sentindo-se com a corda no pescoço, sempre escrevendo versos magníficos.

Poeta, compositor, concertista, dramaturgo, Biermann dedicou-se, portanto, aos mais variados meios de expressão literária, alcançando renome em quase todos eles. A partir de 1965, data da publicação de seu primeiro livro de poemas na RFA, Biermann foi proibido de sair da RDA, bem como de se apresentar publicamente. Estava sendo punido, entre outros, pelos seguintes crimes: oposição ao socialismo real, sensualismo, busca de prazer e individualismo anárquico. Em novembro de 1976, contudo, Biermann conseguiu permissão para uma viagem à RFA, para dar alguns concertos a convite da IG Metall. No dia 17 de novembro de 1976, imediatamente após seu concerto em Colônia, irradiado pela televisão alemã ocidental, Biermann perdeu o direito à cidadania alemã oriental, de forma que não pôde mais voltar para a RDA, sua pátria por opção. No mesmo dia, doze escritores da RDA assinaram uma carta aberta, em protesto contra a expatriação do poeta, entre eles, Heiner Müller, Sarah Kirsch, Christa Wolf, Volker Braun, Franz Fühmann, Stephan Hermlin, Günter Kunert, Gerhard Wolf e Jurek Becker. Em poucos dias, outros setenta escritores acrescentaram suas assinaturas. Biermann colocou seu exílio forçado em verso e música e o publicou no volume *Ícaro Prussiano*; pelo título percebe-se que o autor o apresenta como mais uma miséria alemã:

MISERERE ALEMÃO

E quando vim pro exílio
da Alemanha para a Alemanha

74 A LITERATURA DA REPÚBLICA DEMOCRÁTICA ALEMÃ

para mim mudou
tão pouco, ah! e tanto
Eu o fiz na própria pele,
o teste brutal:
Voluntariamente do Oeste para o Leste
Obrigado do Leste para o Oeste[1]

Ícaro Prussiano compõe-se de nove partes, cada uma enfeixando canções e baladas, prosa e poesia. Na primeira, já se pode encontrar o posicionamento político do autor, sempre engajado contra todo e qualquer tipo de autoritarismo, violência e manipulação de consciência, sejam quais forem as justificativas. Geralmente, sua crítica é velada, mas não se pode esquecer que Biermann musicou a maior parte de sua poesia, o que dava a ela um notável potencial de popularidade. As autoridades da RDA sempre estiveram alertas para seu conteúdo subversivo.

Na segunda parte de *Ícaro Prussiano*, "Há uma Vida antes da Morte", Biermann intensifica tanto seu engajamento político quanto seu lirismo. Os próprios títulos – "Comandante Che Guevara" ou "A Canção de Franco" – já explicitam seu engajamento e suas preocupações libertárias. Suas referências políticas são a Guerra Civil Espanhola (1936-1939), a posterior implantação da ditadura parafascista de Franco na Espanha (1939-1975), a Revolução Cubana (1959), a ditadura pinochetista no Chile (1973-1990), a Guerra do Vietnã (1961-1975) e as rebeliões estudantis de 1968 no mundo.

No final da coletânea, as críticas ao socialismo real tornam-se mais contundentes, a RDA é chamada de "pequenina Alemanha", e Ícaro ressurge como metáfora da liberdade atingida por quem ousou ousar – ainda que tenha fracassado na tentativa. Surgem referências ao Muro de Berlim e elogios a Ernst Bloch, falecido na época. A queda do Ícaro prussiano de Biermann é vista como a "queda da Alemanha", e é nesse teor que o poeta encerra sua obra.

Biermann dizia que seu papel de crítico dos caminhos tomados pela política da RDA era facilitado por ter vindo de família judia e proletária. Segundo ele, os outros escritores da RDA eram mais "submissos" para tentar compensar os pecados de seus pais, que teriam apoiado os nazistas na época de Hitler.

Com a expatriação de Biermann, teve início uma nova onda de saída da RDA, dessa vez de escritores. Segundo Andrea Jäger (1995), a maioria deles se viu obrigada a deixar o país: o desejo de permanecer na RDA existia independentemente do fato de se sentirem ou não como escritores socialistas. É o caso, por exemplo, de Reiner Kunze (1933-) que, proibido de publicar na RDA, nem sequer tentou oferecer seu

---

1. W. Biermann, Deutsches Miserere (Blochlied), *Preussischer Ikarus*, p. 281.

A REVISÃO DA TRADIÇÃO

volume em prosa, *Os Anos Maravilhosos*, a uma editora do país. Quatro dias depois de sua ida para a RFA, em abril de 1977, Kunze concedeu uma entrevista tocante, apontando dois motivos por ter deixado a RDA: seu estado precário de saúde e as ameaças a sua vida, que causavam muito sofrimento a sua esposa.

O livro *Os Anos Maravilhosos* foi publicado na RFA em 1978, mas andou de mão em mão na RDA, por baixo do pano. As cenas aí descritas remontam aos anos de 1960 e têm lugar na RDA, embora, como o próprio autor declarou, esse não seja "o único cenário no qual a ação poderia se desenrolar". A linguagem é de um laconismo provocante e os textos curtos, à guisa de documentário, transmitem autenticidade e denunciam procedimentos coibidores de toda e qualquer liberdade:

COLEGAS

Ela achou que as massas – seus amigos, portanto – deveriam ver sem falta o cartão postal colorido que havia recebido do Japão: rua comercial de Tóquio à noite. Ela levou o cartão para a escola, e as massas, à vista do exótico, estouraram pequenas bolhas de goma de mascar por entre os dentes.

No intervalo, o professor da classe passou-lhe uma descompostura. Um de seus colegas tinha denunciado que ela fazia, no terreno da escola, propaganda para o sistema capitalista[2].

No início da era Honecker, a política cultural, antes nas mãos de Alexander Abusch e Alfred Kurella, passou a ser definida por Kurt Hager, que já em fins dos anos de 1960 declarava que a relação com a herança cultural e espiritual humanista se transformara na "questão aguda" da época.

O colóquio "Sobre Tradição e Herança", realizado em 1973, seguiu a orientação dada por Hager em palestra proferida um ano antes. Hager entendia a "apropriação crítica" como a compreensão do legado artístico de épocas anteriores a partir de suas condições históricas, incluindo, portanto, sua contraditoriedade. Em sua opinião, o caminho socialista da época implicava "mais do que a mera execução de grandes ideais e utopias humanitárias do passado", abrindo caminho para uma nova definição de continuidade e descontinuidade em relação à herança cultural. Vários participantes do colóquio acentuaram o momento da descontinuidade na apropriação da herança burguesa, apoiando-se, inclusive, em Marx.

A liberalização cultural possibilitou, portanto, posições próximas à linha de Brecht, como a de Dieter Schiller, publicada em 1973 no periódico *Weimarer Beiträge* sob o título "Nossa Situação em Relação à Tradição e a Herança Clássica": "Tradições não são algo inflexível, imutável. Elas se tornam prisões quando não se enriquecem com o

2. R. Kunze, Mitschüler, *Die wunderbaren Jahre*, p. 31.

76   A LITERATURA DA REPÚBLICA DEMOCRÁTICA ALEMÃ

movimento histórico, real, quando não estão sempre abertas às necessidades das forças progressistas da história".

O maior problema era a ligação entre humanismo burguês e classe dos trabalhadores. Acentuando-se o caráter de classe da cultura, o acento recaía sobre a descontinuidade; enfatizando-se a continuidade literária através da herança, perdia-se o caráter de classe. Schiller procurou solucionar a relação entre continuidade e descontinuidade, entendendo-a como um processo dialético em que a nova classe veria a tradição sob novos aspectos e novas funções sociais, tornando-a útil a seus próprios interesses. Dessa forma, a classe dos trabalhadores não precisaria se ater somente ao cânone humanista-realista, podendo fazer uso de outras tradições.

Como se pode ver, somente nos anos de 1970 é que foi possível, no âmbito da história literária, uma reflexão crítica sobre a relação entre presente e passado. Essa reflexão foi ampliada por contribuições da estética da recepção, que na época dava os primeiros passos. O ensaio de Robert Weimann – "Presente e Passado na História Literária" –, publicado em 1970, apresentou um confronto revolucionário com a teoria tradicional da herança literária. Weimann valorizou uma concepção dialética da relação entre presente e passado, possibilitando um modelo mediante o qual a consciência da situação presente, ou seja, da situação de uma sociedade pós-capitalista, conseguia penetrar no passado: "Objeto da história literária não é, pura e simplesmente, a literatura de épocas passadas, mas também nossa relação atual com essa literatura passada, que só através dessa referência torna a ser algo vivo".

O acento recai, como mostra a citação, no momento presente, no ato em si da apropriação. Esta não é vista como algo estático, mas como um processo permanente de elaboração da tradição à luz de interesses da época da recepção. Decisivo para Weimann era, pois, o processo histórico da apropriação da herança, definido por meio da tensão entre historicidade da obra na época de sua produção e atualidade na época de sua recepção.

É preciso, no entanto, dar o devido valor aos escritores pelo papel decisivo que desempenharam na revisão da tradição. Na verdade, a práxis literária da RDA vinha minando o edifício teórico tradicional. À medida que a crítica literária, com auxílio do novo instrumental teórico, foi se afastando do conceito dogmático de realismo, ela passou a entender e legitimar a práxis avançada dos escritores. Christa Wolf (1929-), por exemplo, já em meados de 1960 defendia uma literatura diferenciada:

> A opinião absurda de que a literatura socialista não pode se ocupar com as nuanças delicadas da vida sentimental, com as diferenças individuais de personalidade, que é obrigada a criar tipos que se movam em trajetórias sociológicas preestabelecidas – essa

A REVISÃO DA TRADIÇÃO 77

opinião absurda não será mais defendida por ninguém. Já ficaram para trás os anos em que colocamos as bases para a auto-realização do indivíduo, em que criamos condições socialistas de produção. Nossa sociedade torna-se cada vez mais diferenciada. Cada vez mais diferenciadas tornam-se igualmente as perguntas que lhe são colocadas por seus membros – também sob forma de arte. E a capacidade de assimilação de respostas diferenciadas também evolui cada vez mais.

Por volta de 1971, Volker Braun (1939-) fez o seguinte comentário acerca da rigidez do cânone literário oficial:

> Nossa ciência literária às vezes nos aborda apenas com reivindicações da tradição. Enquanto for assim, ela se encontra numa má tradição. Em uma boa tradição não se pode simplesmente seguir em frente como num trem, é preciso construir novos trilhos, e principalmente de acordo com as exigências do terreno atual. Estaríamos perdidos se invocássemos as linhas da tradição artística e não, primordialmente, as linhas futuras da vida[3].

Um ano mais tarde, Braun argumentou em entrevista a favor de uma postura distanciada e crítica em relação à herança literária, seguindo e até mesmo radicalizando o modo de ver de Brecht: "nós conseguimos sair da época da opressão de uma classe pela outra, para nós tudo isso é, verdadeiramente, pré-história".

O interesse diferenciado, por parte dos autores, e a existência de um contexto político-cultural mais aberto possibilitaram a reavaliação de parcelas da tradição antes postas de lado, como o romantismo e a vanguarda experimental.

Kafka foi o primeiro autor proscrito a ser aceito no cânone literário oficial. Em meados dos anos de 1950, Hans Mayer, então professor na Universidade de Leipzig, defendeu a recepção da obra de Kafka, bem como o confronto produtivo com o *Ulisses* de Joyce. Seus argumentos foram rechaçados por Abusch e pela germanística partidária da RDA. O que deu projeção e ressonância à obra de Kafka, no bloco oriental, foi o debate sobre o autor organizado pelo germanista de Praga, Eduard Goldstücker, e realizado em maio de 1963 no palácio de Liblice, perto de Praga. Esse encontro foi decisivo não só pelo fato de um autor, considerado decadente pela estética marxista, ter tido sua obra discutida e valorizada por pesquisadores marxistas, mas também pela aceitação da tese defendida por vários participantes de que o fenômeno da alienação, configurado na obra de Kafka, era pertinente também para as sociedades socialistas. A alienação, na visão oficial do marxismo, estava vinculada apenas às condições da sociedade capitalista.

Após a invasão da Tchecoslováquia por tropas soviéticas, esse encontro chegou a ser interpretado como embrião de uma política revisionista, e seus participantes foram acusados por Klaus Gysi,

3. V. Braun, *Es genügt nicht die einfache Wahrheit – Notate*, p. 109.

78 A LITERATURA DA REPÚBLICA DEMOCRÁTICA ALEMÃ

ministro da Cultura da RDA, de quererem substituir "o símbolo mais elevado da classe dos trabalhadores, o Fausto de Goethe", pelo "triste herói de Kafka, o Gregor Samsa metamorfoseado em barata".

Em 1972 Anna Seghers publicou a narrativa *O Encontro em Viagem*, em que narra um encontro entre Kafka, E.T.A. Hoffmann e Gogol na cidade de Praga, dando ensejo a uma troca de idéias entre os três escritores sobre suas posturas poéticas e estilos literários.

O estilo de E.T.A. Hoffmann (1776-1822) foi desvelado primeiro a especialistas e, em seguida, ao grande público da RDA, por Franz Fühmann (1922-1984), em discurso proferido na Academia das Artes e em palestra transmitida pela rádio, por ocasião da comemoração dos duzentos anos do nascimento do autor. A partir daí, Fühmann escreveu vários ensaios sobre Hoffmann, às vezes editados como posfácios a contos do autor romântico, que passaram a ser publicados no país, como "Pequeno Zaches Chamado Zinnober".

No discurso para a Academia, Fühmann revela que gosta de ler Hoffmann "sem sentimento de culpa" por contrariar o veredicto de um homem que continua a ver como autoridade e a respeitar, "apesar de erros crassos de julgamento", como um dos filósofos mais significativos do século – seu professor Lukács.

Esse texto, mais complexo e interessante que o segundo, busca elucidar as seguintes proposições: "O que ele realiza? Ele oferece modelos. De quê? De experiência com a humanidade e com os homens".

Fühmann coloca os contos de Hoffmann como modelos de um cotidiano que se torna cada vez mais fantástico, de um cotidiano, porém, "extremamente concreto", motivo pelo qual também precisa englobar "o fantástico em suas formas absurdas de existência" para ter seu feitio definido de forma correta. Justamente aí é que Fühmann localiza a fonte da confusão que julga ver na avaliação da obra de Hoffmann "Porque Hoffmann põe em cena fantasmas e porque fantasmas não existem na vida real, Hoffmann também não pode ser nenhum realista, ele não mostra o reflexo de nada real".

Sarcasticamente, Fühmann arremata seu raciocínio com a obviedade: " 'Lenin está hoje mais vivo do que os viventes', escreveu Maiakovski em 1924, e a ninguém ocorre acusá-lo de espiritismo". A defesa de Hoffmann revela igualmente um método marxista de ver:

> Eles são, esses mitos de Hoffmann, na literatura e como literatura para a vida, o mesmo que a extraordinária dialética de valor de uso e valor de troca da categoria mercadoria, tal como Marx a desenvolve, representa na ciência e como ciência para a vida: a captação dos fenômenos do cotidiano com o instrumental respectivamente adequado[4].

---

4. F. Fühmann, Ernst Theodor Amadeus Hoffmann. Rede in Akademie der Künste der DDR, *Essays*, p. 235.

A REVISÃO DA TRADIÇÃO 79

Situando a importância de Hoffmann dentro da literatura mundial, Fühmann o compara a Joyce, chegando a afirmar que Hoffmann conseguiu realizar o que, mesmo um Novalis, caso tivesse de exemplificar o seu próprio programa – o famoso fragmento logológico, que começa com "O mundo precisa ser romantizado" –, não conseguiria.

Ao lado do romântico Hoffmann, outros três autores foram reabilitados na época. Trata-se de Friedrich Hölderlin (1770-1843), Heinrich von Kleist (1777-1811) e Jean Paul (1763-1825), todos eles classificados, na historiografia da literatura alemã (ocidental), como extemporâneos, por apontarem em sua poética elementos tanto do classicismo quanto do romantismo.

Nos trabalhos críticos do poeta Stephan Hermlin (1915-) – formador, junto com Johannes R. Becher (1891-1958), das gerações de poetas da RDA – trabalhos esses publicados em 1983, encontra-se um ensaio sobre Friedrich Hölderlin, escrito em 1944, com uma citação que justifica o conselho, dado por esse poeta a um correspondente, de orar pelos inimigos franceses: "Só o que é objeto da liberdade chama-se idéia. Portanto, precisamos também ir além do Estado! – Pois todo Estado é forçado a tratar homens livres como engrenagem mecânica; e a isso ele não tem direito; portanto, ele deve findar".

Em 1985, o casal Christa e Gerhard Wolf publica um volume contendo trabalhos de ambos, referentes à época do romantismo alemão. Gerhard Wolf escreve *O Pobre Hölderlin*, título transformado em *leitmotiv* do texto. Gerhard Wolf mostra, ao longo de seu percurso analítico, o contexto histórico da época de Hölderlin, o desejo de alguns intelectuais descontentes de fundar uma república, no espaço alemão suábio, nos moldes da Suíça. Na época, distribuía-se o solo alemão, principalmente a região suábia, segundo a vontade dos poderosos. "Vendedores de homens, que arbitrariamente, sem perguntar, dividem Estados e povos", é o veredicto de Wolf.

Isso explica as palavras de Hölderlin, admirador da Revolução Francesa e dos franceses "defensores dos direitos humanos" e considerado por Lukács (!) um "jacobino tardio", em seu desvario decorrente do medo de ser preso: "Não sou um jacobino. Não quero ser um jacobino. Abaixo os jacobinos. Vive le roi!". Ou mesmo o fato de Hölderlin conferir uma titulação respeitosa de nobreza a todo mundo: ao ser auxiliado por amigos, dizia "Como Vossa Majestade ordena!", freqüentemente fazendo o inverso do recomendado.

Via documentos da época, principalmente cartas de Hölderlin, Wolf descreve a opção do poeta pelo silêncio, mostrando que, em seus momentos de lucidez, Hölderlin consegue superar suas frustrações e trabalhar em seu projeto poético:

80 A LITERATURA DA REPÚBLICA DEMOCRÁTICA ALEMÃ

Estou vivendo agora em um chalé, sobre uma cidade, sobre um rio. Existe na Terra uma medida? Não há nenhuma. Gostaria eu de ser um cometa? Acho que sim. Pois eles têm a rapidez dos pássaros; florescem no fogo, e são como crianças em pureza. O descontentamento comigo mesmo e com o que me cerca me impeliu para a abstração. Estou buscando desenvolver a idéia de um progresso infinito da filosofia. A poesia receberia com isso uma dignidade mais elevada, será no final novamente o que era no início – mestra da humanidade[5].

Wolf também registra como Hölderlin via os seus momentos de crise psíquica – "porém, no estado entre ser e não-ser, o possível torna-se por toda a parte real, e o real, ideal", concluindo: "e isso é, na livre imitação da arte, um sonho terrível, mas divino". Wolf indaga, no final de sua análise: "Resta a ele, como asilo, apenas o canto?".

Em 1978, a Academia das Artes da RDA publicou um volume sobre o trabalho que estava sendo feito sobre o romantismo, contendo seções destinadas às artes plásticas, às artes cênicas, à literatura e à música. A seção literária traz contribuições teóricas sobre o romantismo, bem como ensaios sobre autores e obras dessa época literária.

Um dos autores aí abordados foi Heinrich von Kleist, em vários trabalhos, inclusive num texto curto publicado em *Sinn und Form* (1975) por Günter Kunert (1929-), de título "Panfleto por K.". A questão que Kunert coloca na parte inicial é formulada da seguinte forma:

Porém, quem está reabilitando Kleist? (Pergunta surpreendente: como e por que justamente isso seria necessário no caso de um clássico como K.?) Isso é verdadeiramente necessário, pois em seu caso se exemplifica um preconceito pseudocientífico, o qual, para falar de forma resumida, levou à destruição de intelectuais, de artistas, não cessando de atuar até hoje com os mesmos argumentos para as suas "soluções finais" como os utilizados contra K.[6].

Nesse panfleto, Kunert acusa Goethe, nomeando-o como o "conhecido Conselheiro de Weimar, que se considerava competente em tudo", de, por falta de argumentos, fazer uso de toda e qualquer justificativa (cita "problemático", "dúvida", "acolhida desfavorável") para, na verdade, evocar as considerações que faz. Refere-se ao seguinte julgamento de Goethe sobre *A Bilha Quebrada* de Kleist, expresso em 1807: "Havia se lançado um olhar sobre uma outra peça problemática, embora em outro sentido; tratava-se da *Bilha Quebrada*, que suscitara muita dúvida e vivenciara uma acolhida altamente desfavorável".

Kunert vai mais longe, chama Goethe de "denunciante" e o acusa de considerar Kleist "doentio". Em sua defesa de Kleist, desmascara os pejorativos distantes de toda e qualquer dialética, que "datam dos

5. G. Wolf, Der arme Hölderlin, *Ins Ungebundene gehet eine Sehnsucht*, p. 71.
6. G. Kunert, Pamphlet für K., *Sinn und Form* 1975/5. p. 1092.

A REVISÃO DA TRADIÇÃO

velhos bons tempos" – "pessimismo fatalista", "loucura", "patologia" –, enfim, o vocabulário fascista usado para a difamação de poetas "difíceis de serem classificados". Em seu auxílio, cita as palavras de outro suicida nas águas do Wannsee, o teórico da literatura Peter Szondi, o qual traça o caminho da retórica da difamação:

> Tem início com a condenação do classicismo francês como arte distante da natureza, leva ao veredicto de Goethe sobre a poesia de Kleist como sinal de doença, de hipocondria, e deságua na barbárie, onde o que não se encaixa na idéia própria de saudável é perseguido como degenerado: a arte e o artista, uma é queimada, o outro, no melhor dos casos, assinalado com a proibição de exercer a profissão[7].

As palavras conclusivas de Kunert – embora expressas de forma mais incômoda – testemunham uma postura próxima à defendida pelos teóricos da estética da recepção: "Nossos clássicos são apenas os sobreviventes de sua fama e de sua poeira, enquanto seu destino for semelhante ao nosso e sua obra – na vestimenta da forma passada – continuar virulenta".

O discurso proferido por Kunert na Academia das Artes em 13 de novembro de 1977, por ocasião dos duzentos anos do aniversário de Kleist – "Heinrich von Kleist – um Modelo" –, apresenta este como o modelo mais abrangente de uma "estrutura mais geral e mais antiga de relações e dependências inter-humanas", afunilando a questão entre presente e passado – "entre rebelião individual e submissão inútil move-se também nosso destino, caso não estejamos desde o início degenerados em súditos" – até a triste constatação final:

> pois o que nos liga a Kleist tornou-se tão fundamental e típico, que faz coincidir a distância entre ontem e hoje, justamente aquela barricada atrás da qual nos críamos seguros do passado, em nosso presente. Mas ela sempre nos apanha, mandando à frente figuras como Kleist como seus agentes[8].

Em 1975, o escritor Günter de Bruyn publicou a obra biográfica *Vida de Jean Paul Friedrich Richter*, apresentando-o ao público leitor da RDA como um escritor que se distanciou conscientemente do classicismo de Weimar, ferindo a norma estética clássica por sua técnica narrativa e pelo objeto de sua narração. Ao mesmo tempo, de Bruyn revela e justifica o prazer que lhe proporcionou a leitura de Jean Paul:

> Que leitura prazerosa: uma obra-prima da literatura do período clássico, que pode ser fruída em seu total frescor e pureza. Porque nunca trabalhos escolares tiveram de ser escritos sobre ela, porque ninguém disse a ninguém o que isso ou aquilo significa, contém, simboliza, comprova. Jamais uma instituição educacional se interessou em

7. Idem, p. 1093.
8. Idem, *Heinrich von Kleist – Ein Modell*, p. 36.

82 A LITERATURA DA REPÚBLICA DEMOCRÁTICA ALEMÃ

impingi-la a estudantes, pois ela não trata de coisas elevadas como país, liberdade, guerra ou revolução. Ela se ocupa primordialmente com os problemas da gente simples, com o convívio numa pequena cidade, com amizade, amor, pobreza, trabalho, tristeza e divertimento. E tem humor. Isso já é motivo para ser vista como inadequada para fins educativos. Portanto, só se pode abri-la para o próprio deleite[9].

A revisão do conceito de herança em relação ao romantismo, que teve lugar nos anos de 1970, foi seguida pela integração da vanguarda moderna, ou seja, do expressionismo, dadaísmo e surrealismo, à tradição literária da RDA. Esse capítulo da literatura tinha sido até então proscrito como exemplo de decadência burguesa. Já em 1972 Reinhard Weisbach havia dito que não era a herança do expressionismo, e sim o veredicto de Lukács que precisava ser revisto.

Autores conhecidos como Brecht, Eisler e Maiakóvski passaram a ser vistos sob outra luz, uma vez que o contexto de suas primeiras obras – a política revolucionária dos anos de 1920 e 1930 – deixou de ser ignorada. Outros autores sancionados como legítima herança socialista foram Heartfield, Aragon e Neruda.

Tanto a revisão do romantismo quanto a da vanguarda mantiveram, porém, intacta a categoria da continuidade histórica: o cânone foi apenas ampliado e modificado, mas a imagem oficial da história e a teoria da herança continuaram normativas. Embora autores como Heiner Müller, Christa Wolf ou Volker Braun sempre tenham demonstrado um comportamento diferente com relação à tradição – mais pessoal e menos sistemático –, só então é que o fator subjetivo na seleção e apropriação da literatura foi oficialmente aceito.

A título de complementação, leia-se a narrativa de Jurek Becker (1937-1990), *O Suspeito*.

O SUSPEITO

Jurek Becker

Peço, acreditem em mim, que considerem a segurança do Estado algo que vale ser defendido com quase todas as forças. Atrás dessa confissão não existe bajulação nem a esperança de que um cargo determinado poderia me ser mais acalentado do que hoje. É-me somente uma necessidade expressar isso, embora me considerem desde muito tempo alguém que ameaça a segurança mencionada.

Que eu tenha chegado a tal fama assusta-me e me é desagradável. Segundo o meu conhecimento não dei o menor motivo para quem quer que seja de cair em suspeita. Desde a minha infância sou um

9. G. de Bruyn, *Das Leben des Jean Paul Richter*, p. 256.

A REVISÃO DA TRADIÇÃO 83

cidadão convicto, pelo menos esforço-me por sê-lo. Eu não sei quando nem onde possa ter externado uma opinião não condizente com a encorajada pelo Estado e com isso com a minha própria; e se me tivesse escapado, deveria ser atribuída a uma falta de concentração. O olho do Estado é, espero, treinado e arguto o suficiente para reconhecer perigos como tais, bem como para passar por cima de bagatelas que são tudo, menos perigosas. E, no entanto, deve ter acontecido algo comigo que tenha chamado a atenção sobre mim. Talvez alguém me entenda quando digo: Entrementes alegro-me por não saber o que foi. Provavelmente eu iria, caso o soubesse, tentar apagar a impressão desfavorável e só piorar tudo. Assim, porém, posso me movimentar despreocupado, pelo menos estou nesse caminho.

Nesse ínterim ficou claro que sou observado. Minha situação fica consideravelmente mais complicada pelo fato de considerar tal procedimento em princípio útil, e até mesmo imprescindível, no meu caso, todavia, sem sentido e, se posso ser sincero, também humilhante.

Um homem chamado Bogelin, que até então tinha sido considerado leal ao governo, disse-me um dia que me observavam. Naturalmente cortei o convívio com ele imediatamente. Não acreditei numa palavra do que ele disse, pensei: eu observado! Quase já tinha esquecido a coisa quando recebi uma carta extraordinária. À primeira vista ela parecia vir de um conhecido de um país vizinho, de quem eu fora bom amigo no tempo de criança. Era um envelope do tipo que usava há anos, em cima a sua letra e atrás seu nome impresso. Mas do envelope eu tirei uma carta que não tinha nada a ver com ele nem comigo: era endereçada a um Oswald Schulte e assinada por uma Frau Trude Danzig, duas pessoas de cuja existência até o momento eu nada soubera. Imediatamente me ocorreu novamente a referência de Bogelin: na seção de fiscalização as cartas devem ter sido trocadas depois do controle. Pode-se dizer também diferente: agora eu tinha a prova concludente de estar sendo observado.

Todo mundo sabe que em momentos de perplexidade tende-se a atos descabeçados, a mim não ocorreu coisa diferente. Eu peguei, nem bem tinha lido a carta, a lista telefônica, encontrei o número de Oswald Schulte e lhe telefonei. Depois que ele se apresentou, eu perguntei se ele conhecia Trude Danzig. Era uma pergunta totalmente supérflua sobre a carta, mas em meu pânico eu a fiz. Herr Schulte disse que sim, que a Frau Danzig era uma boa conhecida dele, e me perguntou se eu tinha notícia dela. Eu estava a ponto de lhe explicar o que nos reuniu tão singularmente, quando de um golpe percebi como me comportava tão tolamente. Desliguei e fiquei ali desesperado; eu me disse, só que tarde demais, que provavelmente também se vigia o telefone daqueles cujas cartas se espia. Para a fiscalização um vigiado se achava em relação com outro. Por azar eu também tinha ainda interrompido a conversa antes de falar sobre as cartas trocadas. Cer-

84 A LITERATURA DA REPÚBLICA DEMOCRÁTICA ALEMÃ

tamente, eu deveria ter telefonado uma segunda vez para Oswald Schulte, explicando-lhe a coisa; aos ouvidos dos que ouvem junto, isso tinha soado como a tentativa de tirar minha cabeça do laço e, além disso, de um jeito que se poderia me atirar na cara como calúnia da fiscalização. E pondo isso de lado era-me também repugnante explicar algo a esse Sr. Schulte, que não se vigiava sem motivo.

Fiquei muito tempo quieto, para não ser mais uma vez apressado, aí bolei um plano. Eu me disse que um ponto de partida falso criava uma lógica própria, que de repente surgia uma conseqüência que parece obrigatória à pessoa que se engana. A suspeita, sob a qual eu estava, era um tal ponto de partida errado, e cada uma de minhas ações usuais, em outro tempo inofensiva e sem significado para a fiscalização, poderia confirmá-lo e novamente alicerçá-lo. Eu deveria, portanto, caso quisesse enfraquecer a suspeita, só ficar o tempo suficiente sem fazer nada e sem dizer nada, então ele teria de ser abandonado por falta de alimentação. Dessa prova julgava-me capaz como alguém que prefere ouvir a falar e prefere parar a andar. No final eu me disse que não deveria esperar muito tempo para me salvar, isso não suportaria nenhuma delonga, se eu me levasse a sério.

A primeira coisa foi separar-me de minha namorada, que aos olhos da seção de fiscalização era provavelmente uma má namorada para mim. Rapidamente passou pela minha cabeça que ela poderia fazer parte do pessoal da fiscalização, ela estava informada sem reservas de todas as minha coisas; mas não achei índice disso e a deixei sem tal desconfiança. Não quero afirmar que a separação não me tenha importado, mas uma infelicidade ela não foi. Eu peguei o melhor pretexto possível e o exagerei um pouco, dois dias depois não havia nada em meu apartamento que lhe pertencesse. A primeira noite depois da separação eu me senti solitário, as primeiras duas noites não tive bons sonhos, então a dor da despedida estava superada.

No escritório onde estou empregado fingi um problema de corda vocal, que para falar, isso afirmei algumas vezes rouquejando, causava dor. Assim não ocorreu a ninguém que comecei a me calar. As conversas dos colegas davam uma volta em torno de mim, o que se tornou logo tão óbvio que eu não precisava mais do problema da corda vocal. Alegrava-me ver que com o tempo quase não era mais percebido. Na hora do almoço não ia mais à cantina, trazia sanduíches e bebidas para mim e ficava sentado em minha escrivaninha.

Esforçava-me por parecer sempre alguém que está refletindo e não deseja ser incomodado. Eu também pensei se deveria me transformar de bom empregado em negligente. Mas achei que trabalho consciencioso, como me era sempre óbvio, de forma alguma teria conduzido à suspeita; que mais facilmente o desmazelo teria sido um motivo para não desviarem o olhar de mim. Assim permaneceu dos

A REVISÃO DA TRADIÇÃO 85

meus hábitos imutáveis realizar o trabalho pontualmente e de forma exata.

Certa vez ouvi no banheiro dois colegas conversando a meu respeito. Era como se fosse um último relampejo *de interesse em assunto meu. Um deles disse que achava que eu deveria ter preocupações, eu teria perdido minha velha vivacidade. O outro respondeu: Pode ocorrer que alguém de vez em quando perca a vontade de ser sociável. O primeiro disse que deveria talvez se preocupar um pouco comigo, talvez eu estivesse numa fase de vida em que precisava de assistência. O outro terminou a conversa com a pergunta: O que isso nos importa? – motivo pelo qual lhe agradeci de coração.*

Também já estava decidido a cortar o telefone e, no entanto, não o fiz: isso poderia despertar a impressão de que eu queria impedir uma possibilidade de fiscalização. Contudo não usei mais o aparelho. Não tinha que telefonar a ninguém, e quando o telefone tocava eu não atendia. Depois de algumas semanas ninguém mais me telefonava, eu tinha solucionado o problema do telefone de forma elegante. Rapidamente perguntei-me se não seria suspeito, como possuidor de telefone, nunca telefonar. Respondi-me que teria de me decidir entre uma coisa e seu oposto; eu não poderia considerar ambas igualmente suspeitas, senão só me restaria enlouquecer.

Eu mudava *meu comportamento sempre quando descobria hábitos; pra isso eu me estudava com muita paciência. Muitas das mudanças pareceram-me exageradas, no caso de várias sentia-me tolo; todavia eu as efetuava porque me dizia: Como saber como surge uma suspeita? Comprei um terno cinza, embora gostasse de tons fortes e coloridos. Minha convicção era de que agora importava o menos possível o que me agradava. Quando não era de importância vital, não deixava mais o meu apartamento. O aluguel não pagava mais adiantado e não dava mais dinheiro ao dono, mas mandava pelo banco. Uma advertência que nunca fiz antes me pareceu correta. Ao trabalho ia às vezes de ônibus, às vezes fazia o longo percurso a pé. Numa manhã uma criança de escola me dirigiu a palavra e perguntou as horas. Eu lhe mostrei o relógio, a partir do dia seguinte deixei-o em casa. Pensei e repensei até a exaustão o que era hábito em meu comportamento, o que era acaso. Freqüentemente não podia decidir a questão, em tais casos decidia-me pela força do hábito.*

Seria falso acreditar que me sentia em meu apartamento sem ser observado. Também aqui eu pensava: O que se sabe? Joguei fora todos os livros e jornais cuja posse lançava uma luz turva em cima do possuidor. De início estava certo de que tais escritos não se achavam em minha posse, aí, contudo me surpreendi o quanto tinham se introduzido furtivamente. O rádio e a televisão nesse ínterim eu ligava, obviamente só em programas que antes nunca tinha

86 A LITERATURA DA REPÚBLICA DEMOCRÁTICA ALEMÃ

visto nem ouvido. Como se pode imaginar, eles não me agradavam, e com isso esse problema também estava solucionado.

Durante as primeiras semanas fiquei com freqüência atrás da cortina, horas a fio, olhando o pouco que acontecia lá fora. Logo, porém fiquei indeciso, porque alguém que fica horas a fio na janela no final ainda é tomado por um observador ou por alguém que aguarda um sinal. Deixei as persianas abaixadas e ponderei que agora podia se imaginar que eu queria esconder algo.

A vida no apartamento se passava à luz de lâmpada; eu, porém, dificilmente precisava ainda de luz. Quando vinha para casa do escritório comia um pouco, daí me deitava e refletia, se estava bem- humorado. Quando não, dormitava e chegava a um estado suave, difícil de ser diferenciado do sono. Aí dormia de verdade, até ser diferenciado do sono. Aí dormia de verdade, até ser acordado de manhã pelo despertador, e assim por diante. Naqueles dias me irritava às vezes com os meus sonhos. Eles eram singularmente selvagens e nada tinham a ver com a minha vida real. Eu me envergonhava um pouco comigo mesmo e pensava que deveria ser bom que não pudessem me observar nesse momento. Mas então pensava: O que se sabe? Eu pensava: Quão rápido escapa de quem dorme uma palavra que talvez seja para um observador uma revelação. Em minha situação eu teria considerado irresponsável contar com o fato de não me considerarem responsável por meus sonhos, tão logo eles fossem descobertos. Portanto tentava me libertar deles, o que conseguia surpreendentemente com facilidade. Não posso dizer como isso ocorria; o silêncio e o vazio de meus dias ajudavam certamente tanto quanto a firme intenção de me livrar dos sonhos. De qualquer forma meu sono logo se igualou a uma morte, e quando soava de manhã o despertador, então subia de um buraco escuro para a vida.

De vez em quando não se podia evitar que eu tivesse de trocar umas palavras com alguém, fazendo compras ou no escritório. A mim mesmo essas palavras pareciam supérfluas, mas eu precisava dizê-las para não ser ofensivo. Eu me comportava nas melhores forças de tal forma que não precisavam ser feitas perguntas. Quando, no entanto, era forçado a falar, então as próprias palavras retumbavam no ouvido, e minha língua se cerrava e se revoltava contra o mal uso.

Logo eu também tinha me desacostumado a olhar as pessoas. A mim foi poupada muita visão pouco bonita, eu me concentrei em coisas que eram realmente importantes. Sabe-se quão facilmente um olhar direto nos olhos de outras pessoas é confundido com um convite a uma conversa, isso me ficou então excluído. Eu prestava atenção em meu caminho, eu prestava atenção no que eu tinha que agarrar ou defender, em casa quase não precisava dos olhos. Parecia-me como se eu me movimentasse agora mais seguro, eu não tropeçava nem errava mais o golpe. Depois dessa experiência, ouso afirmar que um olhar

A REVISÃO DA TRADIÇÃO

baixo é o natural. Para que serve, pergunto eu, quando alguém levanta orgulhoso o seu olhar e a conseqüência disso é um eterno enganarse? Permaneceu-me também poupado ver como outros me olham, se amigavelmente, traiçoeiramente, de modo participante ou com desprezo, eu não era mais obrigado a guiar-me por isso. Dificilmente ainda sabia com quem eu tinha a ver, isso não colaborava pouco para a minha paz interior.

Assim passou-se um ano. Eu não tinha estabelecido para essa forma de viver nenhum prazo, mas agora, depois desse tempo razoavelmente longo agitou-se em mim o desejo que fosse o mais breve possível. Eu sentia como se estivesse diante de uma moleza: que a capacidade de viver o dia a dia pouco a pouco ia se perdendo. Se eu quisesse, dizia a mim mesmo, então por favor, então eu poderia no futuro continuar existindo assim; senão, então tinha que ser posto um fim. Ao mesmo tempo, a saudade que de repente eu sentia pelos velhos tempos me parecia infantil, e, no entanto ela estava lá. Eu considerei provável que a suspeita que me atingia nesse ínterim, na seção de fiscalização há muito tivesse desaparecido, não havia outra possibilidade possível.

Em uma segunda, à noite, resolvi sair de casa. Estava em minha sala escura e não tinha vontade nem de dormir nem de dormitar. Levantei a persiana, não só um pouco mas totalmente, e então acendi a luz. Então peguei dinheiro de uma gaveta – quero mencionar que eu de repente possuía bastante dinheiro, porque ao longo do ano tinha ganho normalmente e gastado muito pouco. Coloquei, portanto dinheiro em meu bolso e ainda não sabia direito para quê. Eu pensei: não seria mal tomar uma cerveja.

Quando saí à rua meu coração batia como não fazia há muito tempo. Sem meta firme comecei a andar, nesse ínterim não existia mais o meu local de costume, disso eu sabia. Quis entrar no primeiro bar que me pareceu atraente; eu pensava que talvez fosse o primeiro a estar no meu caminho. Mas eu me propus a não exagerar logo na primeira noite: tomar uma cerveja, olhar algumas pessoas, prestar um pouco de atenção nelas, isso deveria me bastar. Eu mesmo falar, me parecia cedo demais, no futuro haveria oportunidade para isso, mais e mais. Mas quando cheguei diante do primeiro bar não consegui abrir a porta. Eu me parecia covarde e tinha, no entanto, que continuar andando, de repente tive medo de que todos os hóspedes dirigissem o seu olhar para mim, tão logo eu estive na porta. Depois de alguns passos me prometi firmemente não ceder novamente, diante do próximo bar, a um medo tão insensato. Por puro acaso dei uma volta e vi um homem que me seguia.

Que ele me seguia, no primeiro instante naturalmente só podia presumir. Depois de poucos minutos, porém, tinha certeza, porque dava voltas e voltas sem ficar livre dele. Ele permanecia sempre à mesma

88   A LITERATURA DA REPÚBLICA DEMOCRÁTICA ALEMÃ

distância atrás de mim, até quando dava uma corrida; pareceu-me que ele não se importava se eu o notava ou não. Não quero afirmar que me senti ameaçado, e, no entanto, apoderou-se de mim um pavor. Eu pensei: nada terminou depois de um ano! Consideram-me tanto quanto antes um alguém que ameaça a segurança, como é que eu fico? Então pensei que o pior era que visivelmente não dependia de meu comportamento. A suspeita tinha vida própria; tinha, é fato, a ver comigo, mas eu não com ela. Isso eu pensei, enquanto caminhava diante do homem.

Quando cheguei em casa, baixei de novo a persiana. Deitei-me na cama para refletir sobre o meu futuro; eu já sentia a disposição de não passar um segundo ano assim. Eu me disse, certamente a segurança do Estado só podia ser mantida quando os protetores exagerassem em vários pontos; nada mais tinha acontecido e continuava acontecendo em meu caso. Afinal, não doía ser observado. O último ano não me foi imposto, pensei eu: eu mesmo o tinha prescrito.

Então peguei no sono cheio de impaciência. Despertei antes do despertador soar, e dificilmente podia esperar olhar nos olhos do primeiro homem que me saudasse e responder "bom dia", não importa o que fosse acontecer[10].

---

10. J. Becker, Der Verdächtige, *Erzählungen*, p. 197. Tradução de Ruth Röhl.

7. Recepção do Sturm und Drang e do Romantismo

Para que se possa entender a postura político-cultural da RDA em relação ao movimento pré-romântico (1770-1785) – Sturm und Drang (Tempestade e Ímpeto) – e ao romantismo propriamente dito (1797-1830), faz-se mister recorrer ao ensaio de Lukács intitulado "O Romantismo como Virada na Literatura Alemã".

Lukács desenvolve o seu pensamento após ter avaliado o romantismo como o "campo mais controverso" da literatura alemã, "um problema fundamental da ideologia e literatura alemãs nos séculos XIX e XX". Em primeiro lugar, condena o conteúdo social do romantismo por ser burguês. A seu ver, embora a reação romântica fosse oriunda da Revolução Francesa, não visava a uma restauração da ordem social pré-capitalista, e sim a um capitalismo reacionário do ponto de vista político e social, que acolhia "organicamente" os resíduos feudais, sem abolir o absolutismo nem os privilégios feudais.

Em segundo, não aceita o culto romântico do individualismo nem a teoria romântica da arte, como se pode ver:

A famosa revista dos irmãos Schlegel, o *Ateneu*, tornou-se o órgão representativo dessa fase do romantismo. Aí o individualismo romântico se desafoga em total desregramento. Particularmente típica é a exigência de que a vida erótico-sexual seja absolutamente livre, bem como a autodissolução das formas artísticas através da desinibição soberana da subjetividade criadora. Em ambas as questões, o romantismo de Jena é um prelúdio importante da ideologia alemã do século XIX[1].

1. G. Lukács, Die Romantik als Wendung in der deutschen Literatur, *Romantikforshung seit 1945*.

90 A LITERATURA DA REPÚBLICA DEMOCRÁTICA ALEMÃ

Citando o fragmento 116 de Friedrich Schlegel – "A poesia romântica é uma poesia universal progressiva." –, Lukács argumenta contra a dissolução dos gêneros e dos limites entre a vida e a literatura, opondo o romantismo ao classicismo e louvando, neste, o rigor da forma enquanto "expressão concentrada do mais geral e mais verdadeiro". Lukács aceita a participação da subjetividade como momento importante de um processo de cognição ou configuração, cuja meta seja captar fielmente a essência da realidade objetiva, o que reconhece no classicismo, mas não como soberana absoluta do material, a ponto de "pôr e dispor, aparentemente a bel-prazer", tornando-se "o alfa e ômega da arte e da filosofia de vida".

No tocante à ironia romântica, Lukács menciona o perigo de a subjetividade soberana, ao poetizar um mundo em si não-poético, suscitar a ilusão de – não obstante a consciência irônica – ser capaz de se transformar em magia efetiva e quebrar o encantamento de um mundo enfeitiçado: "Um colorido véu onírico de espírito e poesia cobre tudo o que é mau e feio, tudo o que é inferior, tornando-o imperceptível".

Friedrich Schlegel é, para Lukács, a figura mais representativa da passagem do classicismo para o romantismo, enquanto Novalis, a da separação definitiva de Goethe. Não poupa críticas à obra de ambos: considera o romance *Lucinde,* de Schlegel, "um fracasso completo do ponto de vista artístico", vê no projeto de Novalis, para a segunda parte do *Henrique de Ofterdingen*, a dissolução voluntária do romance em lírica de impressões ou idéias e, nos *Hinos à Noite*, a destruição da "universalidade espiritualmente iluminada" que, desde Lessing até Goethe, dominara a melhor parte da vida alemã.

O culto à noite, de Novalis, culto do inconsciente, do instintivo e espontâneo, conduz, a seu ver, a um culto da doença e da morte, que culmina na religiosidade:

> A noite de Novalis é um submergir numa comunidade sonhada como perfeita. A exacerbação extrema do subjetivismo, o desatamento de todos os vínculos sociais vivencia, aqui, uma mudança em seu oposto. Mas ambos os extremos estão relacionados do ponto de vista social e psicológico: à embriaguez da solidão extrema no subjetivismo segue, necessariamente, a embriaguez do auto-abandono igualmente extremo, da completa entrega à doença, à noite e à morte, o salto mortal na religiosidade[2].

Com a restauração política que se seguiu às lutas contra Napoleão, Lukács vê o romantismo tornar-se a ideologia marcante de um tempo de obscurantismo que deixou marcas indeléveis na psique alemã, acarretando desde a transfiguração pseudopoética dos grilhões sociais e políticos e a imersão na noite de um "inconsciente qualquer", de uma "comunidade qualquer", até o ódio ao progresso e à auto-responsabilidade liberal.

2. Idem, Kunst und objektive Wahrheit, *Werke. Probleme des Realismus. Essays Uber den Realismus*, p. 47.

Embora Lukács não tenha mencionado o Sturm und Drang, este movimento é visto como o primeiro movimento romântico de repercussão na Europa. As obras de Goethe e Schiller, desse período, não tiveram o mesmo acolhimento, no cânone literário da RDA, que as clássicas. Isso é compreensível, tendo-se em mente o veredicto de Lukács de que o romantismo constituíra o espaço reacionário por excelência. E o Sturm und Drang também se revoltara contra o culto exacerbado da razão e contra as convenções e regras que norteavam a criação poética, além disso valorizara o sentimento e a fantasia, o irracionalismo e a genialidade.

Pois em 1973 Ulrich Plenzdorf (1934-) resgata *Os Sofrimentos do Jovem Werther*, do Goethe do Sturm und Drang, ao publicar o seu romance intertextual *Os Novos Sofrimentos do Jovem W. W.* é o sobrenome abreviado de Edgar Wibeau, protagonista do romance, cuja morte, noticiada pelos jornais inseridos logo na primeira página do livro, se dá em conseqüência de um acidente elétrico.

A trama não é linear, ela se constrói à medida que o pai e o amigo de Wibeau procuram reconstituir a vida deste em Berlim, dando ensejo a lembranças e comentários formulados postumamente pelo protagonista e, portanto, filtrados por sua autocrítica diante do passado. Além da voz do narrador-protagonista, o romance registra diálogos e gravações em fita cassete, não se podendo constatar, portanto, um centro regulador da narração.

O romance de Plenzdorf apresenta paralelismo com o de Goethe no tocante à fábula, aos personagens (Wibeau/Werther, Charlie/Charlotte, Willi/Wilhelm etc.) e motivos – ambos os protagonistas saem de casa e se abrigam em um lugar afastado, onde se sentem mais livres; entram em contato com um amigo e com o meio que os circunda; envolvem-se amorosamente com uma moça prestes a se casar e, no final, morrem. Mas não é só isso: Wibeau acha no banheiro o *Werther* e o lê. A revolta com a opção do herói pelo suicídio –

O cara do livro, esse Werther, como era o seu nome, comete no final suicídio. Simplesmente entrega os pontos. Abre um buraco em sua velha cuca porque não consegue ter a mulher que deseja, e sofre pra burro com isso. Se ele não era um completo idiota, tinha que ver que ela só estava esperando que ele *fizesse* alguma coisa, essa Charlotte[3].

– é acompanhada de crítica veemente ao estilo do livro: "Além do mais esse estilo. Cheio de coração e alma e felicidade e lágrimas. Não consigo imaginar que alguém deva ter falado assim, nem mesmo há três séculos". Todavia, Wibeau se serve do pré-texto goethiano quando encontra pontos em comum entre as situações vividas por Werther

---

3. U. Plenzdorf, *Die Leiden des jungen Werther*, p. 36.

92 A LITERATURA DA REPÚBLICA DEMOCRÁTICA ALEMÃ

e as vividas por ele mesmo ou, então, quando quer se impor e considera as palavras de Werther mais convincentes.

O primeiro caso é mais facilmente detectável nas fitas-cassete deixadas para seu amigo Willi, pondo-o a par de sua vida através de trechos pinçados nas cartas do protagonista do *Werther*. As gravações desfazem a seqüência narrativa do pré-texto pela montagem de fragmentos em uma única citação, pela substituição da pontuação original por barras ou hífens, pelo uso de letra minúscula em substantivos e nomes próprios e pela adição da palavra "fim", como se pode ver na seguinte montagem a partir de trechos da carta de 16 de junho:

resumindo / wilhelm / eu fiquei conhecendo alguém / que fala de perto ao meu coração – um anjo – e no entanto não estou em condições / de te dizer / como ela é perfeita / por que ela é perfeita / basta / ela cativou toda a minha alma / fim[4]

O segundo caso pode ser observado quando Wibeau usa as citações como "arma": "Imediatamente dei voz a minha arma mais afiada – Old Werther".

Como se pode ver na citação acima, a intertextualidade de *Os Novos Sofrimentos do Jovem W.* não é escamoteada: embora as alusões ao prétexto se diluam assistematicamente ao longo do romance, as citações são claramente identificáveis, uma vez emolduradas por comentário prévio e/ou posterior sobre o próprio ato de citar. Ademais, a linguagem do *Werther* destoa profundamente da linguagem coloquial e marota do protagonista do romance de Plenzdorf.

O estilo do narrador-protagonista de *Os Novos Sofrimentos do Jovem W.* remete, por sua vez, a outro pré-texto basilar do romance, *O Apanhador no Campo de Centeio* (1951), de Jerome David Salinger. Uma das menções a Salinger no romance deve-se à comparação traçada por Wibeau entre aquele e o autor do *Werther*, em desabono deste: "Quem escreveu isso deve dar uma lida no meu Salinger. *Isto* é que é verdade, gente!".

Um pouco antes se acham palavras elogiosas a Salinger, com um resumo de *O Apanhador no Campo de Centeio* que revela pontos em comum entre os protagonistas Wibeau e Holden (Salinger):

Esse Salinger é um cara legal. O modo como ele fica zanzando por essa Nova Iorque molhada e não pode ir pra casa, porque deu o fora da escola onde queriam acabar com ele de qualquer forma, sempre mexeu pra burro comigo. Se eu tivesse sabido o seu endereço, eu lhe teria escrito para vir pra cá. Ele devia ter exatamente a minha idade. É claro que Mittenberg era um ovo perto de Nova Iorque, mas sem dúvida alguma ele teria se refeito enormemente aqui conosco[5].

4. Idem, p. 51.
5. Idem, p. 33.

O fato é que o "paradigma Salinger" perpassa o romance, fornecendo-lhe não só o linguajar irreverente do narrador-protagonista, mas também o estilo cultural do pós-guerra americano e dos anos de 1960 e 1970. Wibeau narra em ritmo acelerado e telegráfico, entrecortado por gíria urbana, jargão estudantil, palavras de baixo calão e anglicismos. Usa jeans – em suas palavras, "uma postura de vida e não uma calça" –, adora *jazz*, *blues*, *beat* e *rock* – "música de verdade" – e se aventura por Berlim Oriental, visitando museus, discotecas e bares. Povoam a sua memória personalidades e acontecimentos contemporâneos: Charles Chaplin, Louis Armstrong (Satchmo), Ella Fitzgerald, bandas musicais da RDA (M.S.-Septett, Uschi Brüning, SOK, Petrowki), a guerra do Vietnã, agitadores estudantis de 1968, *happenings* e arte *pop*. Como se vê, o elo entre o protagonista e as correntes culturais norte-americanas a partir dos anos de 1950 é inconfundível.

Plenzdorf oferece uma visão crítica da juventude alemã oriental por intermédio de Wibeau, aproximando-o de Werther (Goethe) e Holden (Salinger), em última análise, enquanto questionadores da sociedade em que vivem. O romance *Os Novos Sofrimentos do Jovem W.* demonstra claramente, por meio da justaposição de duas formas de se expressar, viver e ver o mundo – a de Wibeau e a de seu pai/sociedade socialista –, a existência, no socialismo real, de vozes críticas e contestadoras da norma sociocultural oficial.

Nesse aspecto, o romance alemão oriental não está sozinho em seu mundo socialista, como mostra o papel que *O Apanhador no Campo de Centeio* desempenhou na produção literária do bloco socialista, papel este verificado por Aleksandar Flaker em obra de 1975. Estudioso da língua e literatura russas, Flaker depara-se, ao analisar o romance *Pena que Vocês não Estavam Junto* (1964) de V. Aksënov, com um estilo diferente do que estava habituado a ler – um discurso descontraído, centrado em jovens, em sua realidade, conflitos e desejos. O fato de vê-lo repetido, com variações, em muitos romances produzidos nos países do bloco socialista, ao longo dos anos de 1960, leva-o a investigar e, finalmente, localizar a fonte de inspiração do novo estilo, que denomina *prosa jeans*: *O Apanhador no Campo de Centeio*, de Salinger, traduzido para o russo em 1960.

O romance intertextual de Plenzdorf teve grande ressonância no debate sobre a recepção dos clássicos, publicado no periódico *Sinn und Form* em 1973. É, acima de tudo, um modelo de recepção adequada "às exigências do terreno atual", no dizer de Volker Braun.

A redescoberta do romantismo alemão, na ficção em prosa da RDA, teve início em 1967 com a publicação de *O Verdadeiro Azul*, de Anna Seghers (1900-1983), contendo impressões do México. Seghers foi presidente da Associação de Escritores da RDA desde a sua fundação até 1978, quando foi eleita presidente de honra.

94 A LITERATURA DA REPÚBLICA DEMOCRÁTICA ALEMÃ

A explosão da recepção do romantismo está registrada na narrativa *Encontro em Viagem* (1972), cuidadosamente preparada por Seghers. Como se trata de um encontro entre Gogol, E.T.A. Hoffmann e Kafka, a autora pesquisou a vida e a obra dos três escritores, verificando também o que pensavam a respeito dos colegas. Sua amiga de Moscou, a germanista Tamara Motylowa, bem como sua professora de russo, Valentina Linsbauer, lhe enviam, a seu pedido, material sobre Gogol e Dostoiévski, comentários de Gogol sobre E.T.A. Hoffmann e trechos dos diários de Kafka sobre Gogol.

Exemplos dessa correspondência com Moscou, mantida no arquivo de Seghers, na Academia das Artes de Berlim, é a pesquisa sobre a importância de Hoffmann para Gogol – "Nossos especialistas em Gogol pensam que a ligação de Gogol com Hoffmann é mais nítida nos *Contos de Petersburgo*, como *O Retrato* e *Prospecto Newski*. Sobre *O Retrato*, Bielinski escreveu que se trata de uma narrativa fantástica *à la* Hoffmann" – ou a afirmação encontrada no livro de Max Brod sobre Kafka, de que Gogol era um dos clássicos que o autor gostava de ler. Aliás, supõe-se que Seghers tenha se ocupado com o projeto de sua narrativa desde a conferência sobre Kafka, realizada na Tchecoslováquia em 1963, quando veio à tona a alienação do indivíduo no socialismo.

Encontro em Viagem começa com a chegada de Hoffmann em Praga. Gogol havia lhe escrito e proposto esse encontro, aproveitando uma viagem que fazia da Itália à Ucrânia. Sendo o primeiro a chegar no café combinado, Hoffmann nota a presença de um homem magro, sentado a uma janela, escrevendo sem parar, e resolve falar com ele. Seguem as primeiras palavras trocadas entre os dois:

Ele disse: "Desculpe o incômodo. Eu sei o quanto é molestoso ser incomodado quando se está escrevendo. Eu mesmo sou escritor, embora também tenha freqüentemente que fazer outra coisa para ganhar dinheiro. Por favor, não fique zangado se lhe pergunto sem rodeios o que o senhor está escrevendo. Meu nome é Hoffmann. Ernst Theodor Amadeus". O jovem não ficou entusiasmado com a importunação. Também não se espantou. Ele respondeu: "Sempre me perguntei a que nomes se referem as três letras E. T. A. Infelizmente meu tempo é realmente muito curto. Eu falo do meu tempo de vida. Pois estou gravemente enfermo, e talvez esteja pela última vez aqui. Preciso ir para um sanatório. Além disso, quando ainda não estava muito doente, também não conseguia escrever o suficiente. Pois, como o senhor, eu precisava ganhar dinheiro. Eu, em uma companhia de seguros. Não tenho a oferecer um nome com três letras. Sou simplesmente Franz. Franz Kafka"[6].

O diálogo entre Hoffmann e Kafka mostra o quanto Seghers é didática em sua concisão, informando ao público leitor (não se pode esquecer que seu público primeiro é o da RDA), logo de início, sobre aspectos centrais da vida dos dois autores, ressaltando o conflito entre exercício da profissão e literatura, vivido por um e outro. A conversa

6. A. Seghers, Reisebegegnung, *Gesammelte Werke*, p. 499.

RECEPÇÃO DO STURM UND DRANG E DO ROMANTISMO   95

que segue traz outros dados importantes, como o fato de ambos terem
estudado direito e o amor pela música, no caso de Hoffmann. Gogol é
introduzido na conversa por Hoffmann, quando então comentam a obra
do escritor russo:

> "Por que o senhor está agora em Praga?" – "Tenho um encontro marcado com um
> poeta. Um homem mais capaz do que eu e talvez também do que o senhor. Pois o senhor
> ainda não realizou o meu pedido de ler para mim pelo menos meia página. Ele é russo.
> Escreveu um romance extremamente singular, *As Almas Mortas*. O senhor conhece esse
> livro?" – "Certamente!" Exclamou Kafka. "E como o admiro! Seu país é com certeza tão
> ilimitado, e seus habitantes tão magníficos e extraordinários no bem e no mal como em
> seus desejos. Sempre desejei ver esse Gogol pelo menos uma vez na vida. Também amo
> várias histórias que ele escreveu: *O Casaco, O Nariz*, sua peça *O Revisor*"[7].

Todos os três citam ou comentam passagens de suas obras, ponto
de partida para uma troca de idéias sobre questões de técnica narrativa, como o conceito de realidade, a categoria do tempo ou a relação
forma e conteúdo. Assim é que o conceito de realidade do realismo é
ampliado por intervenções de Kafka e Hoffmann, o primeiro acrescentando à realidade visível e palpável o universo onírico, o segundo, o
fantástico.

A questão do tempo, colocada por Gogol com base nos contos de
Hoffmann, também preocupa Kafka, que acompanha o colega russo,
afirmando poder "imaginar como alguém se sente quando é ameaçado
por um poder enigmático" e acrescentando que até mesmo "a ameaça,
o comportamento" tem lugar num certo espaço de tempo.

> Sim, mas uma coisa eu não consigo entender: a leviandade com que o senhor
> trata o tempo. O senhor dispõe o tempo segundo a sua vontade. Algo acontece hoje,
> embora pertença a ontem, em seguida algo, que ocorreu duzentos anos atrás, só agora
> tem prosseguimento. Mesmo no fantástico, penso eu, impera a lei do tempo[8].

A despeito da opinião dos dois, Hoffmann reivindica o direito de
inventar, citando trechos do conto *Cavaleiro Gluck*, de forma a manter
o arcabouço da história e o final surpreendente. O diálogo que segue
menciona, via Callot (1592-1635), a Guerra dos Trinta Anos e a situação calamitosa dos camponeses, aproximando Hoffmann da tradição
cultural da RDA:

> Finalmente Kafka deu início: "Mais uma vez o senhor zomba do tempo. Tanto
> quanto eu sei, Gluck morreu em 1789, e o senhor afirma tê-lo encontrado em Berlim
> vinte anos depois". "Isso mesmo", exclamou Hoffmann excitado, "um poeta pode se
> permitir invenções. Não só um poeta. Conhecem os senhores as águas-fortes de Callot?"
> Kafka não as conhecia, mas Gogol as tinha visto várias vezes em Paris, em casa
> de amigos. Hoffmann continuou: "A partir dos horrores da Guerra dos Trinta Anos e da

7. Idem, p. 500.
8. Idem, p. 408.

96 A LITERATURA DA REPÚBLICA DEMOCRÁTICA ALEMÃ

miséria dos camponeses, Callot fez gravuras angustiantes e, ao mesmo tempo, delicadas, de extrema fineza, e como geralmente elas estão em sintonia com a minha sensibilidade, eu me permiti colocar em uma série de contos, que inclui também o *Cavaleiro Gluck*, o título *À Maneira de Callot*"[9].

A narrativa *Encontro em Viagem* pode ser vista como uma aprovação ou mesmo legitimação – dada a importância de Anna Seghers no universo literário da RDA – de parcelas da tradição literária proscritas pela norma literária oficial. Contudo, mesmo que a narrativa incorpore a violação da categoria do tempo – "Nós três não estaríamos sentados juntos a esta mesa, se fôssemos levar a sério o tempo. Eu não nasci muito antes do senhor, Gogol? E o senhor, Gogol, não nasceu quase cem anos antes de Kafka?" –, a uma leitura atenta não escapa o apreço da escritora por Gógol, mola propulsora da narrativa e personagem que a encerra, ao chegar na Ucrânia. Cabe a ele, via Hoffmann, o maior dos elogios: "De nós três, quem escreve melhor é ele – realidade enraizada, de onde galopam sonhos, e tudo ao mesmo tempo, de forma que os sonhos também se enraízam no coração".

Ao comunicar a Tamara Motylowa, em 1972, a publicação da narrativa, Seghers se mostra consciente do alvoroço que ela pode causar na Rússia, e a chama de "uma espécie de história literária fantástica".

A narrativa *Lugar Algum. Em Parte Alguma*, publicada por Christa Wolf (1929-) em 1978, resgata Heinrich von Kleist (1777-1811) e Karoline Günderrode (1780-1806), poeta romântica praticamente desconhecida no Brasil, reunindo-os num salão a convite de um abastado negociante de Frankfurt, amante das artes. Kleist teria 26 anos, e Karoline, 23.

Trazendo como epígrafe palavras de ambos, espécie de confissão sobre si mesmos – "Carrego comigo um coração, como um país setentrional, o embrião de uma fruta meridional. Ele germina e germina, e não consegue amadurecer" (Kleist). "Mas por isso tenho a impressão de me ver estendida num caixão, meus dois eus se fitando fixamente, totalmente perplexos" (Günderrode) –, a narrativa anuncia, após breve introdução, o encontro fictício de ambos, enfileirando lugar e tempo e chamando a atenção para o foco narrativo, inovador por se situar ora numa, ora noutra personagem, sem nomeá-la: "Que eles tivessem se encontrado: uma lenda sedutora. Winkel às margens do Reno, nós o vimos. Um local adequado'. Junho de 1804. Quem fala?".

Entre os convidados encontram-se personalidades da época, com quem Karoline Günderrode convivia na vida real: o poeta Clemens Brentano e esposa, Sophie Mereau-Brentano, bem como suas irmãs – Bettine, casada com Achim von Arnim, e Gunda, acompanhada de seu marido, o jurista Friedrich Carl von Savigny. Bettina von Arnim vai publicar, em 1840, o romance em forma de cartas *A Günderode*.

9. Idem, p. 522.

Aos poucos, Kleist e Günderrode se aproximam: primeiro ele a vê junto a uma janela, depois são apresentados, mas, até entabularem conversa, seus pensamentos povoam a narrativa, divagando por questões que lhes dizem respeito e os desvelam ao leitor – Kleist reflete sobre a noiva, sobre a Prússia e o ódio que sente pelos franceses, sobre a sensação de viver alheio ao mundo e seu sentimento de culpa; Günderrode, por sua vez, recorda a infância difícil, sua responsabilidade como educadora das irmãs mais novas e sua ida aos dezenove anos para um convento evangélico, destino das filhas solteiras de famílias nobres e sem recursos. Amor e poesia também estão no centro dos pensamentos de Günderrode, seu amor por Savigny e sua dedicação à poesia:

> Gunda diz que é tolo se deixar dominar a tal ponto por uma arte tão pequena como a minha. Mas eu amo esse erro, se ele for um. Muitas vezes ele me compensa pelo mundo inteiro. E me ajuda a acreditar na necessidade de todas as coisas, inclusive de minha própria natureza, mesmo que ela seja tão discutível[10].

Finalmente juntos, Kleist e Günderrode, trocam idéias sobre seus escritos e o conflito que ambos vivem, divididos entre vida profissional e vocação literária. A afinidade entre os dois poetas chega a ser tão grande – "Ao mesmo tempo eles sentem pesar e pena da linguagem reprimida de seu corpo, tristeza pela domesticação demasiado prematura dos membros através de uniforme e hábito, pela civilização em nome de regulamentos, pelos excessos secretos em nome de sua transgressão" – que, no final, suas vozes, em uníssono, se apoderam por vezes da enunciação: "Compreender que somos um esboço – para sermos repudiados, talvez, ou para sermos retomados. [...] Relegados a uma obra que permanece aberta, aberta como uma ferida".

Além do caráter ficcional do encontro entre Kleist e Günterrode, o título – *Lugar Algum. Em Parte Alguma* – evoca o fato de ambos não terem encontrado o seu lugar no mundo, não terem levado uma vida coerente consigo mesmos, como se lê quase no final da narrativa: "Vida invivível. Lugar algum, em parte alguma".

Em outubro de 1978, Christa Wolf termina o ensaio de quase sessenta páginas "A Sombra de um Sonho. Karoline von Günderrode – um Esboço". O título encerra palavras de Günderrode alusivas a Savigny: "A única coisa que posso ter dele é a sombra de um sonho". O texto, fruto de pesquisa certamente utilizada na composição de *Lugar Algum. Em Parte Alguma*, traz informações valiosas sobre a poeta, bem como sobre a sua geração, a geração "dos jovens de 1800", traçando o contexto histórico da época:

> A revolução, eles a vivem como dominação estrangeira. Eles, filhos e filhas da primeira geração da burguesia culta e de famílias pobres da nobreza aburguesada, têm

---

10. C. Wolf, Kein Ort Nirgends, *Ins Ungebundene Gehet eine Sehnsucht*, p. 144.

98 A LITERATURA DA REPÚBLICA DEMOCRÁTICA ALEMÃ

de escolher [...] entre o feudalismo anacrônico dos pequenos Estados alemães e a introdução à força de reformas atrasadas tecnocomerciais e administrativas através do usurpador que, é claro, mantém o espírito da revolução estritamente baixo: se isso pode ser chamado de escolha, trata-se de uma que asfixia a ação na raiz, mesmo em pensamento. Eles são os primeiros a vivenciar até o fundo que não são necessários. [...] Sentem-se solitários na história[11].

Christa Wolf também aborda detalhadamente o suicídio de Günderrode, aproximando-o do de Kleist. E conclui com uma visão da literatura alemã – "a literatura dos alemães como um campo de batalha" – absolutamente díspar da privilegiada pela tradição literária oficial, entre outras coisas, por incorporar o que não era considerado exemplar.

Em conversa com Frauke Meyer-Gosau, sobre o romantismo, datada de 1982, Christa Wolf afirma ter sido a necessidade que sentiu de verificar as circunstâncias do fracasso, a relação entre "desespero social e fracasso na literatura", o impulso decisivo para escrever *Lugar Algum. Em Parte Alguma*, avaliando a narrativa como um auto-esclarecimento, uma "espécie de auto-salvação". As cartas de Kleist e as anotações de Günderrode continham muito material sobre a relação entre indivíduo e sociedade, e ela havia escolhido ambos os poetas para lhe elucidar essa problemática.

A autora coloca o ano de 1976 como um corte no desenvolvimento político-cultural da RDA, marcado externamente pela expatriação de Wolf Biermann:

Isso levou a uma polarização das pessoas que trabalhavam nas diferentes áreas da cultura, principalmente na literatura: a um grupo de autores ficou claro que sua colaboração direta, no sentido de responsabilidade e julgamento próprios, não era mais necessária. Nós éramos socialistas, nós vivíamos como socialistas na RDA porque queríamos interferir, colaborar. Ficar meramente restrito à literatura pôs cada um de nós em crise, uma crise que era existencial[12].

O equivalente filosófico ao título *Lugar Algum. Em Parte Alguma*, segundo Christa Wolf, seria o fracasso gradual de alternativas reais de vida, vivenciado por ela.

Quanto ao romantismo, embora enxergue possibilidades negativas no movimento, como a discriminação racial denunciada por Rahel Varnhagen em carta de 1819, citando Achim von Arnim e Clemens Brentano, entre outros, como mentores intelectuais, Christa Wolf afirma que a as-sociação traçada por Goethe entre romantismo e doença não era mais a última palavra a respeito e que o movimento romântico deixara de ser tabu.

---

11. Idem, Der Schatten eines Traumes. Karoline von Günderrode – ein Entwurf, op. cit., p. 216.
12. Idem, Projektionsraum Romantik, (Unterhaltung mit Frauke Meyer-Gosau, 1976), op. cit., p. 376.

BEM! MAS A VIDA SEGUINTE TEM INÍCIO HOJE
Uma carta sobre a Bettine

Christa Wolf

> Há muito trabalho no mundo, para mim
> pelo menos nada está no lugar certo.
>
> BETTINA VON ARNIM

Querida D., ao invés de uma carta, que a senhora aguarda, quero escrever-lhe sobre a Bettine. Talvez isso nos ajude: eu escapo das regras, às quais um posfácio está comumente submetido. A senhora fica sabendo de algo sobre uma precursora que ainda não conhece; ambas podemos dar seqüência a temas básicos de nosso diálogo por cartas, na medida em que os reconhecemos no romance epistolar de Bettina von Arnim, A Günderrode, e fazemos uso da vantagem que nos oferece a distância histórica. A própria Bettine aproveitou essa distância: as cartas, com as quais compôs seu livro no ano de 1839, foram escritas entre 1804 e 1806, em um outro tempo, sim, na verdade em uma outra vida. Bettine não tinha nem vinte anos quando ficou conhecendo a Karoline von Günderrode em casa de sua avó, a famosa escritora Sophie La Roche. Imediatamente ela se prendeu a cinco anos mais velha, visitou-a diariamente em seu pensionato em Frankfurt am Main, leu para ela, anotou seus poemas, fez longas viagens no papel com ela e confiou tudo a ela, porque estava só e obrigada a todo tipo de disfarces em meio a sua grande família, na boa sociedade, a qual pertencia a abastada casa Brentano. "Caro Arnim", escreveu seu irmão Clemens em 1802 a Achim von Arnim sobre sua irmã, "essa menina é muito infeliz, ela é muito espirituosa e não o sabe, ela é muito maltratada por sua família e o suporta consumindo silenciosamente a si mesma".

Mas a Bettine, pessoa valente por trás de todas as suas máscaras, prometeu a si mesma nunca se tomar por infeliz e, se a forma de vida ideal não pudesse ser adquirida, iria aceitar a vida que se lhe oferece e adaptá-la a si na medida do possível. Nisso ela se diferencia da Günderrode; não só como mulher ela se curva ao código burguês de vida, mas também como poeta, ao código burguês de arte; está sob a pressão dupla de um sentimento moral delicado e de uma consciência artística delicada, e é impelida àquele ponto, uma vez que os pressupostos para uma vida vivível para ela se excluem uns aos outros. Uma mulher e uma artista de sua espécie não se suicida porque o homem, que é tudo para ela, a abandona. É preciso perguntar: por que ele é tudo para ela?

100 A LITERATURA DA REPÚBLICA DEMOCRÁTICA ALEMÃ

Já antes Günderrode se separou da Bettine, impelida por aquele homem, o cientista da Antigüidade, Friedrich Creuzer, mas suas cartas ela teve de devolver a ela, quando esta as pediu. Nelas a senhora pode ler que a Bettine sabe se defender das repreensões de sua família, que se preocupa como a jovem de vinte anos pode arrumar um homem, se não se digna a virtudes domésticas e, em vez disso, aprende hebraico com um "velho judeu escuro". "Isso enoja um homem", escreve-lhe o caro e bom Engels-Franz", seu irmão mais velho e cabeça da família, uma vez que ambos os pais morreram cedo. "Eu lhe escrevi... que não era mais hora de me mudar; e que o bom judeu só foi arranjado para me impedir a roedura de traça da vida doméstica, e eu notei que, numa vida doméstica feliz, aos domingos se conta sempre as telhas do vizinho, o que me causa tal monotonia, que prefiro não me casar".

O horror de Bettine diante da vida filistina permanece dela; mas igualmente forte é seu medo de se tornar desnecessária, "é preferível estar morta do que ser demasiada"; em 1811 ela se casa com Achim von Arnim, o amigo de seu amado irmão Clemens e dá início a seu lado em Berlim, a capital da Prússia ocupada pelos franceses, uma vida radicalmente diferente, percorrendo quase sem queixa a escola da auto-renúncia. Vinte anos de casamento, sete vezes grávida, sete partos, cuidado e educação de sete crianças, mudanças cansativas, preocupações com dinheiro, problemas de todo tipo com a casa e, não por último, um relacionamento com seu marido que não era "simples", sereno – eram de natureza e de necessidades muito diferentes –, ao qual, porém, satisfez honestamente; ela não cessa de ver o poeta em Arnim, o patriota desiludido com a evolução da Prússia que se retira resignado para seu sítio Wiepersdorf, atormentado por preocupações administrativas, ela não cessa de incentivá-lo a valorizar essa imagem, a se tornar o que ele é "de verdade", isto é, diante do olho interior dela. Descuidados, esquecidos jazem, em uma caixa qualquer, os testemunhos de sua primeira vida: as cartas de sua amiga Günderrode, ao lado das cartas da senhora Goethe, ao lado de cartas das cartas de Goethe, de Beethoven, ao lado das cartas mofadas, freqüentemente imensas, do irmão Clemens, ao lado das antes pedagógicas do cunhado Savigny, que ela reencontra em Berlim no serviço estatal prussiano. Trancado e atravancado jaz, nessa pseudocaixa, o espírito de sua juventude, sem se volatizar; na obra da mulher de cinqüenta anos ele vai vivenciar seu renascimento digno de admiração.

Este livro, estas cartas, que lhe recomendo, transpõem na vida da Bettine um espaço de tempo de trinta e cinco anos. Ninguém que conheceu a Bettine como criança estática, como mocinha indomável, acreditaria em sua metamorfose em dona de casa e mãe, metamorfose esta que submete todas as suas excessivas fantasias e desejos às exigências de sua grande família.

Ela é quem, por incrível que pareça, nos anos trinta, reemerge intacta do círculo dos românticos e merece, o que certamente não era fácil na atmosfera pesada do Vormärz *prussiano, o título de palestrante; ela é quem reassume certas posturas desafiadoramente ingênuas de sua infância e juventude, porque só uma criança tem permissão de dizer "O imperador está nu".*

Quem – e esse é o motivo por que a recomendo à senhora – não aceita as alternativas falsas, nas quais a vida de todos está prensada, não se conforma em ser marginal sem efeito ou filisteu adaptado, aquelas alternativas nas quais sua geração – descendente de revolucionários do pensamento – se esfalfa e que Clemens Brentano nomeia na virada do século: "No mundo atual pode-se escolher apenas das coisas, pode tornar-se ou um ser humano ou um burguês, e se vê apenas o que se deve evitar, mas não o que se deve abraçar. Os burgueses ocuparam toda a temporalidade, e os seres humanos não têm nada para si a não ser a si mesmos". Esta é a radicalidade do primeiro romantismo, do romantismo de Jena, cujo espírito a Bettine guarda fielmente. As cartas à Günderrode, que não pertence aos "românticos", mas que está ligada a eles por laços de amizade e troca espiritual, espelham de modo único o convívio aparentemente brincalhão da Bettine com aqueles motivos saudosos de uma outra vida, de uma vida melhor – num tempo em que a realidade prática tomou definitivamente um outro caminho.

Ela conhece a aura que a envolve, e conhece o medo, despida dessa aura, de ser desencantada em um ser autômato, que na literatura da época emerge como visão fantasmagórica. A Goethe, o maior dentre os amantes que ela criou para si, ela confia a visão de si mesma, o medo e a autodesconfiança. No dia 29 de junho de 1807 ela lhe escreve – a Günderrode já está morta há um ano:

> *Essas excitações mágicas, a capacidade maravilhosa são o meu vestido branco; [...] mas, senhor, essa intuição não pode ser afastada, de que mesmo o meu vestido branco me será despido, e de que eu andarei vestida com o usual da vida cotidiana, e de que esse mundo, no qual meus sentidos estão vivos, irá para o fundo; o que eu deveria cobrir protetoramente eu irei trair; lá onde deveria me submeter pacientemente eu irei me vingar; e lá onde a sabedoria, ousadamente infantil, me faz um sinal, irei oferecer resistência e querer saber melhor; – mas o mais triste será o fato de estar sob o peso da maldição do pecado, o qual não é como todos cometem – e será bem feito para mim.*

Tudo isso que ela procura conjurar de si (e conjura), acontece diante de seus olhos com os companheiros de juventude, conhecidos ou desconhecidos, quando a esperança, animadora da alma, se dissipa. Muitos morrem cedo, como Novalis; outros cometem suicídio, como Kleist e Günderrode; outros ainda percorrem toda a Europa à procura de um lugar adequado a eles, como August Wilhelm Schlegel; al-

102   A LITERATURA DA REPÚBLICA DEMOCRÁTICA ALEMÃ

*guns aproximam-se, como Friedrich Schlegel, pelo menos temporaria-
mente, da reação política, ou mergulham, como Clemens Brentano,
no misticismo católico.*

*Bettine vê laços de amizade se desfazerem sob a pressão de con-
dições restaurativas, vivencia dolorosas separações e distanciamentos
– da Günderrode, de Clemens, de Savigny, de Goethe – contempla
como aos homens é impingida adaptação, através da obrigação de
ganhar o pão. Um deles, Joseph Görres, que se torna, atravessando
muitas passagens, de revolucionário a representante da reação cleri-
cal, diz, ainda em 1822: "A geração inteira que viu a revolução, [...]
que passou por toda a honra e pela vergonha, nenhum deles" irá
"contemplar a terra santa da liberdade e do sossego".*

*O país Utopia, no qual dever-se-ia viver livre, igual e fraternal-
mente, cede lugar, nos pequenos Estados alemães, especialmente na
Prússia, à realidade da Sagrada Aliança e das decisões de Karlsbad;
rompe-se em reação pública e Biedermeier privado; sucumbe em perseguição demagógica, censura e espionagem, na continuação rígida
de uma substância social que, sob regime monarquista, quer produzir
de forma burguesa; sem querer tomar conhecimento de suas próprias
contradições são obrigatoriamente levados para a emigração os literatos mais radicais – Heine, Börne, Büchner –, salvando-se somente
em suas canções, peças e escritos tristes, dolorosamente interrogativos,
irônicos e solitariamente protestantes. As condições alemãs, que o
jovem Karl Marx encontra "abaixo do nível da história", isolam aqueles que têm o estofo de ser a voz de um movimento histórico. A mulher, de quem se trata aqui, Bettina von Arnim, que se retira no casamento, que com seus "filhos é como gato com sua cria", que cala,
escreve cartas, desenha, é lucidamente caracterizada pelo mesmo
Görres nos anos vinte, após ter visto um de seus escritos: "Antigo
isso não é, romântico também não, mas bettínico, um gênero interme-
diário de encanto próprio" [...][13].*

---

13. C. Wolf, Nun ja! Das nächste Leben geht ab heute an! (Brief über die Bettine),
op. cit., p. 318-323. Tradução de Ruth Röhl.

8. Socialismo e Subjetividade

A partir dos anos de 1970, em virtude de vários motivos já mencionados, tais como defasagem entre teoria e práxis, liberalização da política cultural e empenho dos escritores, observa-se um esforço reiterado de romper com a prática literária convencional, dando voz às tensões entre prisão à realidade e imaginação. A ficção "realista" passa a ser questionada, o romance como gênero não só cede lugar à narrativa (*Erzählung*, conto, ensaio, autobiografia), como também passa a vigorar a opinião de que só pode atingir o público aquele romance que não se mostrar como tal, ou seja, que passando por cima da recepção institucionalizada, não se caracterizar nem por narrador onisciente nem por fábula. Percebe-se, aqui, uma mudança na consciência social: literatura é reação e ação num processo social mais amplo.

Dieter Schlenstedt constata, na prosa da década de 1970, uma união de tendências aparentemente inconciliáveis no jogo da fantasia com a construção de uma realidade mais autêntica. Seriedade e brincadeira, realidade vivida e imaginação poética passam a coexistir lado a lado. "O fato de que realismo não deve ser buscado no nível de *formas realistas*, mas sim entendido como função de diferentes tipos de configuração; de que a realidade precisa ter sua legitimidade e fazer jus aos interesses da crescente produtividade, destruindo ilusões a respeito da realidade social e do contexto natural do homem – no entretempo isso já se tornou um fundamento amplamente reconhecido na estética marxista", afirma Schlenstedt em 1979. Essa não é, no entanto, a opinião da crítica oficial, que pode ser representada por Heinz Plavius (1976),

104 A LITERATURA DA REPÚBLICA DEMOCRÁTICA ALEMÃ

a quem pertence a seguinte observação: "A marca da reivindicação individual chegou por vezes perto do individualismo ou do distanciamento do coletivo, mostrando-se aqui e ali também como arrogância intelectual".

Antes, Johannes Bobrowski (1917-1965) vira-se impelido a introduzir a aparição de espíritos (*O Moinho de Levin*, 1964) por meio de um comentário do narrador – se é que isso é possível –, enquanto dez anos depois Irmtraud Morgner (1933-1990) começa seu romance *Vida e Aventuras da Trovadora Beatriz Segundo Testemunhos de sua Menestrel Laura* com a simples frase "Obviamente o país é um país das maravilhas".

Os escritores tornam-se cada vez mais conscientes de que sua missão consiste em mostrar o que eles próprios haviam visto e sentido. Nesse tipo de aproximação à realidade, a ficcionalidade da criação poética chega a ser freqüentemente posta em dúvida; fala-se em "autenticidade", termo que evoca genuinidade e confiança. Justamente esse desejo de incorporar material da vida real em sua facticidade objetiva tem por conseqüência a ligação explícita da subjetividade representada com o autor. É o caso, por exemplo, de Manfred Jendryschik (1943-) no romance *Johanna ou Os Caminhos do Dr. Kanuga*, onde o protagonista afirma: "Ficção e documentação não se opõem, mas se completam".

O conceito "autenticidade subjetiva" foi cunhado por Christa Wolf (1929-). Para ela é importante que, por meio da ficção, o leitor "ouça a voz do autor e veja o seu rosto", e tome parte no ato da criação. Wolf acrescenta às três dimensões da personagem narrada uma quarta – a da época e do engajamento do autor. Isso aponta, no ver de Schlenstedt, para o peso que a autora deposita sobre o comentário, ou seja, "no nível da explicação, do juízo, da avaliação intelectual e emocional, do eu que atua relatando, descrevendo, narrando e explicando".

Em seu ensaio "Ler e Escrever", Christa Wolf fala sobre o efeito dos livros sobre as pessoas e, refletindo sobre seu passado entre livros, chega à conclusão de que, "sem livros, não sou eu". O porquê de escrever é explicitado da seguinte forma: "preciso da ligação com outra dimensão em mim, para não perder o sentimento de estar-aí. E por isso escrevo". Escrever significa, para ela, autoconhecimento, donde o espaço narrativo ter quatro dimensões: "as três coordenadas ficcionais da figura criada e a quarta, *real*, do narrador. Essa é a coordenada da profundidade, da contemporaneidade, do engajamento inevitável, que não somente determina a seleção do material, mas também seu colorido. Lidar com ela de forma consciente é um *método básico da prosa moderna*".

Christa Wolf valoriza o autor e sua vivência da realidade, afirmando que ambas, literatura e realidade, se mesclam na consciência deste: "É que o autor é um homem importante". Segundo Malerbi

SOCIALISMO E SUBJETIVIDADE

(1994), há quatro procedimentos a considerar no método que Wolf chama de "autenticidade subjetiva", a saber: 1. a pesquisa do eu, da própria realidade, durante o ato de narrar; 2. a busca de autoconhecimento como objeto da própria representação; 3. a tentativa de, no ato de narrar, superar o passado e as vivências pessoais; 4. o estabelecimento da relação entre as pessoas e o Estado, a sociedade e a história.

O ponto de partida de Christa Wolf é, pois, a experiência pessoal, pesquisada dentro de um contexto histórico mais amplo. Em 1968 Wolf publica o romance *Em Busca de Christa T.*, já traduzido no Brasil. Desta vez ela narra a história da vida de uma mulher que vivenciou a Segunda Guerra Mundial, o pós-guerra e o socialismo praticado na RDA. Christa T. morre de leucemia ainda jovem, mas havia registrado suas vivências e reflexões, seus medos e sentimentos em um diário que vai parar nas mãos de uma grande amiga que decide narrar sua vida. A narradora é, portanto, a amiga de Christa T., mas a escolha do nome "Christa" insinua uma ligação secreta com a autora. Na verdade, trata-se da vida real de uma amiga de escola da autora, cujo sobrenome é Tannert. A narrativa começa pelo final, após a morte da protagonista – característica do estilo de Christa Wolf –, e exige do leitor a verificação do que é de Christa T., da narradora e da autora. A leitura não é fácil, mas o texto é belíssimo e extremamente reflexivo, além de ser narrado da perspectiva feminina. Essa obra exemplifica bem a busca de novas possibilidades para mostrar a realidade autêntica: registros de diário, documentos, entrevistas, relatos, comentários reflexivos etc.

A eu narradora e Christa T. se conheceram ainda meninas. Quando o exército soviético invade a Alemanha, ambas fogem com suas famílias para o Ocidente. As amigas de infância se reencontraram em Leipzig, onde estudam germanística. Christa T. começa a escrever, mas tem uma crise de depressão e chega a falar em suicídio. Depois dos estudos, Christa T. vai para Berlim, onde passa a lecionar. Casa-se com um médico veterinário e tem três filhas.

Nesse ínterim, o contato entre as amigas é reativado e elas passam a se ver regularmente. Christa T., no entanto, não consegue realizar seu sonho de se tornar uma escritora. Morre aos trinta e cinco anos de leucemia. Quando se conheceram, a eu narradora ficara encantada com a personalidade esfuziante de Christa T., com sua alegria e espontaneidade, qualidades que, com o passar do tempo, foram sendo substituídas por adaptação e passividade. A eu narradora decide-se a ir em busca das razões dessa mudança.

Em Busca de Christa T. despertou reações polêmicas na RDA, em sua primeira recepção, embora não tenha havido um debate oficial, como no caso de *O Céu Dividido*. A primeira edição, de quinze mil exemplares, foi vendida num piscar de olhos, mas a estrutura narrativa não-linear, a protagonista concebida a título de exemplo, não de modelo, e a ausência de distância entre a autora e sua heroína foram

106   A LITERATURA DA REPÚBLICA DEMOCRÁTICA ALEMÃ

aspectos muito criticados. A renúncia à narração de uma história linear e o tratamento livre dado aos planos de tempo e ação ainda significavam uma ruptura com o ideal épico e com as normas narrativas. Já na segunda fase de recepção, por volta de 1975, essas mesmas características passaram a ser vistas como qualidade. Contudo, a pergunta sugerida no livro – em que medida o valor de alguém pode ser reduzido a uma utilidade aquilatada apenas no nível social – foi percebida por alguns críticos como polêmica em face das exigências sociais e culturais da sociedade. Por tratar de uma personalidade autônoma, destituída de função social e não-modelar, o livro foi acusado de pessimismo; um crítico chegou mesmo a externar o receio de que as contradições sociais ficassem reduzidas a conflitos pessoais e Freud usurpasse o lugar de Marx. Enfim, para a crítica oficial da RDA, ação significava realismo, e reflexão, decadência. O debate sobre o formalismo não era coisa de um passado remoto.

Na RFA o livro teve uma leitura diferente, sugerindo dissidência. Therese Hörnigk (1987) informa que o acento recaiu sobre a suposta postura anti-socialista da autora, citando, a título de exemplo, a sentença de Reich-Ranicki em *Die Zeit* de 23 de maio de 1969: "Sejamos claros: Christa T. morre de leucemia, mas sofre do mal da RDA".

Nos anos de 1970 e 1980, *Em Busca de Christa T.* já pôde ser avaliado como uma voz a advertir da necessidade de reflexão (palavra que faz parte do título original: *Nachdenken über Christa T.*) sobre a responsabilidade moral na sociedade, voz esta presente na discussão sobre humanismo e revolução tecno-científica.

O tema da busca de autoconscientização e auto-realização, investigada no percurso da vida de Christa T., está claro desde o início, ancorado nas palavras de Johannes R. Becher, escolhidas para a epígrafe do livro: "O que é isso: esse vir-a-si-mesmo do homem?". O primeiro parágrafo do livro também informa quanto à motivação da escritura:

> Refletir, em busca dela. Da tentativa de ser si-mesmo. Assim está em seus diários que nos ficaram, nas páginas soltas dos manuscritos encontrados, nas entrelinhas das cartas que conheço. Que me ensinaram que preciso esquecer minha lembrança dela, de Christa T. A cor da lembrança engana[1].

É visível o desejo da autora de influenciar o público leitor por meio da reflexão da eu narradora e do exemplo de Christa T. O ato de refletir substitui o de rememorar, o apelo ao leitor se faz através dos pronomes *man* (se, a gente) e *wir* (nós), e o processo reflexivo é acentuado pelo estilo inconcluso, pelas muitas perguntas sem resposta.

A personagem é construída num jogo de planos temporais que engloba um terceiro mundo, ou seja, o das muitas citações literárias.

1. C. Wolf, *Nachdenken über Christa T.*, p. 9.

SOCIALISMO E SUBJETIVIDADE

Brecht (*Balada da Marie A.*), Thomas Mann (*Tônio Kröger*), Schiller (*Intriga e Amor*), Goethe (*Nobre Seja o Homem*), bem como personagens femininas da literatura do século XVIII entre outras, ampliam o retrato de Christa T. em sua função de exemplo.

O livro *Padrão de Infância* (*Kindheitsmuster*), (*Muster:* padrão, desenho, amostra, modelo), publicado em 1976, é autobiográfico, e tem como tema a investigação da infância (no caso, da autora), durante o nacional-socialismo. Por meio da protagonista Nelly Jordan, Christa Wolf realiza um trabalho de memória: "O passado não está morto; ele nem sequer passou. Nós o separamos de nós e o estranhamos". Wolf coloca a infância de Nelly dentro do contexto histórico, citando fatos da ditadura nazista que chegaram ao povo alemão na época, tais como a *Kristallnacht*, noite em que os estabelecimentos de negócio dos judeus foram depredados, e a declaração de Heydrich participando o extermínio dos judeus, a *Endlösung*, bem como outros que só após o término da guerra se tornaram amplamente conhecidos, com a existência de centenas de campos de concentração e de criminosos de guerra da estatura de Mengele, ou de Eichmann.

Durante a fuga da família de Nelly, com o avanço do exército soviético, dá-se o encontro com um ex-prisioneiro de um campo de concentração. Ao notar que a família ignora os fatos reais sobre o nazismo e a guerra, ele coloca a pergunta que vai se transformar em lema para Nelly (e a autora): "Em que mundo vocês viveram?". Na viagem de fuga, Nelly contrai tuberculose, e o livro termina com sua cura, em 1947. No final, Christa Wolf deixa confluir todos os motivos da narrativa, certa da complexidade da memória, indagando o sucesso de sua empresa: "Será que a memória cumpriu seu dever?".

Para conseguir essa viagem de memória, Christa Wolf retorna à sua cidade natal, Landsberg, hoje Gorzów Wielkopolski, na Polônia, em companhia do irmão, do marido, o também escritor Gerhard Wolf, e da filha Lenka. A volta, em julho de 1971, desperta pensamentos e sentimentos esquecidos dos anos que se seguiram à tomada do poder por Hitler, em 1933. A pergunta chave do romance é "Como nos tornamos assim como somos hoje?". Nessa obra, Christa Wolf se confronta com o passado nazista alemão, na tentativa de dominá-lo, de vencê-lo, de superá-lo pela reflexão, realizando o que se chama em alemão *Vergangenheitsbewältigung*.

Em dezoito capítulos de lembranças, reflexões, análises sociológicas e psicológicas, Christa Wolf narra a infância de Nelly, descrevendo minuciosamente sua vida e a de sua família, de seus vizinhos e amigos, seus anos de escola e seu tempo na juventude hitleriana, no Bund Deutscher Mädel (Associação Alemã de Moças). Dá ênfase, sobretudo, à identificação dos elementos que levaram à formação e desenvolvimento da consciência da protagonista, mostrando inclusive a discriminação dos judeus, a propaganda nazista e seu vocabulário

108   A LITERATURA DA REPÚBLICA DEMOCRÁTICA ALEMÃ

manipulador. Ao mesmo tempo traz reflexões sobre o fascismo, comparando a ditadura nazista a outras no Chile, na Grécia e no Vietnã.

São, portanto, quatro as camadas temporais do romance, as quais se interpenetram: a infância de Nelly, do despertar de sua consciência, aos três anos, em 1932, até sua saída do hospital, em abril de 1947; a visita a Landsberg, que a autora fez com sua família, em julho de 1971; o espaço temporal da escritura do livro, de novembro de 1972 a maio de 1975 e o dedicado às reflexões, o qual engloba os diferentes tempos e lugares e enfoca principalmente a dificuldade de se escrever sobre tal tema.

Importante é que, por meio da memória, Wolf medita sobre o nacional-socialismo na Alemanha e a sua influência no presente, no modo de pensar e atuar das pessoas e dela própria.

Christa Wolf narra na segunda e na terceira pessoas, a fim de objetivar sua infância, assinalando, ao mesmo tempo, que ela foi nada mais do que uma infância típica da época, daí a opção pela tradução de *Muster* por padrão. Wolf conota a palavra alemã etimologicamente com "monstrum". Seu livro se preocupa mais com os padrões que cunharam o sentimento, o pensamento e as ações dos alemães, relacionados com os "monstros" de seu passado histórico e político. As lembranças aparecem entrelaçadas com reflexões estéticas, com observações sobre a viagem da autora, reveladas ao leitor através de fragmentos de conversas com o marido, observador neutro; a filha, que nasceu depois da guerra; e o irmão, cinco anos mais moço.

Outro autor a registrar o holocausto, em fins dos anos de 1960, é Jurek Becker (1937-1997). A obra, *Jacó, o Mentiroso*, pode ser considerada autobiográfica, pois Becker viveu, quando criança, num gueto na Polônia, e foi prisioneiro nos campos de concentração de Ravensbrück e Sachsenhausen.

O que detona a trama é a notícia de que os russos estavam a vinte quilômetros de Bezanika, cidade não muito distante, notícia esta que Jakob Heym, o protagonista, ouve no quartel onde está sendo interrogado por ter sido surpreendido na rua depois das vinte horas, o que era contra o regulamento do gueto onde vive. No intuito de auxiliar seus companheiros de destino, que viviam sem a menor esperança, Jakob passa a lhes contar boas novas das tropas russas, mentindo que tem um rádio escondido em sua casa.

Na metade do livro, Jakob narra a Lina, a menina de quem cuida, o conto de fadas da princesa que adoece porque queria uma nuvem do céu. O conto tem um final feliz, o jovem jardineiro encontra a solução, mas não a narrativa do gueto onde as árvores eram proibidas (decreto número 31).

O romance é narrado em terceira pessoa, mas o narrador às vezes se torna transparente, como no início, ou mais adiante, quando afirma ao leitor:

SOCIALISMO E SUBJETIVIDADE 109

Gostaria muito, ainda não é tarde demais, de gastar algumas palavras com minhas informações, antes que uma ou outra suspeita se apresente. Meu informante mais meritório é Jakob, aqui em algum lugar encontra-se de novo a maior parte do que eu ouvi dele, eu me responsabilizo por isso. Mas eu digo a maior parte, não tudo, digo a maior parte com ponderação, e desta vez isso não se deve à minha memória fraca. Enfim, sou eu quem narra a história, não ele, Jakob está morto, e além do mais não narro a história dele, mas uma história[2].

A versão fílmica da Defa é mais fiel à obra e às circunstâncias da época do que a hollywoodiana.

Outro autor de destaque na época, Erich Loest (1926-) foi, na juventude, redator do *Leipziger Volkszeitung* e começou a trabalhar independentemente em 1950. Freqüentou o Instituto de Literatura de Leipzig em 1955/1956, época da revolta fracassada na Hungria, fazendo parte de um grupo de intelectuais simpatizantes da causa húngara, no qual figurava Ernst Bloch. Perseguido, Loest passou sete anos e meio na prisão por atividades anti-socialistas, descaso de seus deveres de escritor e relações contra-revolucionárias.

Nesses anos Loest publica contos no estilo de Karl May, em 1975 o romance *Boxe na Sombra,* sobre um tema tabu na RDA, na época: a reintegração de um ex-detido na sociedade. Em 1979 vem a lume o romance *Vai Indo ou Dificuldades em Nossa Planície* (Es geht seinen Gang oder Mühen in unserer Ebene), retomando no título uma afirmação de Brecht: "No processo revolucionário seguiram, às dificuldades das montanhas, as dificuldades das planícies".

O livro trata da vida cotidiana na RDA, em meados dos anos de 1970. O protagonista Wolfgang Wülff é um homem comum, um engenheiro casado, com uma filha, adaptado à sua vidinha e pouco ambicioso: "Meu mundo era intacto. E à tarde baralho com os Neuker". Sua esposa, no entanto, submete-se às pressões da sociedade e não se conforma com a falta de ambição do marido: "Ela me explicou como a um pintinho doente o que era tema de muitas noites, que cada um tem a obrigação de fazer o melhor de si mesmo".

Em dez capítulos Loest dá uma imagem minuciosa da RDA, mostrando a ideologia do país de vários ângulos e através das diferentes gerações. O cotidiano de Wülff é marcado pelo trabalho, onde é bem aceito e convive com colegas mais velhos, formados nos anos de construção da RDA, e mais jovens, que considera oportunistas e carreiristas. Sua vida social consiste de encontros maçantes com amigos nos fins de semana, sempre iguais, previsíveis e tediosos. A vida segue o seu caminho, exatamente como diz o título.

Esse romance de Loest deixa à mostra a poética do autor:

fazer algo bem simples: ver as coisas como elas são, não filtrar nada, não expor nada, narrar normalmente uma história cotidiana, de acordo com a cronologia, não com três

2. J. Becker, Der Verdächtige, *Erzählungen*, p. 197.

110   A LITERATURA DA REPÚBLICA DEMOCRÁTICA ALEMÃ

planos, parábolas ou transcendências, uma história como a que ocorre em qualquer esquina, com personagens e destinos conhecidos de todo mundo, exata também, e especialmente, na linguagem. Não deve ser um romance artístico para uma elite [...], mas um livro de leitura para todos.

Esse romance daria o que falar. Loest lutou muito para conseguir publicá-lo. Seu inimigo foi a central administrativa responsável pelas editoras e pelas avaliações para a permissão à publicação. Um dos motivos foi a vivência central do protagonista, a qual tinha sido um fato verídico na vida do autor. Quando Wülff tinha dezesseis anos ele foi a um *happening* de música *beat* na praça Leuschner, mas a polícia soltou cachorros contra o público reunido, e Wülff foi mordido por um deles. Wülff narra o acontecido:

> Antes da batalha na praça Leuschner o mundo estava dividido de forma limpa. O inimigo achava-se no Ocidente; os americanos bombardeavam o Vietnã, Kiesinger era fascista. Então um dos nossos cachorros me mordeu, o qual na verdade deveria ter mordido um americano que estava lançando bombas no Vietnã. Eu não joguei nenhum napalm, eu não devia ter sido abocanhado por nenhum cão[3].

Outro motivo foi o fato de Loest narrar na primeira pessoa e da perspectiva de um homem comum. Foi-lhe aconselhado mudar para a terceira pessoa e optar por uma perspectiva mais elevada, o que o autor recusou.

Depois de muita discussão, o livro foi publicado na RDA e na RFA, mas na edição da RDA faltavam páginas importantes, como o acontecimento narrado acima. Loest chegou a processar a editora por causa disso.

Em 1981 Loest mudou-se para a RFA. Em 1984 publicou o livro de memórias *O Quarto Censor. Nascimento e Morte de um Romance na RDA*, narrando as peripécias da publicação de seu romance.

Para concluir, vejamos a narrativa *Estória Inacabada*, de Volker Braun (1939-), publicada em 1975 no periódico *Sinn und Form* e editada apenas em 1988, às vésperas do fim do estado. Na RFA foi publicada em 1977.

Nessa narrativa, Braun descreve o relacionamento conflituoso de uma jovem intelectual da RDA. Ele se baseia em fato real. Karin, filha de um alto funcionário e de uma jornalista, namora um jovem trabalhador, Frank, que teve problemas com a lei por contrabando e cujo pai vive na Alemanha Ocidental. A narrativa começa num dia em que, apenas apoiando-se em suspeitas, o pai da protagonista a proíbe de ter qualquer relação com o namorado. A protagonista obedece, contra sua consciência e sentimentos. No mês seguinte ela viaja a uma pequena

---

3. E. Loest, *Es geht seinen Gang oder Mühen in unserer Ebene*, p. 98.

SOCIALISMO E SUBJETIVIDADE   111

cidade do interior, a fim de começar uma carreira profissional. Lá ela
reencontra o amigo. Tem início um conflito interminável entre família,
Estado, consciência política, auto-realização e amor. Ao saber que está
grávida, Karin atende ao pedido do pai e lhe entrega as cartas de Frank.
Num interrogatório, o partido exige que ela se separe de Frank, caso
contrário, perderia o emprego. Sob a carga dos acontecimentos, Frank
tenta se suicidar. E é só a partir de sua internação num hospital que
Karin consegue se soltar da tutela dos pais e do Estado, tentando uma
reorientação.

Na cena em que Karin visita Frank no hospital, ela repassa, diante
do noivo moribundo, todas as vivências passadas: a rigidez desumana
dos funcionários, a hipocrisia dos colegas, a intolerância dos amigos, a
insensibilidade dos pais etc. Nesse ponto o texto é interrompido e ecoa
a voz de Büchner: "O que é essa coisa monstruosa, o Estado? (Georg
Büchner)". Trata-se de uma citação de *O Mensageiro de Hessen*, de
Georg Büchner. Por meio dessa citação o narrador aponta para o universo büchneriano e atribui uma dimensão histórica à história protagonista.

Estória Inacabada é narrada em terceira pessoa e no estilo indireto livre – o mundo exterior é percebido através da perspectiva subjetiva da protagonista:

> No solo já não pousava neve, todo nu, a grama dura rangia sob seus passos. Ela a
> segurou e se apoiou nela e olhou em ramos quaisquer que, pretos e quebrados, balança-
> vam no ar. Logo tudo era irreal, o jardim estranho, árvores, não tinha que estar aqui,
> esse moço, qual a relação com ele, e com o pai e a mãe – tinha sido apenas medo[4].

Na narrativa de Braun, a protagonista sente freqüentemente um
vazio. Esse motivo resulta do confronto da consciência com a realidade
da vida política. No início da carreira de jornalista, Karin é partidária
do sistema socialista, mas a sua compreensão da ideologia difere da do
socialismo real; ela experimenta uma fenda pelo mundo separando a
sociedade entre funcionários e operários, superiores e empregados,
homens e mulheres etc. "Eram dois mundos no mesmo país, porém
tudo era verdade":

> Tinha aprendido que na vida existem apenas dois lugares, duas posições; num
> lugar estão os CONVENCIDOS e os que tiveram que convencer os outros. [...] No outro
> lugar, aqueles que TIVERAM DE SER CONVENCIDOS [...] Na escola tinha compreendi-
> do isso melhor. Os trabalhadores, como dizia o companheiro Lenin, que não podem
> adquirir consciência por si mesmos, têm que ser ensinados[5].

Nesse livro, Volker Braun aponta falhas do socialismo real, tais
como falta de igualdade e de liberdade de expressão e, sobretudo, de

4. V. Braun, Unvollendete Geschichte, *Die Unvollendete Geschichte und ihr Ende*,
p. 32.

5. Idem, p. 18.

112   A LITERATURA DA REPÚBLICA DEMOCRÁTICA ALEMÃ

transparência da política real. Rejeitando a prática oportunista, Braun prefere contribuir para mudança por meio de sua profissão de escritor. Nesse contexto, a epígrafe de Jorge Semprun, aludindo ao stalinismo e às vítimas desse sistema intransigente e autoritário, constitui uma advertência: "Todos os mortos repousam na inquietude de uma morte, talvez, sem sentido".

Hans Mayer afirma que na lírica dos anos de 1960 da RDA os antagonismos da sociedade são mostrados sem atenuantes, mas também sem negar a possibilidade de mudança. Ele cita o poema de Brecht, ao ver as cidades alemãs destruídas –

> Fora dessa estrela, pensei eu, não há nada e
> Está tão devastada.
> Só ela apenas é nosso refúgio e
> Está assim.

– e conclui: "Assim, pois, se apresenta o refúgio. Mas permanece um refúgio, o único. As possibilidades literárias de um escritor da RDA são determinadas por essa constelação: por sua capacidade de ver e mostrar mesmo a devastação como um refúgio"[6].

A narrativa escolhida para exemplificar esta fase da produção literária da RDA é de Thomas Brasch (1945-), autor que em 1977 mereceu o seguinte elogio de Heiner Müller, publicado no volume *Rotwelsch:* "depois do aparecimento de seus livros *Diante dos Pais Morrem os Filhos* e *Kargo*, ninguém mais na RDA vai poder escrever como se ele não os tivesse escrito". Trata-se da narrativa *Moscas no Rosto*, extraída da coletânea *Diante dos Pais Morrem os Filhos (Vor den Vätern sterben die Söhne)*.

MOSCAS NO ROSTO*

Thomas Brasch

O turno termina às cinco. Às cinco e quinze estarei no portão. Você vem me buscar?

Mais alguma coisa, disse ele, às cinco estarei no portão.

Acariciou a sua face, curvou-se e beijou-a no pescoço. Então deu meia volta e foi embora.

Eu deveria ter contado a ela. Amanhã ela termina o turno e eu não estou lá. Ela vai achar que eu esqueci. Ela vai esperar até as

6. H. Mayer, *Zur deutschen Literatur der Zeit*, p. 393-394.

* A falta de interrogações ao longo do texto – onde em português seriam obrigatórias – foi suprimida em função do original alemão que não as contém. (N. da E.)

SOCIALISMO E SUBJETIVIDADE 113

cinco e meia e depois vai chorar. Vai achar que estou com outra. Naquela vez que saí com o Harry, ela telefonou três vezes para a casa dele. Eu deveria ter contado a ela. Ou uma história qualquer, que vou viajar, aí, amanhã, ela não teria de esperar. Um dia desses ela vai descobrir mesmo. Ou escrevo para ela de lá ou estarei morto. Talvez amanhã às cinco eu esteja morto. Como soa estranho: talvez amanhã eu esteja morto. Hoje eu digo que amanhã estarei no portão às cinco, e amanhã às cinco estou deitado no necrotério. Ou sentado na frente de um policial. Um daqui ou um de lá? Eu deveria ter contado a ela. Vá contar suas histórias para outra pessoa, você não está pensando que eu acredito nisso, o que é que você quer lá do outro lado, ela teria dito, me olhado e dado meia volta. Então, mesmo assim, teria ido àquele lugar e teria tentado. Mas teria sido diferente de agora.

Robert atravessou a rua até o ponto e entrou no bonde.

Vou a um lugar qualquer. Ainda são umas seis horas. Desço num lugar qualquer e me sento num banco. Pode ser que ainda tome algo e vá então até o lugar. Agora preciso pensar em outra coisa. Vou estudar do lado de lá e um dia venho buscá-la, e viveremos juntos. Se for seguro, ela virá. Vou preparar tudo. Ou estarei morto.

Por favor, a Hiddenseestr, *o senhor pode me avisar onde tenho que descer? Sou novo aqui.*

O pequeno homem sorriu para Robert.

Não sei. Hiddenseestr. *Não sei. Também não sou daqui. É melhor perguntar ao motorista.*

Muito obrigado, disse o pequeno e sorriu novamente. O homem começou a abrir caminho em direção ao motorista, e Robert desceu do bonde.

Amanhã ela vai ficar esperando, e depois de amanhã vai fazer uma ligação interurbana. Minha mãe vai ficar com medo. A primeira coisa em que vai pensar é no aborrecimento que vai ter no trabalho. Ou vai pensar em meu pai: se ele ainda fosse vivo, isto não teria acontecido. E talvez eu esteja morto. Mas, se eu conseguir, tudo será diferente. Vou telefonar. É isso mesmo. Mãe! Vou dizer. Não, primeiro telefono para o trabalho. Alô, digo. Sim, Robert, onde é que você está? Por que você não estava no portão. Você não pode. Então vou interrompê-la e dizer, com muita calma, assim como se nada tivesse acontecido: Estou no lado Ocidental. E depois nada mais. Vou esperar que diga alguma coisa. Simplesmente esperar.

Ei, você, ei. Espere um pouco. É, o senhor mesmo. Acabou. Eles estavam me observando o tempo todo. Sabiam de tudo desde o início.

Robert sentiu o suor jorrando de suas axilas. Virou-se. Um homem olhava de uma janela do conjunto de prédios, e esticava o braço para baixo.

Aí embaixo está o meu travesseiro. Ele caiu daqui. O elevador está quebrado. Minhas pernas já não são tão boas. Você podia trazê-lo para cá? Quarto andar, à direita: Werner. A porta está encostada.

114 A LITERATURA DA REPÚBLICA DEMOCRÁTICA ALEMÃ

Está bem, disse Robert. Pegou o travesseiro e dirigiu-se para o prédio. Na frente do elevador havia dois garotos, e Robert entrou depois deles. Os dois se cutucam. Para o Werner, disse um deles, e ambos riram. No quarto andar Robert saiu, seguiu em frente, abriu a porta no fim do corredor e entrou no apartamento. O cheiro de gordura velha atingiu-o de um golpe.

Deixe a porta aberta, ouviu.

Robert passou pela quitinete até o quarto. O velho estava sentado na cama desarrumada, vestindo apenas uma calça de pijama e uma camiseta.

Você veio voando? Quatro andares em meio minuto. Nada mau.

O elevador está funcionando, disse Robert e pôs o travesseiro em cima da poltrona.

Isso eu deveria saber, mas nunca comunicam a gente a que pé a coisa está.

O velho passou as pernas por sobre a beirada da cama e olhou para Robert.

Quer um chá? Você pode tomar um copo. Já vou esquentar a água.

Obrigado. Preciso ir. Não quero incomodar.

Incomodar?

O velho riu. Nada mais me incomoda.

Tenho algo a fazer, disse Robert.

Já entendi. Você está pensando: esse aí está com um parafuso solto. Primeiro me pede para trazer o travesseiro aqui para cima, e agora ainda quer que eu fique aqui sentado nesse apartamento sujo.

Entre cada palavra ele respirava fundo, e parecia a Robert que ele ouvia um assobio na voz do homem.

A pressa também não deve ser tanta, que você não possa ficar uns dez minutos fazendo companhia a um homem velho.

Robert sentou-se na poltrona e olhou em volta: o velho procurava seus sapatos, achou um e acabou indo descalço para a quitinete.

Ele sabia que o elevador estava funcionando. O que posso conversar com ele? Isso também não importa. Seis horas. É melhor ficar sentado aqui do que tremendo na rua cada vez que aparece um uniforme.

O velho começou a tossir. Ele estava junto à pia e deixava a água correr para dentro da chaleira. A tosse ficou mais forte e de repente o velho deixou a chaleira cair e vomitou na pia.

Agora, ainda por cima, ele vomita.

Robert foi até a quitinete.

Logo estou melhor, sussurrou o velho, e o seu corpo tremia. Então ele vomitou outra vez, e Robert viu as placas vermelhas na pia. O velho apertou a cabeça contra a parede. Lágrimas correram pelo seu rosto. Sua calça escorregou. Ele tentou pegá-la, mas não conseguiu. Robert se abaixou e puxou-a para cima. O tremor do corpo ficou mais forte.

Agora ele vai desmaiar.

SOCIALISMO E SUBJETIVIDADE

Robert pegou-o pelos ombros e por baixo dos joelhos, levantou-o e o carregou até a cama. O velho tinha fechado os olhos.

Como ele é leve.

Robert empurrou o travesseiro embaixo de sua cabeça e o cobriu. Então se dirigiu para a porta.

Eu também não posso ajudá-lo. Por que eu deveria ficar. Este maldito elevador tinha que estar em algum lugar.

Está procurando por alguém, Robert ouviu uma voz atrás de si. Uma mulher de cabelos grisalhos estava em pé, na porta de seu apartamento, enxugando as mãos num pano de prato.

Estou procurando o senhor Werner.

Mas o senhor está vindo de lá, ou não?

Talvez não tenha visto a placa. Talvez tenha lido errado o nome.

A mulher enfiou o pano de prato embaixo do avental.

O que o senhor quer com o sr. Werner?

Tenho que lhe entregar algo, da sua irmã.

Ela deu um passo em sua direção.

O quê, então ele tem uma irmã? Isso não pode ser verdade. É o cúmulo. Ela devia vir pessoalmente até aqui, ao invés de mandar alguém. O irmão dela não vai durar muito, você pode dizer isso a ela. Já agora ele não está mais funcionando tão bem. Aqui em cima, quero dizer. Fica o dia inteiro marchando pelo quarto. Ou então traz estranhos para o apartamento dele. Ainda por cima ele agora deu para cantar à noite. Cantar! O que é que estou dizendo. Ele grasna. E, de repente, descobre-se que ele tem uma irmã. Diga-lhe que ela...

Robert virou-se e voltou.

Diga isso a ela. O irmão está aqui, morrendo, e ela manda uma pessoa qualquer. Ela devia se envergonhar.

O velho dormia. Robert cobriu-o e ficou olhando para ele. O rosto era enrugado, coberto com uma barba rala, e uma cicatriz profunda ia da orelha até o queixo. As unhas estavam compridas e sujas. Agora ele se mexia e gemia. Empurrou a coberta, e Robert viu o peito estreito e peludo, que subia e descia em intervalos irregulares. A camiseta estava manchada e tinha um rasgo. Robert puxou a coberta cobrindo o velho até o queixo, e sentou-se outra vez na poltrona. Tirou um cigarro do bolso e o acendeu.

E se ele morrer. Um médico? A polícia: o que o senhor quer por aqui. De onde conhece este homem. Eles não vão acreditar em nada. Um travesseiro. Ha ha! O senhor não pode estar falando sério. Aonde o senhor pretendia ir. Onde o senhor trabalha. No momento em lugar algum. Interessante. Siga-nos. Verificação de fatos.

Robert jogou o cigarro num vaso vazio, levantou-se e foi até a estante de livros ao lado da porta, pegou um livro e leu: Longe de Moscou. *Ele abriu o livro no meio:*

116 A LITERATURA DA REPÚBLICA DEMOCRÁTICA ALEMÃ

O senhor mesmo o levará até lá, camarada Sjatkow, junto com os camaradas Umara e Batmatew entregará pessoalmente este precioso presente ao camarada Stálin, respondeu Pissarew. Novamente ressoaram aplausos, como jamais tinham sido ouvidos no Adun e na antigüíssima taiga.

Robert fechou o livro e o colocou de volta na estante.

Só faltava essa. Mais um desse. O par clássico: jovem burguês antes da fuga encontra veterano do movimento operário.

Robert pegou o porta-retratos da estante. De uma foto de jornal, homens vestindo casacos de couro com espingardas penduradas no ombro e estrelas nas boinas o contemplaram.

A Frente Vermelha, disse Robert.

Eu estava lá, ouviu Robert e se virou.

O velho tinha se recostado na cabeceira e olhava para ele.

Eu estava lá há 38 anos. Na Espanha. Me dá aqui.

Robert foi até a cama e deu-lhe a foto.

Recortei do Berliner Zeitung.

O velho deitou-se de costas e segurou a foto com ambas as mãos na frente dos olhos.

Há 38 anos, sussurrava, e eu estava lá.

Está bem. Quer que lhe faça um chá.

Você pode não acreditar. Mas é isso mesmo. Eu estava lá e sempre que vejo esta foto me sinto como então. Foi uma grande época. Outras pessoas nada conseguiram na sua vida além de dois filhos e três dias de férias especiais. Comigo foi diferente.

Vou fazer o chá. Robert foi até a quitinete.

Dormi muito? Perguntou o velho.

Não muito, disse Robert, e deixou a água correr para dentro da chaleira. Apenas uns minutos.

Ele procurava os fósforos.

Sinto muito por antes.

Robert pôs a chaleira no fogo:

Onde está o chá.

O velho tinha se virado para a parede e continuava olhando a foto.

Embaixo, no armário.

Robert colocou chá no bule. Então se sentou numa banqueta na quitinete e esperou.

Sempre que vejo a foto, penso naquilo. Vejo as estrelas nos bonés e logo também ouço os tiros e vejo as moscas nos rostos mortos.

Sim, sim, disse Robert.

Ele viu o velho falando, mas não prestava mais atenção. Depois de alguns minutos se levantou e derramou a água fervendo no bule. Pegou dois copos do armário, foi para o quarto e se sentou outra vez na poltrona.

Algo assim não dá para esquecer, disse o velho virando-se para Robert.

Chega. Já conheço essa música. Já me tocaram no jardim de infância.

O velho olhou-o direto nos olhos.

O que há com você?

Nada. Não tem nada comigo. Só que eu sei o que vem agora, e não quero ouvi-lo pela milésima vez.

Ah sim, você não quer ouvi-lo, disse o velho. Mas a sua música barulhenta, seu dabidubidá elétrico, isso sim você quer ouvir.

Deixe pra lá. Conheço esse jogo de cor. Em seguida você vai dizer que sabemos tudo melhor. Que nos enfiam tudo por trás e regurgitamos tudo pela boca.

É isso mesmo, disse o velho.

Ninguém pediu a vocês. É essa a resposta que você queria ouvir, ou não?

Vá até a janela. Depressa.

O que é isso agora?

Você vai ver.

Robert foi até a janela.

O que você está vendo? Diga-me apenas o que está vendo. Há trinta anos atrás não teria visto nada além de ruínas e sujeira. E o que vê agora?

Caixas, disse Robert, uma imensa prisão com uma área verde.

Ah, então é isso, gritou o velho, ruínas devem ser mais bonitas, passar frio deve ser melhor.

Pare. Já chega. Eu lhe disse que conheço o jogo. Vou-me embora, grite com as suas lindas paredes novas.

Robert caminhou em direção à porta.

Espere, gritou o velho. A culpa é minha. O que eu queria lhe dizer é outra coisa. Estive na Espanha. Nós lutamos e sabíamos pelo que lutávamos. Vi as moscas no rosto dos mortos. Eu era um homem jovem. Mas eles acabaram conosco. Quando não fazia mais sentido, atravessamos a fronteira. Não foi fácil, mas quando não deu mais para ir adiante, tivemos que atravessar a fronteira.

Está bem, disse Robert e se sentou novamente na poltrona, joguemos até o final. Portanto vocês tiveram que atravessar a fronteira e o fizeram. Que fronteira posso atravessar, quando não fizer mais sentido?

O que está querendo dizer?

Não se faça de mais bobo do que você é, disse Robert, e olhou o velho direto nos olhos. Isso faz parte deste jogo social. Você teve a sua fala, agora é minha vez, ela é: Não posso fazer o que você pôde. Afinal de contas vocês também construíram um muro em volta das lindas casas.

Se não o tivéssemos construído, vocês todos estariam agora do outro lado, onde tudo brilha e cintila. O velho se recosta.

Ou não, disse Robert.

118 A LITERATURA DA REPÚBLICA DEMOCRÁTICA ALEMÃ

O que é que você quer do lado de lá? O que é que você quer deles?

Nada. Não quero nada deles. Mas melhor lá do que aqui, longe de Moscou. É isso, e agora você pode ir até a cabine telefônica. O número da polícia é 110.

O velho olhou para ele.

O que há com você? Fizeram algo a você? O que é que você quer?

Robert se levantou e se postou no meio do quarto. Parecia que já tinha dito essas frases uma centena de vezes e ao mesmo tempo ouvido a sua própria voz dizendo isso.

O que eu quero, gritou ele, romper esse cordão umbilical. Ele me sufoca. Fazer tudo diferente. Sem fábricas, sem carros, sem notas, sem relógios de ponto. Sem medo. Sem polícia.

Ele bateu com o punho contra a estante, mas o cansaço permaneceu na sua voz.

Começar tudo de novo num lugar livre.

Sente-se, disse o velho.

Eu sei, continuou Robert a gritar, isso tudo já estava aí, soa patético, não é nada novo. Se eu soubesse algo melhor, não estaria aqui agora.

Deixou cair os braços. O velho se levantou, pegou a vitrola da estante e a colocou sobre a mesa na frente da cama, foi até o armário e pegou um disco.

Sente-se, disse ele, você está tremendo.

Robert deixou-se cair na poltrona.

Na Espanha a nossa causa ia mal. A retirada era passo a passo, cantava uma voz dura e metálica. E os fascistas já gritavam: Caiu a cidade de Madri. Madri, Robert também ouviu o velho cantando. Aí eles vieram de todos os lados com uma estrela vermelha na boina. No Manzanara eles esfriaram o sangue quente demais de Franco. Esses eram os das Brigada 11 e de sua bandeira da liberdade...

Robert viu quando o velho fechou os olhos. Ainda cinco horas. Vou para a fronteira. Eles vão atirar. Vou ficar estendido lá, com moscas no rosto.

O quarto estava novamente silencioso.

O velho abriu os olhos.

Às vezes a gente pensa que nada mais importa, disse ele baixinho. Não existe mais nada que dê prazer a alguém. Os amigos morreram ou não o conhecem mais. Poderia não importar mais, mas de repente a gente tem medo. Às vezes eu acho que seria melhor se eu tivesse caído na Espanha. Mas vou morrer aqui, na cama, ao lado de uma vitrola.

Robert levantou-se e pôs o braço da vitrola novamente sobre o disco. Na Espanha a nossa causa ia mal, cantou novamente a voz.

SOCIALISMO E SUBJETIVIDADE 119

Não temos nada em comum, disse o velho.

*Robert virou o botão do volume até o máximo, e a música enco-
briu a voz do velho.*

Como não, disse Robert, ambos temos medo das moscas no rosto.

*O quê? Gritou o velho, curvou-se para frente e olhou repentina-
mente para a porta. Robert se virou. Ao lado do armário estava a
mulher de cabelos grisalhos do corredor. Ela atravessou o quarto, foi
até a mesa e puxou do disco o braço da vitrola.*

*O senhor ficou de todo maluco, gritou ela para o velho, precisa
ouvir essa coisa no volume mais alto? Ainda há pessoas que querem o
seu sossego quando voltam do trabalho. Vou falar com sua irmã. O
lugar do senhor é num asilo de velhos ou no hospício.*

A mulher virou-se.

*O senhor acreditou nas grandes histórias dele. Disse ela. Com
certeza também lhe contou que lutou pela liberdade. Na Rússia ou na
Espanha, ou com os índios. Um passado glorioso. Ordens e Honras
ao Mérito. Não me faça rir.*

O velho pulou da cama. Suas mãos tremiam.

*Em toda a sua vida ele nunca foi além de Oranienburg, e agora
traz todo dia jovens para cá, representa o papel de grande homem e
entope a lixeira com os seus jornais.*

Robert viu o velho dar um passo em direção à mulher.

*Saia daqui, sua fascista, gralha nazista. Mulheres desse tipo é
que levaram Hitler ao poder, afundaram o país na desgraça e agora
todo dia comem torta de creme.*

*Os dois se encararam cheios de ódio. Robert se apertou contra o
travesseiro e olhou as horas*[7].

7. T. Brasch, Fliegen im Gesicht, *Vor den Vätern sterben die Söhne*, p. 11. Tradução de Francis Petra Janssen.

9. Pós-modernidade e Utopia na RDA

O prefixo "pós" abre-se a várias leituras, remetendo não só ao fim das metanarrativas que constituem o projeto cultural da modernidade, como também a uma continuidade desta em termos de radicalização e reflexividade. Para Albrecht Wellmer, "pós" remete a *pathos* de final e a *pathos* de uma ilustração radicalizada – conceito pós-racionalista da razão, marxismo desmitologizado, mas também modernidade radicalizada e ilustração auto-ilustrada. Uma terceira leitura é atualizada por Jean-François Lyotard, segundo a qual "pós" é índice de um começo, necessariamente imposto pela especificidade da ruptura da obra em relação à produção artística precedente, o que lembra a definição de Baudelaire no que concerne à marca da sensibilidade do momento, evocando a idéia de que a própria modernidade é assinalada pela ruptura e pela mudança.

Num mapeamento sucinto, não se pode deixar de citar como uma das manifestações primeiras do pós-moderno a arte *pop* norte-americana, fruto da constelação histórica dos movimentos pacifistas e da contracultura dos anos de 1960. Traço característico desse momento, e recorrente na produção artística pós-moderna, foi o ataque iconoclástico aos cânones da grande arte institucionalizada nas academias e museus, pela apropriação da cultura de massas. O pós-moderno dos anos de 1960 queria recuperar o *éthos* de antagonismo que havia nutrido a arte moderna em seus estágios iniciais, manifestando-se sob a forma de *happenings*, do *pop* vernáculo, da arte psicodélica, do *acid rock*, do teatro alternativo e de rua. A partir dos anos de 1970, tem-se verificado

122 A LITERATURA DA REPÚBLICA DEMOCRÁTICA ALEMÃ

uma aproximação entre teorias e práticas textuais e intertextuais que reinscrevem a tradição literária e artística moderna, armazenada nos bancos de memória da cultura ocidental. Coerentemente com a cronologia do fenômeno em si, a discussão sobre o pós-moderno começa nos Estados Unidos nos anos de 1960, chegando à Europa só em fins dos anos de 1970, com a obra *La condition postmoderne*, de Lyotard.

No que concerne ao complexo filosófico-cultural, a imagem da constelação moderna que deu origem à pós-modernidade é, pois, calcada numa dualidade: de um lado, o projeto iluminista que, partindo da intenção de emancipação do homem de uma sujeição autoculposa, como quer Kant, reduz-se ao longo do tempo a um processo de racionalização, burocratização e cientifização da vida social, acarretando a destruição de tradições, do meio ambiente, do sentido, do homem integral; de outro, as forças que sempre se opuseram à Aufklärung enquanto processo de racionalização e que, mesmo quando articuladas esteticamente, permanecem dependentes do mito racionalista da modernidade, oferecendo imagens utópicas de reconciliação. O pensamento de Nietzsche é geralmente visto como prenúncio da deslegitimação da modernidade cultural européia. Segundo Rolf Günter Renner, duas linhas de pensamento, ambas questionadoras da racionalidade e da razão centrada no sujeito, embora distintas, têm sua origem na idéia nietzschiana de um Outro da razão: tanto a que parte da vontade de poder, vendo a razão como expressão de relações psíquicas e sociais de poder, apontando, portanto, para a precedência de discursos sociodominantes, como a que prega a liberação da linguagem do inconsciente, reprimida pela razão objetivante.

No plano da crítica, o posicionamento em relação ao pós-moderno tem sido radical. Se, por um lado, a cultura pós-moderna é referida como uma cultura do desencantamento e da impossibilidade do novo, ou da crise das representações, por outro, é valorizada por seus aspectos conotáveis com liberdade, abertura e reflexão crítica: pelo direito que se arroga de desenvolver novas formas de conhecimento e comportamento altamente diferenciadas; pela postura antitotalitária de combate a limitações, exclusões e hegemonias; pela congruência entre arte, cultura e ciência, motivada pela assimilação da modernidade, permitindo que esta seja revisitada de forma refletida, com "ironia iluminada", nas palavras de Alfonso de Toro (1990).

O diálogo com a história e o passado, na poética pós-moderna, é um diálogo através de "traços textualizados", portanto eminentemente intertextual, e se serve da paródia como modalidade de reescritura mais produtiva. Para Linda Hutcheon, a paródia é o modo irônico e crítico – não nostálgico – de revisitação do passado estético e histórico.

Por todos os motivos já apontados, Hutcheon considera a representação pós-moderna fundamentalmente paradoxal e contraditória – ela é comprometida e crítica, intertextual e interessada no social, auto-

PÓS-MODERNIDADE E UTOPIA NA RDA

reflexiva e contextual, questionadora sem ser conclusiva. As tensões e contradições manifestas não são resolvidas dialeticamente, o que Hutcheon avalia positivamente, como abertura a elementos plurais, contestatórios: base da representação pós-moderna é o modelo bakhtiniano do dialógico, não discursos monológicos do poder e autoridade ou dialética resolvida.

Não obstante a cumplicidade com imagens dos meios de massas, cumplicidade esta também propiciadora de uma maior penetração junto ao público receptor, a representação pós-moderna não deixa de ser problemática, pois rompe com os modelos tradicionais do narrar, baseados na cronologia e em relações de causa e efeito, explora e solapa os pilares da tradição humanística – sujeito coerente e referencial histórico acessível. A perspectiva descentralizada, levando formalmente ao dialogismo e ao híbrido, a digressões, ao *and-also* da multiplicidade e diferença, como diz Hutcheon, inscreve também o *excentric*, o outro, o marginal, recusando-se a ver a nossa cultura como um monolito homogêneo. A abertura para a diferença e a "excentricidade" é acompanhada de um processo de fertilização por transgressão de fronteiras.

No entender da mesma autora, o pós-moderno chama a atenção para a natureza da enunciação, para os tipos de efeito que os discursos produzem e como o produzem. A forma como a representação pós-moderna se dirige ao público receptor pode ser mais direta e direcionada ou mais enigmática, exigindo, nesse caso, a participação ativa do receptor na construção da significação. Mais importante que a percepção cognitiva é a co-produção do receptor, o que Hutcheon imputa à influência de Brecht, da escola de Frankfurt e de Walter Benjamin.

Frederic Jameson define o pós-moderno como a expressão da "lógica cultural do capitalismo tardio" (1989), de uma sociedade pluralista e fragmentada, enquanto fruto da dissolução da hegemonia burguesa e do desenvolvimento da cultura de massas. Como transpor essa definição para a RDA, onde já em 1949 o socialismo dera um fim à hegemonia burguesa? Uma explicação plausível pode ser os males do socialismo real na práxis político-cultural da RDA, a obtusidade e rigidez de normas e soluções. Outra seria o contato com a modernidade cultural e estética do Ocidente, principalmente a partir dos anos de 1970, e com determinadas práticas poéticas individuais.

Em 1983, Christa Wolf (1929-) publica a narrativa *Cassandra*, focalizando o mito da profetiza filha do rei Príamo e irmã de Páris, o causador da guerra de Tróia por ter seqüestrado Helena, esposa do rei grego Menelau. Cassandra vaticina a tomada de Tróia, mas não é ouvida pelos seus. Entregue a Agamémnon como presa de guerra, também prevê a morte de ambos a mando de Clitemnestra, esposa daquele.

Cassandra pode ser vista como uma metaficção historiográfica, ou seja, um texto literário que incorpora dados históricos, ao mesmo

124 A LITERATURA DA REPÚBLICA DEMOCRÁTICA ALEMÃ

tempo em que se apresenta, juntamente com seu processo de criação, como objeto do narrar.

Como já foi dito, o diálogo com a história, na poética pós-moderna, se dá por meio de traços textualizados. A poética de *Cassandra* atesta vários pré-textos, sendo os principais a *Ilíada* e a *Odisséia* de Homero, a tragédia *Agamémnon* de Ésquilo, a *Mitologia Grega* de Robert Ranke-Graves e o volume *Pressupostos de uma Narrativa: Cassandra*, resultado de quatro preleções que Christa Wolf proferiu na Universidade de Frankfurt, em 1982, e publicou junto com a narrativa. Esses ensaios testemunham o processo criador da autora, seu diálogo com a antigüidade clássica, com as estéticas do classicismo e do realismo e com a escrita feminina – Wolf cita Virginia Woolf, Marie Luise Fleisser e Ingeborg Bachmann, bem como a obra *Feminilidade na Escrita*, de Hélène Cixous.

Apesar da intertextualidade, *Cassandra* traduz uma visão nova. Ésquilo propicia à autora a moldura da narrativa, de onde ela recorta o cenário histórico: o portal que conduz ao castelo de Micenas. Cassandra acha-se a poucos passos de sua morte. Só o primeiro e os últimos parágrafos são narrados em terceira pessoa. O narrador logo entrega a palavra à personagem principal, que pronuncia em primeira pessoa – portanto, da perspectiva feminina – um monólogo de mais de cem páginas. A reflexão de Cassandra não diz respeito apenas à vivência passada como filha de rei e sacerdotisa, aos anos de cerco e à tomada de Tróia; paralelamente ela se recorda de seu trajeto interior, dos obstáculos que teve de superar para chegar ao autoconhecimento, trajeto este que perdura durante o processo narrativo. O conhecimento de si mesma se dá, portanto, por meio do ato de narrar.

Christa Wolf psicologiza o mito, como ela mesma diz em *Pressupostos de uma Narrativa: Cassandra*. Isso condiz com seu próprio método de trabalho, que privilegia a subjetividade, e o qual ela chama de "autenticidade subjetiva".

A intenção de Christa Wolf é reconduzir a figura de Cassandra "do mito às (supostas) coordenadas sociais e históricas", mostrar como a Cassandra histórica e sua gente foram "comandadas por ritual, culto, crença e mito" (*Pressupostos de uma Narrativa: Cassandra*). Seu ponto de partida é, pois, a experiência pessoal, mas dentro de um contexto histórico mais amplo.

À medida que a figura de Cassandra é situada historicamente, desvenda-se ao leitor a situação real da época: o submetimento da mulher na sociedade patriarcal e o verdadeiro motivo da guerra. A narrativa situa-se na passagem do matriarcado para o patriarcado, quando à mulher é destinado o papel de submissa e de objeto. Como se trata de uma época de transição, convivem, ao lado da ideologia patriarcal nova, vestígios da sociedade matriarcal. Estes podem ser encontrados na comunidade que fica no Monte Ida, onde a violência não tem lugar e as

PÓS-MODERNIDADE E UTOPIA NA RDA 125

relações humanas se baseiam em solidariedade e amizade, pois se vive em comunhão com o sensível e a natureza.

Ocorre, portanto, uma desconstrução da verdade de quem exerce o poder – na história oficial, esta corresponde à versão do vencedor –, na medida em que é confrontada com outras verdades, freqüentemente reprimidas e proibidas, o que confere à verdade em si um caráter pluralista e provisório. Em *Pressupostos de uma Narrativa: Cassandra*, Christa Wolf afirma que a guerra dos aqueus contra os troianos foi motivada pelo comércio marítimo, pelo acesso ao Bósforo, controlado por Tróia. Assim, o verdadeiro motivo da guerra foi o controle do caminho marítimo através do Helesponto, bem como o recebimento de impostos daí decorrentes.

Ao mesmo tempo que a guerra de Tróia é desmitificada, Cassandra reescreve a sua história – que é a história da mulher –, tentando assegurar a sua transmissão a gerações futuras:

> Envie-me um escriba, ou, melhor ainda, uma jovem escrava com memória afiada e voz possante. Disponha que ela, o que ouvir de mim, possa dizer à sua filha. Esta por sua vez à sua filha, e assim por diante. De forma que, ao lado da torrente de cantos a heróis, este minúsculo arroio, penoso, também possa alcançar aquelas pessoas distantes, talvez mais felizes, que um dia hão de viver[1].

A Cassandra de Christa Wolf também não recebe do deus Apolo o dom da visão; ela mesma conquista essa capacidade, no exercício de seus sentidos e sua inteligência em confronto com a realidade. Seu destino também é configurado por ela, uma vez que se decide pela morte. No sentido marxista, Cassandra não é mais objeto e, sim, sujeito da história.

A desconstrução da verdade oficial é veiculada pela desconstrução formal. Embora o curto espaço de tempo na tragédia de Ésquilo recomende uma forma fechada, em *Cassandra* esta é rompida pelo tempo narrado subjetivamente dilatado. Surgem muitas interrogações: às vezes não se sabe exatamente se estão sendo formuladas da perspectiva do presente ou do passado, outras, ficam sem resposta por serem inconclusas ou se apresentarem interrompidas por fragmentos do pensamento. Há uma contínua troca entre narradora e figura narrada, presente e passado, tempo da narração e tempo narrado. Além do mais, a linguagem clássica é confrontada com o coloquialismo contemporâneo.

Em sua narrativa contrária à epopéia da guerra de Tróia, Christa Wolf põe em prática uma antipoética. Seu engajamento político alia-se a uma poética experimental, significando uma subversão do realismo socialista, inimigo das contradições e do experimento, tal como prati-

---

1. C. Wolf, *Voraussetzung einer Erzählung: Kassandra. Frankfurter Poetik Vorlesung*, p. 93.

126 A LITERATURA DA REPÚBLICA DEMOCRÁTICA ALEMÃ

cado principalmente nas duas primeiras décadas da RDA, poética esta que ela, no entanto, julga coerente com a sociedade socialista.

O procedimento inter- e metatextual possibilita um ecoar simultâneo de vozes diferentes, próximo ao modelo bakhtiniano do dialógico, desembocando na incerteza e na pluralidade. Christa Wolf defende a estética da "indeterminação, da pluralidade mais lúcida", a "gramática das múltiplas e simultâneas referências". Permanecem na narrativa muitos trechos em aberto, que podem ser interpretados a bel-prazer pelo leitor. Herdeira de Brecht, Christa Wolf quer introduzir o leitor tanto na ação como no processo do narrar, incentivando-o à co-produção do sentido do texto.

Essa é também a intenção da metaficção historiográfica, na opinião de Linda Hutcheon: "a ênfase da metaficção historiográfica em sua situação enunciativa – texto, produtor, receptor, contexto histórico e social – reinstala uma espécie de projeto comunal (muito problemático)".

O romance *Vida e Aventuras da Trovadora Beatriz segundo o Testemunho de Sua Menestrel Laura* (1974), de Irmtraud Morgner (1933-1989), se compõe de treze livros e sete *intermezzos*; começa com a relação das personagens principais e uma observação ao leitor: a estrutura do romance é recomendada mas não imposta, donde a síntese no final do livro. Na breve introdução que segue, assinada por Irmtraud Morgner, já se caminha em via de mão dupla, orientada de um lado pela fantasia e, de outro, pela realidade.

Iniciando com a frase "Sem dúvida o país é lugar do maravilhoso", Irmtraud Morgner descreve seu encontro com uma mulher de nome Laura, que lhe propõe a compra de manuscritos que iriam lhe poupar "uma dezena de viagens, uma centena de esboços de textos e milhares de conversas". Tratava-se de registros da vida e das aventuras de Beatriz de Dia, trovadora que acabara de falecer em Berlim Oriental, aos 843 anos, de quem Laura fora menestrel. Encantada com o fabuloso achado, Morgner decide publicá-lo; sua versão é fiel à fonte, muda apenas a ordem dos textos, em atenção ao leitor. Conclui relatando a visita que fez ao crematório do Baumschulenweg, em Berlim Oriental, onde teve a oportunidade de contemplar a fisionomia da trovadora.

A trama do livro retoma o gesto narrativo do romance picaresco e vai tecendo um universo onde convivem o fantástico, o mitológico e o cotidiano socialista. Ao decidir-se a abandonar o mundo dos homens de seu tempo, a trovadora Beatriz é auxiliada por Perséfone, que lhe concede um sono de oitocentos anos em troca de trabalho em prol da reinstauração do matriarcado. Beatriz repete a história da Bela Adormecida: pica o dedo no fuso de uma roca e adormece, despertando no ano de 1968 com as imprecações de um engenheiro civil que "tropeça" no castelo coberto por heras. A revolta estudantil de 1968 é uma das vivências da trovadora, que também experimenta as novidades dos

POS-MODERNIDADE E UTOPIA NA RDA 127

tempos modernos: anda de carona, toma LSD, trabalha num espetáculo de *striptease* etc. Casa-se em Paris e torna-se amante de Alain, estudante em cuja companhia "aprende alemão e Marx", requisitos que a habilitam a aceitar um convite para visitar a RDA. Mais que os elogios tecidos a esse país, o que a move à viagem é a afirmação de que também os expropriados e as mulheres têm o direito de serem registrados na história: "Pois os expropriados e as mulheres, que até agora não foram considerados dignos de serem inscritos na história, nem por isso estão automaticamente sem história", disse Parnitzke ameaçador. "Não se pode criar ou eliminar a realidade com palavras, mas se pode silenciá-la. Precisamos romper esse silêncio".

Os dois terços restantes do romance tratam, com muito humor e ironia, dos caminhos e descaminhos da trovadora na "terra prometida" (e em outros países, que visita à procura de um unicórnio). Morre em decorrência do entusiasmo desmedido que a invade, quando da vitória dos partidos de esquerda nas eleições de 1973 na França. O romance termina como começa, ou seja, retomando o primeiro capítulo do primeiro livro; esse final evoca, porém, um fluxo sem fim, e uma vitória do discurso da mulher, pois é um homem, o marido de Laura, que narra a esta – em estilo "beatrício" – a primeira de "mil e uma histórias". As últimas frases mostram o efeito fantástico da presença da trovadora na RDA, e as últimas palavras são uma variação das primeiras: "Pois sem dúvida o país era lugar do maravilhoso".

Os poucos dados sobre a trovadora provençal, mencionados no romance, são absolutamente corretos. Beatrix ou Béatrice, condessa de Die, esposa de Guillem de Poitiers, foi a primeira das *trobairitz*. Viveu no século XII, e de suas canções de amor, dedicadas a Raimbaut d'Aurenga, poeta de rimas "claras e escuras", restam apenas cinco, escritas num estilo simples e num tom apaixonado. A primeira estrofe de uma delas – "Plaintes d'une amante dédaignée" –, talvez a mais conhecida, é citada no romance, na tradução para o alemão de Franz Wellner.

A trovadora Beatriz não é a única personagem feminina responsável pelo maravilhoso. Marie von Lusignan, chamada de "a bela Melusine", é igualmente auxiliada por Perséfone. Feminista e leitora assídua de livros políticos, escapa da morte na fogueira transformando-se num ser alado, metade mulher e metade dragão. Enquanto a trovadora dorme seu sono de Bela Adormecida, a feminista trava, ao longo de séculos, uma luta renhida e sem grande sucesso pela vitória dos valores femininos.

O princípio que rege a estrutura do romance é o da montagem, a "forma do romance do futuro", como se lê nele. O motivo da opção por essa forma é simples: é a que mais se adapta ao ritmo da mulher, sempre interrompida por afazeres domésticos. Na obra em questão, a montagem facilita, sobretudo, o pastiche de estilos e gêneros literários, a mescla entre realidade e ficção, reflexão e fantasia, poesia e metapoesia.

128 A LITERATURA DA REPÚBLICA DEMOCRÁTICA ALEMÃ

Através dessa espécie de mosaico, tem-se um panorama vazado sob uma ótica crítica. A imagem da RDA não aparece distorcida pela ideologia de um herói positivo ou de um mundo sem conflitos, como no realismo socialista, mas com todas as suas contradições. As dificuldades vividas nos anos de alicerçamento do socialismo, os efeitos do controle e da censura ideológica no comportamento das pessoas e no sistema editorial, a restrição especial aos limites geográficos do país são alguns dos problemas aí ventilados e, ao mesmo tempo, relativizados pelo humor.

A postura subversiva de Irmtraud Morgner é também perceptível no tratamento – irreverente – que às vezes dispensa à herança cultural e, acima de tudo, na desautorização da voz autoral. O que mais chama a atenção nessa obra é o quebra-cabeça construído em torno da autoria dos fragmentos. A "cópia" é o procedimento por excelência do romance e é tema de entrevista nele registrada. Os sete *intermezzos* contêm, por exemplo, trechos do romance *Rumba a um Outono* (escrito por Morgner em 1965 e não publicado devido à censura) que a bela Melusine copia em seus "livros melusínicos"; os treze livros também contêm capítulos "copiados" pela bela Melusine das mais diversas fontes, desde jornais e revistas até anotações (de Laura) e outras obras. Os capítulos que giram em torno das aventuras da trovadora Beatriz mesclam-se a relatos, contos, histórias para televisão etc., escritos e/ou plagiados por essa e outras personagens, bem como a cartas, entrevistas e discursos, fictícios ou não, atribuídos a personagens da vida real (à própria Irmtraud Morgner, à poetisa Sarah Kirsch, ao ministro da Saúde da RDA etc.).

Apenas dois exemplos. O quarto capítulo do quarto livro traz o título "Onde se Reproduz, nas Palavras e no Modo de Ver da Trovadora, o que o Motorista do Carro Oficial Conta a Esta, durante o Percurso, como Sendo História de um Amigo Seu". E o título do sexto livro informa também do plágio: *Conto de Amor de Laura Salman, que Beatriz de Dia Lê para Treze Funcionários e Sete Funcionárias do Metrô de Berlim como Obra de sua Autoria*. Vários autores da RDA são "copiados" ao longo do romance, como Peter Hacks e Volker Braun. É deste último a "Canção do Comunismo", enviada pela trovadora à bela Melusine em lugar de uma canção de protesto de lavra própria.

A brincadeira com a dissolução da consciência unificadora do romance torna-se, às vezes, um verdadeiro jogo de esconde-esconde. É o caso dos escritos póstumos de Valeska Kantus – *Paralipômenos a um Homem* –, traduzidos da língua do Hades por Beatriz de Dia, que se encontram registrados no verso de um artigo científico atribuído a Rudolf Uhlenbrook, o qual, por sua vez, "talvez não passe de uma ficção de Valeska".

Abolindo o mito do autor, o romance vivencia o processo de criação como mero deslocamento da linguagem de um espaço para outro.

PÓS-MODERNIDADE E UTOPIA NA RDA

Além do mais, as citações e alusões a textos literários geralmente estão dentro de um contexto irônico ou inusitado, engraçado, o que faz com que a literatura seja vista pelo leitor não com uma aura de seriedade, mas em seu aspecto lúdico, como diversão. A menção às cinco canções de amor de Beatriz de Dia deve-se, por exemplo, ao ato da trovadora de, quando de volta à vida, copiá-las de uma antologia e enviá-las ao *Paris-Match*.

Como se pode ver, humor e ironia, irreverência e engenhosidade fazem do *plagiarism* um verdadeiro *playgiarism* (Raymond Federman), como manda a estética pós-moderna.

Irmtraud Morgner publicou romances e contos desde 1959. Seu tema central é a "entrada das mulheres na história". As personagens Beatriz e Laura retornam no romance *Amanda. Um Romance de Bruxas*, de 1983. A temática da emancipação feminina é aí abordada de forma satírica, e a crítica à realidade da RDA se torna mais contundente. As personagens são construídas segundo o princípio da duplicidade; assim, a parte "inútil" de Laura se transforma em uma bruxa feminista – Amanda. Laura e Amanda possuem traços fisionômicos semelhantes, mas a figura da primeira parece achatada e a da segunda, alongada, como que distorcidas por um espelho mágico. Nesse livro, bruxas e hereges freqüentam montanhas mágicas onde se pode imaginar o que hoje é irrealizável – e, como tal, percebido como desordem –, mas que amanhã pode se tornar realidade. O impossível de hoje, o possível de amanhã.

A grande maioria dos críticos atribui a produção pós-moderna de Heiner Müller (1929-1995) à união Brecht / Artaud, enfatizando a valorização da poética do corpo, no que o aproximam a Pina Bausch, e a influência da *performance*. O próprio autor menciona o fato, ao concordar com a crítica que vê em suas últimas peças a rebelião do corpo contra o conceito.

Já o fato de a dialética não se localizar mais no diálogo, como arte da argumentação/persuasão, mas na imagem dialética/poética, significa um afastamento de Brecht não só em direção a Walter Benjamim, mas também a Kafka – uma opção pela abertura via metáfora e polissemia.

A peça *A Missão (Lembrança de uma Revolução)*, escrita em 1979, oferece uma ampliação do tempo e do espaço numa reflexão sobre a história que abrange o espaço hegemônico e o periférico – o trabalho de memória, através do olhar político do presente, chega até nós.

Num resumo sucinto, *A Missão* evoca cenicamente a revolta dos escravos da Jamaica, nos anos que se seguiram à Revolução Francesa, utilizando motivos da narrativa *A Luz sobre a Forca*, de Anna Seghers. Todavia, *A Missão* não apresenta o levante escravo em seu desenrolar cronológico, nem traz dados históricos: episódios são postos em cena pela memória de Antoine, republicano que, em nome da Convenção, delegara a Debuisson, Galloudec e ao negro Sasportas a missão de

130 A LITERATURA DA REPÚBLICA DEMOCRÁTICA ALEMÃ

sublevar os escravos da Jamaica. A peça renuncia ao suspense da ação, começando brechtianamente pelo final, pela leitura da carta de um dos três revolucionários a Antoine, relatando-lhe o fracasso da missão.

O momento histórico de Antoine também já é o da Revolução Francesa fracassada, com a restauração da monarquia por Napoleão. Motor da memória é, pois, a experiência de crise do pensamento revolucionário num tempo de estagnação e restauração. No palco da memória, o trabalho de rememoração se faz por meio de fragmentos agrupados em três seqüências. Na primeira e terceira têm-se o desenrolar da trama missionária, com a chegada dos revolucionários/investimento da missão e cisão dos revolucionários/desinvestimento da missão devido a opções diferentes. A segunda seqüência encena o conflito subjacente ao contexto humano e histórico – a volta do filho pródigo (Debuisson, herdeiro de terras e escravos) e o teatro da revolução branca *versus* negra –, e oferece, num monólogo em prosa, uma reflexão sobre o espírito missionário da cultura hegemônica.

Além de *A Luz sobre a Forca*, os outros pré-textos principais de *A Missão* contém *A Decisão*, de Brecht, *A Morte de Danton*, de Büchner e a obra de Kafka. Não se trata de retomada nostálgica do passado, uma vez que o processo de inscrição dos textos revela uma intenção crítica. No caso de *A Luz sobre a Forca*, narrativa introduzida e fechada por uma moldura, a peça só inscreve a parte inicial desta (a carta a Antoine), renunciando à parte final constante no modelo, ao fechamento conclusivo que interpreta o registro da revolta escrava como resgate dos heróis sem face desprezados pela história oficial. O pré-texto brechtiano, que mostra a exportação de um modelo revolucionário "vitorioso" e o uso de máscaras como disfarce necessário ao êxito da empresa, mostra-se subvertido por meio do fracasso da missão e da preponderância das origens sobre a máscara. O confronto Danton-Robespierre em *A Morte de Danton* de Büchner, peça que testemunha o momento de crise dos condenados à guilhotina, registrando críticas amargas à Revolução Francesa, é encenado numa paródia pós-moderna, como um "canto paralelo" (Linda Hutcheon) de codificação subversiva, possibilitando uma visão crítica do contexto histórico-social. O mesmo ocorre com o pastiche paródico de Kafka, que chama a atenção para o processo de representação, sugerindo uma reflexão sobre a intenção de escolha de um modelo kafkiano para a imagem do europeu e sua situação. A intertextualidade evoca, pois, um horizonte de expectativa literário, atualizando-o de forma crítica.

É significativo que o pré-texto da encenação do teatro da Revolução – *A Morte de Danton* – seja um drama que testemunha um dos momentos de crise da modernidade, enquanto questionamento do projeto da *Aufklärung*. Já a desconstrução de Debuisson é feita na ciência de uma urgência de tempo que impossibilita a didática. Representante de uma cultura branca exploradora e escravagista, de uma revolução de regras mortas, vãs filosofias, "sem sexo", Debuisson é literalmente destronado por Sasportas, a voz do "outro" ligada a Eros e à força das minorias. O veredicto fatal a Debuisson sugere a emancipação do modelo hegemônico, completando a crítica da *Aufklärung*. A imagem do representante da cultura hegemônica é desestabilizada, uma vez que ele é apresentado como um Gregor Samsa em crise de legitimação, ao passo que o outro é mantido em sua estranheza, em sua "incompreensibilidade eterna", nas palavras do martinicano Victor Segalen.

A desconstrução de pré-textos socialistas (Seghers e Brecht), no que diz respeito a uma cultura hegemônica prescritiva – exportação de um modelo, exposição e demonstração de procedimentos adequados –, faz-se acompanhar pela combinação subversiva de técnicas teatrais utilizadas por Brecht e Artaud. À técnica de interrupção, fragmentação, acoplada à troca de gêneros, junta-se um espaço de *energeia*, que passa o espetáculo como força, como quer Artaud. O resultado é um texto/teatro orgástico, uma escrita sensível no espaço. Em vários momentos da peça, mais demoradamente na segunda seqüência, a lógica da margem torna-se mais poderosa que a lógica analítica, por meio da linguagem do teatro da crueldade e da opacidade, linguagem esta relacionada ao espaço das minorias. Tanto o teatro do corpo como o signo hermético visam tocar o espectador pelo emocional, pelo sensorial, impondo uma co-produção diferente por parte do receptor.

O dialogismo intertextual, a acentuação do processo de representação e das tensões e contradições manifestas, sem qualquer conclusão avaliatória, revelam o caráter político da peça e o posicionamento desse autor que se poderia considerar pós-marxista, por não recorrer à "solidariedade de classe tradicional como sua principal linha de ataque" (Stanley Aronowitz), mas se dirigir ao poder como antagonista.

No que diz respeito à utopia, a produção pós-moderna da RDA não acompanha a evolução literária do universo ocidental, que segue as pegadas de Huxley (*Brave New World*, 1932) e Orwell (*Nineteen Eighty-Four*, 1949), produzindo antiutopias ou distopias. Como se pode ver nas obras aqui analisadas, elas possuem territórios utópicos, seja o universo da mulher, no caso das primeiras, seja o Terceiro Mundo, na peça de Heiner Müller.

Trata-se de um otimismo militante, explicado por Ernst Bloch em sua obra *O Princípio Esperança*. O pensamento marxista está voltado para o futuro, como diz Bloch: "Só o horizonte do futuro, tal como o habita o marxismo, com o passado como ante-sala, dá à realidade sua dimensão real". Não se trata, porém, de uma utopia abstrata, como as do passado, mas concreta: a esperança é "real-objetiva, fundada", e aguarda sua gênese na tendência-latência do processo histórico. Como ciência do futuro, o marxismo engloba a realidade junto com a possibilidade real-objetiva que existe nela, tendo por objetivo a ação. No

132 A LITERATURA DA REPÚBLICA DEMOCRÁTICA ALEMÃ

sentido marxista, a utopia concreta equivale à antecipação realista de algo bom.

A crítica literária da RDA geralmente insere a literatura feminina num contexto mais amplo, indicando como ponto de partida de seu universo ficcional a derrota do sexo feminino quando da passagem do matriarcado às primeiras sociedades de classe patriarcais, e mesmo remetendo à história universal da cultura e da barbárie. Para Bloch, a questão da mulher, herança da história e de tempos remotos, também é uma função da questão social. Além disso, o declínio da opressão da mulher não leva, por si só, ao desaparecimento do conteúdo feminino. Bloch é da opinião de que a sociedade sem classes abre perspectiva para a supressão da "indistinção congelada".

O fato é que, embora vivendo em um sistema que assegura ideologicamente a emancipação feminina e a participação da mulher no discurso cultural, Irmtraud Morgner aponta contradições no cotidiano socialista da mulher na RDA, e o faz com tal eficácia que o romance *Vida e Aventuras da Trovadora Beatriz Segundo o Testemunho de Sua Menestrel Laura* é referido, pelo jornal *Frankfurter Rundschau*, como uma espécie de "Bíblia da emancipação feminina atual".

Ingeborg Bachmann também é citada por Irmtraud Morgner, mas desta vez no contexto da utopia:

A Bachmann diz em suas preleções em Frankfurt: "No mais feliz dos casos, pode-se ser bem-sucedido em dois pontos: representar, representar o seu tempo, e representar algo, cujo tempo ainda não chegou". A utopia, mesmo a literária, eu a vejo hoje, justamente hoje, como um meio de auto-afirmação indispensável contra a perda de certeza do futuro.

Narrar, para Christa Wolf, também tem um sentido utópico, pois produz memória, participação e compreensão. Em *A Dimensão do Autor*, ela define o ato de escrever como um processo que acompanha a vida ininterruptamente, ajudando a determiná-la e procurando interpretá-la; um processo que está voltado para algo essencialmente real e significativo, ou seja, "a geração de novas estruturas de relações humanas em nosso tempo".

A peça *A Missão* insere-se também na produção literária e teatral contemporânea como documento de seu tempo, um tempo de crise, em que "tudo espera por história". E é nesse contexto de um "estado em suspenso", como diz Jean Baudrillard, que Heiner Müller situa o Terceiro Mundo: "E história é agora a história do Terceiro Mundo, com todos os seus problemas de fome e superpopulação".

Aludindo a essa peça, Müller despe a referência ao Terceiro Mundo da aura de romantismo, apontando as "ilhas" de Terceiro Mundo em metrópoles do Primeiro, "ilhas de desordem", espécie de tumores benignos na medida em que, forçando o convívio com camadas diversificadas de história, de cultura, preparam o solo para mudança.

POS-MODERNIDADE E UTOPIA NA RDA 133

De um lado, objeto de colonização, exploração e refugo, de outro, lugar de caos e desordem, o Terceiro Mundo é visto por ele como "fermento do novo".

Em suas entrevistas, Heiner Müller alude freqüentemente à utopia. Diz, por exemplo, que para ele é importante a história voltada para o futuro, e que teatro é utopia, pois nunca haverá um teatro perfeito, apenas aproximações – razão para continuar. Vê como tarefa da inteligência a produção de excesso de utopia, pois o mundo precisa de mais utopia e mais fantasia. Vê também uma relação problemática entre utopia e Estado, devido aos discursos judaico-cristão (profético) e romano-estatal (vitorioso). A esperança são os erros, o acaso, as ilhas de desordem.

Literatura como resistência, em busca de uma maior produtividade em termos de palco, linguagem teatral e público, liberando a fantasia. Terceiro Mundo como desordem – fermento do novo. E uma visão muito especial de teatro: "Teatro é a revolução em marcha".

VIDA E AVENTURAS DA TROVADORA BEATRIZ SEGUNDO O TESTEMUNHO DE SUA MENESTREL LAURA

Irmtraud Morgner

Quarto livro

1º capítulo
Chegada da Trovadora à Terra Prometida

Na estação Hamburg-Altona Beatriz conheceu um marinheiro que vivia em Greisfeld. Ele emprestou à trovadora o dinheiro para a passagem a Berlim e lhe indicou o trem certo. Beatriz dividiu o compartimento com pessoas que estavam em idade de aposentadoria. Beatriz achou as conversas deles reacionárias, razão pela qual se recolheu a seus devaneios. Na estação Friedrichstrasse Beatriz atravessou a fronteira. Ela se colocou na fila daqueles que aguardavam a expedição. Para ajudá-los a passar o tempo, ela cantou a linda canção provençal "Ad um fin amam fon datz". Traduzida para o alemão, a primeira estrofe seria o seguinte:

A um amante bem querido,
Ensinou da dama graça e ordem,
Lugar e hora do prazer.
A noite lhe acenava o prêmio.
Durante o dia ele caminhou preocupado
E falou e suspirou receoso:

134 A LITERATURA DA REPÚBLICA DEMOCRÁTICA ALEMÃ

Dia, como te alongas tanto!
O miséria!
Noite, tua hesitação é minha
morte!

As pessoas que esperavam examinavam Beatriz perplexas. Os policiais da fronteira, que, evidentemente, tomaram a canção como alusão ao seu ritmo de trabalho, pediram silêncio e paciência. Mais tarde Beatriz seguiu o exemplo de alguns homens jovens de juba longa e, igualmente, apanhou o cabelo do lado direito e o colocou atrás da orelha direita. Depois se esticou através da abertura do balcão de passaportes e, do lado de lá do vidro, pegou a mão do policial, que queria apanhar seus papéis, sacudiu-lhe a mão e o cumprimentou pela libertação. O assustado policial agradeceu com a indicação de que o dia da libertação ocorrera em 8 de maio. Porém ele nada mais achou para objetar e, em seguida, perguntou a Beatriz pela razão da visita. "Morar no paraíso", disse Beatriz. A resposta redobrou sua desconfiança. Ele advertiu Beatriz que desse respostas precisas, adequadas à seriedade do caso; a República Democrática Alemã não era nenhum paraíso, e sim um Estado socialista. "Graças a Deus", disse Beatriz e ergueu o punho direito em saudação, "aqui finalmente conseguirei trabalho".

O policial retribuiu a saudação, no que ele, com a mão esticada, levou o dedo indicador direito ao brasão do boné.

Sorrindo ele assegurou que em seu país o direito de trabalho estava assegurado por lei a todos os cidadãos, e que havia falta de mão de obra. Todo trabalhador que quisesse ajudar na solução da grande tarefa seria bem-vindo. Beatriz agradeceu ao policial e elogiou o brilho de seus dentes brancos e regulares, que faziam sobressair a sua cútis morena. O sorriso desapareceu. Pigarros, tosse de embaraço. Devolução do passaporte através da abertura, com um desejo de boas melhoras. O controle de bagagem não apresentou objeção alguma.

2º capítulo
Mais Alguns Momentos Sublimes e Desconcertantes após a Chegada

Logo após a cancela ter sido aberta para Beatriz, a trovadora avistou uma senhora gorda e baixa, a qual lhe pareceu mais simpática e digna de confiança do que todas as mulheres que vira até então. A mulher usava um uniforme azul. Beatriz carregava uma mala. Quando Beatriz colocou a mala na frente dos pés dela para lhe perguntar pela repartição de trabalho para trovadores mais próxima, a mulher permaneceu por um momento muda, com olhos admirados. Depois se virou repentinamente. Saiu correndo. E vomitou em frente do saguão dos viajantes ocidentais. Beatriz precisou de alguns instantes para se recuperar do estranho encontro. Depois se dirigiu também para a *frente do saguão e observou as gaivotas que comiam o vômito. O barulho do trânsito, Beatriz o tomou como silêncio. O ar, como ar do campo. Bem- humorada ela atravessou o dique. Alcançou a balaustrada. Cuspiu no rio Spree. Um bando de patos grasnou na água, cisnes chegaram nadando, gaivotas voaram à sua volta. Também um grupo de crianças se moveu em direção a Beatriz. As crianças estavam de mãos dadas. Cinco fileiras de crianças. Atrás, uma jovem e um rapaz. Beatriz disse ao jovem: "Perdão, sr. professor de jardim de infância, poderia me dizer onde os trovadores aqui..." – Professor de jardim de infância – "a senhora com certeza não é daqui", disse o jovem e tocou levemente a testa com o indicador. "Não", disse Beatriz. O rapaz beijou a jovem que o acompanhava com expressão de ofendido e foi embora. Dois vagões de um bonde chegavam lentamente à corcunda que a ponte Weidendamm formava até alcançar a rua. Guinchos e grunhidos. Para Beatriz a calma explicava-se pelos esforços cosméticos de homens gigantes; ela concluiu, portanto, que não concorriam com carros chiques, e sim com corpos chiques. Assim pareceu a Beatriz sem importância que tivesse perdido o endereço de Parnitzke e o de sua ex-mulher. Além disso, o céu aqui era mais alto do que o da Provença. Tão alto que não dava para reconhecer a cor. Que volta ao lar maravilhosa! Há tanto ansiada! Beatriz estava convicta de que a possibilidade de finalmente poder entrar na história mais do que compensava a perda da língua materna. Comovida, sentou-se na mala e desfrutou sua avaliação. Nos rostos dos passantes, a pé ou de carro, Beatriz procurou mais indícios. Também acompanhou, com interesse, o luminoso na ponte da estação. É claro que a Beatriz interessava menos o saguão dos viajantes ocidentais do que o restante da estação. Ela seguiu em frente e se misturou às pessoas que por lá estavam. Com bagagem. Sem. Curiosa ela observou as pessoas. Jovens. Mulheres. Homens. Dois dos homens observados por Beatriz a interrogaram dizendo um número que a trovadora tomou por número de trem. Ela respondeu que não queria viajar, mas sim que, super feliz, acabara de chegar. Os homens não pareceram dispostos a compartilhar a felicidade de Beatriz com conversa. Escadas rolantes, que iam e vinham da estação, apresentavam à Beatriz imagens rolantes de quilômetros de comprimento com moradores da pátria. As séries de imagens moviam-se umas contra as outras. Por uma hora Beatriz deixou que os rostos móveis confirmassem o que já pré-concebera. Depois, um toque casual no bolso do casaco trouxe-a à realidade. O dinheiro que o marinheiro de Greifswald lhe emprestara para financiar a passagem chegava ao fim. Decidida, a partir de agora, a levar a vida em frente através da comunicação, Beatriz pediu, de vários modos, informação a respeito do endereço da repartição responsável pela mediação de trabalho de trovadoras. Olhares de incompreensão, dar de ombros, piscadas de olhos, pergunta por um doce de frutas, ex-*

136 A LITERATURA DA REPÚBLICA DEMOCRÁTICA ALEMÃ

pressões indignadas, xingamentos, tapas no traseiro, risadas, ensinamentos sobre o significado político, ético, e médico da proibição da prostituição. Beatriz explicou a si mesma as respostas estranhas com a forma, evidentemente equivocada, de suas perguntas. Será que a língua alemã estava tão atrapalhada em sua boca, apesar da vontade fanática em aprender? Será que o sotaque francês impedia que se fizesse entender na pátria? Será que a esperança da trovadora, de imediatamente poder cantar na língua alemã, era uma ilusão? Um jovem de cabelos longos, carregando um rádio portátil no braço, ajudou Beatriz a sair da confusão no momento, com palavras rudes. Ele recomendou que ela se apresentasse à direção da casa de concertos e espetáculos estrangeiros.

3º capítulo
Com o que Começa a Descrição da Odisséia no País Elogiado

Como Beatriz não conseguia entender as descrições do caminho feitas pelo jovem, ele a convidou a sentar-se atrás, em sua moto. E dirigiu por ruas e praças. As ruas estavam, na maioria dos casos, nuas. As praças também não eram garagens. Beatriz, já acostumada a se movimentar por entre lataria, de repente sentiu-se desmesuradamente alta, como crescida. Embora seu tamanho, comparado com a estatura média do público na rua, parecesse discreto. As novas perspectivas despertavam nela sensações soberanas. O jovem levou Beatriz até a direção da casa de concertos e espetáculos estrangeiros. E carregou a mala, que durante o trajeto separara o peito dela das costas dele, até a repartição especial. Lá Beatriz lhe agradeceu com um beijo na mão, virou-se e perguntou à secretária indignada por uma colocação como trovadora. Quando o jovem já havia desaparecido e a secretária já tinha lançado olhares desdenhosos em número suficiente, esta a remeteu ao departamento de música de dança. O diretor deste pediu a apresentação de documentos profissionais. Beatriz respondeu que no século doze não eram expedidos comprovantes de profissão, e contou em grandes lances a história de sua vida. Durante a descrição, o diretor abandonou seu lugar atrás da escrivaninha. Aproximou-se de Beatriz cuidadosamente. Quando esta terminou e fez menção de querer começar a se preparar para cantar a canção de amor traído, para dar provas de seu saber, ele abriu seus braços. Beatriz achou que ele a queria abraçar, a fim de que ela pudesse perceber sua alegria em lhe dar as boas-vindas. Contudo, encontrou-se de repente levada para a porta de saída. Por um momento Beatriz permaneceu como que anestesiada. Porém, quando ao longe percebeu risadinhas de uma voz feminina, que afirmava terem loucos suficientes, a trovadora desconfiou e reagiu. O pequeno homem, cuja for-

PÓS-MODERNIDADE E UTOPIA NA RDA   137

ça física não se igualava à da trovadora, mencionou, no aperto, editoras que muitas das colegas de trabalho tinham. Se Beatriz soubesse escrever à máquina, as perspectivas de colocação seriam boas. Ela então teria contato diário com a arte, pela qual ela mostrava claramente grande simpatia, e ainda por cima um salário. "Saboteur" disse Beatriz e, com o peso de seu corpo, apertou o homem, ainda mais fortemente, contra a porta do elevador. "Socorro", sussurrou o homenzinho. Mas como no longo corredor não se avistava nenhuma ajuda, o diretor, preocupado com a sua autoridade, revelou o endereço da maior editora de beletrística da República Democrática Alemã. Beatriz, convencida de estar na pista de um sabotador, viu-se forçada, por falta de dinheiro, a deixá-lo em paz no momento. Anotou, porém, o nome dele. Isso desagradou de tal maneira ao homem, que sua cabeça, temerosa de problemas, começou a trabalhar febrilmente. O comportamento escandaloso da trovadora deu-lhe motivo para os piores temores. De repente pensou que poderia ser acusado de abuso grave, recomendações eram enfim uma questão de confiança. Que aconteceria se o diretor da editora Aufbau não entendesse uma brincadeira? Exausto, o homenzinho procurou um empreendimento que tivesse a maior distância possível da ideologia. A situação forçada deu-lhe a idéia de recomendar o circo central do povo com insistência, como correção de sua sugestão anterior.

O diretor deste há muito tempo tinha lhe encomendado uma mulher forte com fantasia. Contudo, até agora, a encomenda não pudera ser efetuada; a vaga planejada ainda estava livre, Beatriz tinha as melhores chances. Surpreendentemente a mentira forçada agradou à trovadora de forma relativa. Para não dar tempo a Beatriz de mudar de idéia, o homem, aliviado, colocou seu carro de serviço à disposição.

4º capítulo
Relata, nos Termos e Interpretação da Trovadora, o que o Motorista do Carro de Serviço lhe Contou como Sendo a Estória de Seu Amigo.

Imagem do mundo: num final de dia de trabalho, Ferdinand Frank, empregado numa seguradora, descobriu um anúncio no jornal de um passageiro sentado a seu lado no metrô, que o fez estremecer. Abatido, tanto mais por suas dores ocasionais terem lhe sido explicadas, por um reumatologista recém-consultado, como coisas da idade. Repentinamente, tomou consciência de que tinha saído de Berlim apenas quando soldado. Desde então sentia falta de tempo e uma irresistível necessidade de construir uma imagem de mundo, antes que fosse tarde demais. Pensou em moto, carro, barco a motor; sonhou, até mesmo, com um helicóptero que o pudesse carregar dos

138 A LITERATURA DA REPÚBLICA DEMOCRÁTICA ALEMÃ

altofornos das ruas céus afora. O sonho foi superado pelas possibilidades que o anúncio oferecia, já que iam além do jeito de pensar de alguém como ele. Ao Frank elas pareciam ousadas. Como solução, ele se prometia somente feitos ousados. Ele só via mudanças rigorosas de vida como adequadas à sua idade. Além disso, a soma que o anunciante exigia era inferior ao preço mais baixo de carros ainda utilizáveis. E como Frank, por razões indistintas, temia que a edição pudesse estar enganada, ele conversou com seu vizinho de banco, que também lhe vendeu o jornal berlinense, depois de tê-lo lido. Quando o metrô chegou à superfície, balançando sobre a estrutura e, como uma centopéia, alcançou a Alameda Schönhauser, Frank estava decidido. Desceu na estação Dimitroffstrasse, forçou a passagem através de barreiras e massas de gente, que se empurravam nos degraus para as laterais, e alugou um táxi. Este o levou até os últimos restos de um agrupamento de pequenos terrenos usados para jardinagem na rua Greifswald, sugerida pelo anunciante como local da vistoria. Ajudantes andavam de chinelos sobre touceiras de morangos, ajudando a colocar cabos entre os carrosséis e os trapézios, davam informação e garantia de que Frank não viria tarde demais.

Os trailers eram parecidos. Madeira marrom claro, a armação dos trilhos pintada de vermelho, na parte traseira pendia um feixe de correntes, também vermelhas, tudo como novo. O vendedor estava sentado na escavadeira enganchada no artigo à venda. Logo ele apresentou a Frank a capacidade de manobras, mais tarde também o material e a decoração interna do trailer. Embora o proprietário fosse visivelmente empresário, Frank não hesitou. Longos anos de experiência profissional o capacitavam a preparar, em curto tempo, um contrato adequado. Quando este já estava assinado, Frank pediu ao vendedor que, alegando idade, pretendia diminuir seu negócio, para levar o veículo imediatamente até a Alameda Schönhauser, onde ficava a residência de Frank. No caminho eles pararam na Caixa Econômica e Frank levantou a soma acordada no contrato, e entregou-a a ele. A senhoria falou de modo estranho de ciganos. Os vizinhos explicaram a aquisição como conseqüência de repentina viuvez, a qual deveria ter trazido danos mentais a Frank, e lamentaram com indulgência. Sem dar atenção, Frank pediu demissão de seu emprego na seguradora e carregou móveis de sua habitação, no primeiro bloco de trás, para o trailer que estava parado no pátio. Crianças o ajudaram. Ele encarregou um motorista da primeira viagem. Ele o tirou dos muros de Prenslauer Berg, onde nascera e envelhecera, para Pankow, Karow, Buch até Bernau. O motorista da escavadeira queixou-se do consumo alto de combustível. Frank pagou contrariado, embora uma herança inesperada o tivesse tornado relativamente independente. Por entre bétulas e pinheiros, ele procurou por novas imagens. Como para sua surpresa não as achou, mandou seguir adiante. Desta vez em direção

PÓS-MODERNIDADE E UTOPIA NA RDA   139

ao sul. O tratorista da cooperativa de produção agrária contratado caracterizou o motor do veículo como imprestável. Também teve duas panes. Frank sentiu-se lesado pelo homem do circo. Portanto, teve suas opiniões sobre esse grupo profissional confirmadas. Feliz. Quando olhava na direção seguida. Depois de paradas em Fürstenwalde e Beeskow, pois toda vez mandava parar o veículo na periferia, esperando sempre, em vão, pela almejada sensação da terra estrangeira, alugou dois tratores para rebocá-lo até Doberlug-Kirchhain. Pela velocidade, ele esperava escapar, tão rápido quanto possível, do seu apêndice. Várias vezes durante a viagem o carro dava solavancos e sacudia, como se algo estivesse se rompendo, e Frank feliz se assustava e corria para a janela traseira. Em vão, a cidade continuava grudada nele. Uma carga enorme. Ele a arrastava consigo através das rodovias e estradas nacionais, em geral telhados de barro, construções antigas uniformemente rebocadas, cobertas de cicatrizes de guerra, com grades de ferro nos balcões, ou balcões gastos, onde travessas de suportes de ferro serradas enferrujavam, edificações novas, Lenin de Tomski, armações de brinquedos de escalar de parquinhos, ônibus de dois andares, a luz semelhante a um eclipse solar na fábrica de gás na Dimitroffstrasse, pequenos jardins, um ao lado do outro, fortificações da fronteira, o Mont Klamott, o prédio da seguradora, barcaças, o monumento comemorativo Treptow, a fábrica de aparelhos elétricos, a ponte Warschau, a estação Ostkreuz, a estrutura do elevado sobre a Alameda Schönhauser, o pátio com as duas sorveiras e latões de lixo, para onde davam todas as janelas das casas. Frank gritou ordens aos motoristas dos tratores, e exortou a seguir por Doberlug-Kirchhain. À toa, para onde quer que eu fosse, ele nunca chegava. Ele continuava grudado à sua cidade, cortada por uma fronteira. Em todo lugar ele estava em casa, e comparava sua imagem de mundo com a de outros lugares e a achava bela e tentava mudar as outras pela sua.

5º capítulo
Onde se Descreve, entre Outras Coisas, como o Diretor de uma Empresa do Povo Pega no Busto da Bela Melusine

    O diretor do circo central do povo recebeu Beatriz amistosamente. Contudo, por mais que quisesse, não conseguiu se lembrar de um pedido feito à direção da casa de espetáculos. Ele não tinha vaga alguma planejada para uma mulher forte com fantasia. Ouviu, porém, com prazer, todas as estrofes da canção de amor traído que Beatriz compusera, inspirada no fingido Raimbaut d'Aurenga. A primeira estrofe, na tradução de Herr Franz Wellner do provençal para o alemão, diz o seguinte:

140 A LITERATURA DA REPÚBLICA DEMOCRÁTICA ALEMÃ

A cantar me sinto impelida, embora não o que eu almejo.
Por ele, e só por ele, se consome meu eu, e sem pejo,
só por quem, e por mais ninguém, eu sinto tanto desejo.
Não vê amabilidade, e como lhe tenho apreço,
nem a dignidade ou espírito nem a beleza ele atenta.
Ele me deixa só, enganada e traída,
Fosse eu um monstro, tal mereceria...

O diretor se divertia com a apresentação. Ele aplaudiu, apanhou dois copos e uma garrafa de cachaça de uma escrivaninha, serviu-se e a Beatriz. O gesto sugeriu certeza à trovadora. Depois do brinde ela esperara o Engagement. *Após ter tomado a cachaça, fazendo caretas, o diretor, no entanto, lamentou não poder aproveitar Beatriz em sua especialidade. Todos os programas da época sob seu comando estavam previstos com números musicais de palhaços. Além de tudo, completos. Somente uma domadora altamente qualificada lhe faltando. Por acidente. Na* EOS, *Escola de Artes Circenses, dois leões tinham mordido uma colaboradora durante um ensaio, a ponto de mandá-la para o hospital. O diretor falou sobre os riscos da profissão dos artistas e outras desvantagens, que a vida de nômade acarretava. Beatriz falou das vantagens da vida de nômade. Nisso a tampa do sistema de ventilação deu um pulo. O diretor levou um susto. Ruídos de queixa estranhos fizeram se ouvir. Depois a oração: "As pessoas acreditam mais nas verdades em vestimentas inverossímeis!". Beatriz não acreditou no que ouvia. Mas sentiu aquela excitação estranha que nela precedia idéias poéticas, súbitas resoluções e condições produtivas afins. Finalmente ela se dominou e exclamou: "És tu, és tu, finalmente – livre, vou ficar louca." – "Com quem a senhora está falando?", perguntou o diretor não só espantado. "Com minha cunhada Marie von Lusignan, ela ficou detida quase dois anos na França". "Em preventiva?". "É o que estava dizendo, quase dois anos em prisão preventiva. Imagine só essas condições. A figura humana sempre foi arriscada para ela. E eu espero e espero até ficar preta. Ao pé da letra. Pode imaginar uma trovadora esposa de um espantalho? Os funcionários da polícia descobriram, talvez pelo disfarce discreto, que minha cunhada sabia fazer mágica, e temeram que ela pudesse falsificar o resultado das eleições. A polícia não conhece a impotência de Perséfone. Se minha cunhada pudesse fazer mágica política, a França seria, há muito tempo, um país socialista. O senhor nunca ouviu falar de Melusine?". O diretor estava acostumado com vigaristas. Por isso mudou para um tom de negócios e, curto e grosso, exigiu uma prova de capacidade. Já que a trovadora não possuía nenhuma prova escrita, pediu-lhe que mostrasse na prática e perguntou: "Está preparada?" – "Sempre preparada", retrucou a voz vinda da ventilação. "Eu não preciso de nenhum ventríloquo", disse o diretor, per-*

POS-MODERNIDADE E UTOPIA NA RDA 141

dendo totalmente a paciência, "eu preciso de uma domadora, madame, uma domadora, se entende o que quero dizer, embora as feras infelizmente não estejam disponíveis para mim no escritório." – "Mas para mim", disse Beatriz, enfiou o dedão e o indicador nos cantos da boca e assoviou. Nisso surgiu um vento, um uivo e sibilo. A tampa da ventilação começou a bater, e se escancarou, formaram-se nuvens de poeira e deveras, a bela Melusine atravessara o conduto de ventilação do prédio do circo central. Na forma de esfinge: metade dragão, metade mulher. Beatriz festejou o reencontro com a cunhada, abraçando e beijando a parte superior, feminina, impetuosamente. O diretor esforçou-se para se recobrar rapidamente, pois a metade feminina, assim como a outra, estava nua. Ele abandonou sua escrivaninha, deu um passo por sobre as costas encouraçadas em direção a Beatriz, afirmou ter trabalhado vinte e um anos como mágico, cumprimentou-a com admiração de colega pelo truque e colocou sua mão esquerda sobre o seio esquerdo da bela Melusine. Para testar o material. Agradavelmente surpreso com a novidade deu-se por derrotado como mágico e, imediatamente, fechou com a trovadora um contrato para a temporada[2].

2. I. Morgner, *Leben und Abenteuer der Trobadora Beatriz nach Zeugnissen ihrer Spielfrau Laura*, p. 90. Tradução de Maria Alcina Vaz Masson.

10. A Estética de Heiner Müller

Heiner Müller (1929-1995) pode ser visto como um fenômeno teatral, dadas as restrições impostas à literatura pelo realismo socialista, implantado na RDA em fins dos anos de 1940. A retomada da estética do século XIX é considerada por ele um ponto negativo no programa estético-literário do país, bem como a dramaturgia do herói positivo e a representação da realidade sem conflito, impedindo o efeito no público, qual seja, a co-produção da síntese. Müller também se posiciona contra a política cultural da RDA, vendo-a como um instrumento de poder, de submetimento, uma "arte de feitores". A proibição de posições contrárias é apontada por ele como distorção de teoria marxista.

A obra de Müller não se atém às normas de um realismo socialista sem conflitos. Para citar apenas um exemplo, a peça *A Construção*, escrita em 1963-1964, mostra as dificuldades, contradições e conflitos entre teoria e práxis, tomando por modelo o funcionamento de uma empresa. Embora a RDA estivesse vivendo uma nova fase econômica e uma maior abertura em termos político-culturais, a abordagem de motivos como alienação e isolamento, num espaço geograficamente circunscrito pela construção do muro (1961), levou a censura a impedir a encenação da peça na época. Ela só foi montada em Berlim Oriental em 1980.

Müller vê Brecht como um filtro, uma instância "clarificadora". A postura adotada por Müller em relação a Brecht – o confronto crítico – explica-se outrossim pela formação marxista de ambos os autores, a qual implica o exercício da dialética. "Usar Brecht sem criticá-lo é traição", é como conclui a avaliação que faz de Brecht em *Fatzer +– Keuner*.

144 A LITERATURA DA REPÚBLICA DEMOCRÁTICA ALEMÃ

De Brecht, Müller valoriza mais os textos interrompidos, inacabados, ou que contenham material cru, permitindo a elaboração de camadas não esgotadas em sua potencialidade: em vários momentos menciona a importância dos fragmentos, principalmente do *Fatzer*, as primeiras peças, pouco encenadas na RDA, e as peças didáticas.

Na verdade, desde a sua primeira peça, em co-produção com a esposa Inge – *O Achatador de Salários* –, Müller prioriza a dialética resistente à dialética persuasiva. Um dos efeitos dessa maior exigência ao espectador é impedir uma avaliação legitimatória do *status quo*; outro, igualmente produtivo em termos de formação de uma consciência não só crítica, mas também aberta à mudança, é a alteração que acarreta *a priori* no histórico da organização da percepção. A forma usual de vivência da realidade é irritada ao se deparar com um modelo de realidade que desafia a interpretação automática, por ser visivelmente um signo construído de forma descontínua, chamando a atenção para a sua teatralidade. Tendo em vista a condição de recepção por parte do público, acostumado a normas estéticas e a um estilo de comunicação prescritos pela instituição cultural, a luta entre o "velho"/a mentalidade inscrita no sistema capitalista e o "novo"/a mentalidade socialista, travada na peça acima citada, torna-se também traço estrutural de sua forma de comunicação.

O teatro de Müller, produzido nos anos de 1950 e 60, atesta grande proximidade estética a Brecht. Mesmo as releituras de mitos da Antigüidade (*Foloctetes, Héracles 5, Édipo Tirano* e *Prometeu*) trilham o caminho aberto por Brecht ao encenar *Antígona de Sófocles* (1948), ocasião em que repensou a questão do destino dentro de uma visão materialista dialética: o destino do homem é o próprio homem.

Em 1968 e 1970 Müller reelabora duas peças didáticas de Brecht: *O Horácio* (pré-texto: *Os Horácios e os Curiácios*) e *Mauser* (pré-textos: *A Decisão*, de Brecht e *O Dom Silencioso*, de Sholokhov), mas muda o eixo da problemática. Enquanto Brecht queria demonstrar estratégias para vencer o inimigo e implantar o comunismo na primeira peça, na segunda, Müller aborda o julgamento do Horácio, vencedor e assassino ao mesmo tempo, acirrando esse conflito, e se concentra no trabalho com o coro/coletivo de *Mauser*.

O movimento dialético em *Mauser* visa à elaboração da sentença pelo coletivo revolucionário, de forma que a morte de A se torne produtiva – o que está em jogo é o valor social do trabalho do algoz após a diferenciação entre as necessidades do "ontem" e as do "hoje". *Mauser* coloca questões à revolução e desmascara o sistema petrificado, como diz o próprio autor: "o caso extremo não como objeto, mas como exemplo, a partir do qual se demonstra o contínuo da normalidade, a ser explodido".

Como se pode ver, até inícios de 1970 a produção teatral de Müller está mais próxima do contexto histórico-cultural da RDA e do projeto

A ESTÉTICA DE HEINER MÜLLER   145

cultural da modernidade, em sua vertente socialista. Vivenciando não a luta de classes, como Brecht, mas a construção do socialismo e a realidade socialista, o dramaturgo visa, sobretudo, à co-produção de seu público primeiro e, conseqüentemente, a mudanças no socialismo real.

Textos e entrevistas, publicados nos volumes *Rotwelsch, Gesammelte Irrtümer* e *Gesammelte Irrtümer 2*, mostram um dramaturgo aberto a outras estéticas teatrais. Seus testemunhos registram toda uma gama de leituras que vão desde os teóricos marxistas e os filósofos da Escola de Frankfurt até Nietzsche e os pensadores neonietzschianos Foucault, Deleuze e Lyotard, e sua obra incorpora não só a tradição canonizada em seu contexto de origem, como também a apócrifa. No campo especificamente literário, Müller inventa a sua própria tradição:

> O que permanece é o efêmero. O que estiver em fuga permanece. Rimbaud e sua evasão para a África, da literatura para o deserto. Lautréamont, a catástrofe anônima. Kafka, que escreveu para o fogo, porque não queria conservar sua alma como o Fausto de Marlowe: as cinzas lhe foram negadas. Joyce, uma voz do outro lado da literatura. Maiakovski e seu vôo picado dos céus da poesia à arena das lutas de classes, seu poema "150 Milhões" traz o nome do autor: 150 milhões. O suicídio foi sua resposta à ausência da assinatura. Artaud, a linguagem do sofrimento sob o sol da tortura, o único que ilumina ao mesmo tempo todos os continentes deste planeta. Brecht, que viu o Novo Animal, que vai substituir o homem. Beckett, a tentativa de uma vida inteira de fazer calar a própria voz. Duas figuras da literatura, fundindo-se, na hora da incandescência, em uma única: Orfeu cantando sob arados, Dédalo voando através dos intestinos labirínticos do Minotauro[1].

Fundamental para a estética de Heiner Müller é como ele concebe o teatro. A partir de sua experiência com o público, Müller argumenta em defesa de um "teatro como processo" (*Theater als Prozess*), centrado na tensão dramática criada entre público e platéia. Essa concepção de teatro é explicitada em oposição ao que chama de "teatro de situação" (*Theater als Zustand*), ou seja, o teatro que conserva uma estrutura historicamente anacrônica e mantém o *status quo* estético e social – dicotomia entre palco e platéia –, na medida em que o drama, formulando e solucionando conflitos, se passa no palco e os espectadores assumem uma postura meramente contemplativa.

Após trabalhar com Robert Wilson, em 1984 – Müller produziu o quarto ato da peça *The CIVIL wars*, de Wilson, a pedido deste –, ele se mostra entusiasmado com o que chama de "concepção democrática de teatro" praticada pelo dramaturgo, ou seja, o fato de Wilson deixar em liberdade os elementos que compõem a cena, não interpretando, como diretor, nem permitindo que atores o façam. A interpretação, na opinião de Müller, é tarefa única e exclusiva do público-receptor, não pode ter lugar no palco.

1. H. Müller, *Rotwelsch*, p. 97.

146 A LITERATURA DA REPÚBLICA DEMOCRÁTICA ALEMÃ

Cabe aqui observar que essa tarefa pode conduzir, no caso do dramaturgo alemão, a leituras dialeticamente concorrentes ou divergentes, devido à sua opção pela metáfora, não redutível a um único significado.

Descrição da Imagem (1984), por exemplo, oferece extrema resistência ao sentido, devido ao que Müller chama de "inflação" do material: antes que uma imagem se complete já surge a seguinte, e assim por diante, de forma que o espectador fica sem o arremate, sem a "moldura" que poderia facilitar sua leitura. É, contudo, essa maior dificuldade que vai liberar a sua fantasia, propiciando o efeito duradouro valorizado pelo autor. Na verdade, *Descrição de Imagem* é uma reflexão sobre o *theatron*, o espaço de público-receptor, ao pé da letra "espaço de contemplação": o texto não apresenta diálogo nem ação, mas um encontro dramático entre olhar e imagem.

No contexto da reflexão sobre "teatro como processo", Müller chama de crise, referindo-se ao teatro socialista: ora a separação (texto publicado em *Theater der Zeit*, RDA), ora a congruência (texto publicado em *Theater heute*, RFA) das funções "sucesso" e "efeito". "Sucesso" seria a expressão da forma de mercadoria do teatro, do teatro que se adapta às leis vigentes do mercado; "efeito", por sua vez, define o conceito "teatro como processo" do ponto de vista sociopolítico, correspondendo à expressão do teatro liberado da pressão do sucesso, ou seja, de uma funcionalização ditada pelo sistema.

Girshausen (1981) sintetiza a categoria "efeito" numa fórmula feliz, que dá conta de ambos os sistemas, o socialista e o capitalista; para ele, "efeito" designa a "função estética específica do teatro emancipado de pressão social integradora". Na verdade, o cerne da questão é a expressão ou não da diferença – conflito de opiniões *versus* nivelação de pontos de vista contrários – tal como formulada pelo autor, no lado alemão oriental, ao criticar a atuação das instituições responsáveis pelo processo didático de formação, por promoverem um consenso superficial que põe fim à diferença.

Outro aspecto importante da estética de Heiner Müller, notadamente para a sua produção pós-moderna, diz respeito ao fragmento, em sua opinião, uma "ilha de desordem". Optando pelo que Wolfgang Heiner chama de "dialética poética do fragmento", Müller insere-se na tradição do fragmentário que remonta, no que concerne à modernidade literária alemã, a seus fundadores, F. Schlegel e Novalis. Em texto de 1975, o autor observa que nenhuma literatura é tão rica em fragmentos como a alemã, fenômeno que atribui ao caráter fragmentário da história alemã e à conseqüente ruptura da relação literatura/teatro/público (sociedade). Em carta a Linzer, então o editor de *Theater der Zeit*, o autor afirma:

A ESTÉTICA DE HEINER MÜLLER 147

A necessidade de ontem é a virtude de hoje: a fragmentação de um acontecimento acentua seu caráter de processo, impede o desaparecimento da produção no produto, o mercadejamento, torna a cópia um campo de pesquisa no qual o público pode co-produzir. Não acredito que uma história que tenha "pé e cabeça" (a fábula no sentido clássico) ainda seja fiel à realidade[2].

Fragmento é visto aqui como texto que pode variar no tocante à extensão, gênero ou tipo de linguagem cênica. Heise refere-se aos fragmentos müllerianos como "unidade em si" – minidramas, imagens, cenas fantásticas, visões.

O trabalho com o fragmento tem, para o autor, várias funções. Uma delas, de grande importância, é a de impedir a indiferenciação das partes numa aparente totalidade e ativar a participação do espectador. Na verdade, trata-se de uma continuação radicalizada do teatro praticado por Brecht, visando igualmente a uma abertura para efeitos, de forma a evitar que a história se reduza ao palco. O fragmento torna-se produtor de conteúdos, abrindo-se à subjetividade do receptor, correspondendo ao que Müller chama de "espaços livres para a fantasia", em sua opinião uma tarefa primariamente política, uma vez que age contra clichês pré-fabricados e padrões produzidos pela mídia.

O trabalho com o fragmento provoca também a colisão instantânea de tempos heterogêneos, possibilitando a revisão crítica do presente à luz do passado. São muitos os testemunhos de Müller a respeito do trabalho de memória; segundo ele, a memória de uma nação não deveria ser apagada, pois isso significaria a sua sentença de morte. Mas não é apenas nesse sentido que se faz indispensável dirigir o olhar para o passado: em sua opinião, para se livrar do pesadelo da história é preciso conhecê-la e dar-lhe o devido valor. A visão mülleriana da história insere-se na tradição dos oprimidos, seguida pela filosofia marxista.

Marx fala do pesadelo de gerações mortas, Benjamin, da libertação do passado. O que está morto não está na história. Uma função do drama é a evocação dos mortos – o diálogo com os mortos não deve se romper até que eles tornem conhecida a parcela de futuro que está enterrada com eles.

Müller dá, portanto, prioridade à história dos derrotados, sepultada até o momento pela história dos vencedores, conforme o sugerido nas *Teses da Filosofia da História* de Benjamin, não cabendo na descrição que Eduardo Subirats (1991) faz do pós-moderno como "um código dessemantizado, como um momento significativo do vazio cultural de nosso momento histórico", "um virtuosismo tão avantajado como as formas de poder militar, econômico e político que o respaldam", enfim, uma "não-arte", um "não-estilo". Tampouco se pode atribuir a Müller a prática de uma esquizofrenia na pós-história, sem noção de um desenvolvimento temporal, condenada a viver a presentidade eterna.

2. Idem, Brief an Linzer, *Material*, p. 38.

148   A LITERATURA DA REPÚBLICA DEMOCRÁTICA ALEMÃ

A redução do diálogo dramático em favor do jogo de fragmentos, pela montagem de tempos, gêneros, níveis estilísticos e formas de representação heterogêneos, dá a peças como *A Missão* (1979) ou *Margem Abandonada, Medeamaterial, Paisagem com Argonautas*, (1982) a feição de uma "constelação" pós-moderna. O deslocamento da oposição hierárquica para a lógica da margem, por sua vez, espaço do corpo e também espaço político das minorias, testemunha uma combinação produtiva de Brecht com Artaud, conferindo a Müller a posição mais avançada na dramaturgia experimental da RDA. Enquanto Brecht privilegia o distanciamento como condição de avaliação crítica, Artaud age contra o teatro da palavra, expropriada de sua força pela priorização do sentido, colocando o espetáculo como *energeia*, aberto ao perigo da violência, capaz de liberar a festa e a genialidade reprimidas. A utilização da poética teatral de Artaud significa também uma crítica ao teatro logocêntrico e iluminista, a recusa da oposição corpo/espírito e a substituição da hermenêutica do diálogo por um pensar com o corpo.

Hamletmaschine, escrita em 1977, mas só publicada na RDA em 1989, chama a atenção pelo uso exacerbado da intertextualidade. A peça é uma reescritura paródica do *Hamlet* de Shakespeare, mas incorpora citações de dez outros textos de Müller, além de Eliot, Artaud, Benjamin, Dostoiévski, Hölderlin, Pasternak e Marx, entre outros. O número de pré-textos, bem como a pouca acessibilidade de vários deles a um público mais amplo, atestam o nível de exigência intertextual da peça.

Resíduos do pré-texto shakespeariano acham-se concentrados na primeira cena – "Álbum de Família". As outras quatro cenas espelham o nosso tempo: as catástrofes da história e da cultura ocidental e a crise do artista e intelectual, cindindo entre o desejo de se transformar em uma máquina sem dor ou pensamentos, e a necessidade de ser um historiador desse tempo irredimido. Quase quatrocentos anos separam a peça de Müller da de Shakespeare, espaço de tempo que o dramaturgo alemão considera marcado por catástrofes – os infernos da Aufklärung, o lodaçal sangrento das ideologias, o genocídio de Hitler, os processos de Moscou etc. –, justificando sua afirmação: "Não teremos chegado a nós enquanto Shakespeare escrever nossas peças".

E, de fato, Müller mostra o mundo ruinoso do drama barroco (*Trauerspiel*, gênero mencionado na primeira cena), mas não oferece apenas a visão barroca da história, ou seja, a história-destino, inscrita na ordem do eterno retorno. Se Hamlet rasteja para dentro da armadura do pai, curvando-se indiretamente à praxe da história (final da cena 4), Ofélia, embora em cadeira de rodas e manietada, resiste pela voz, dirigindo às metrópoles do mundo palavras subversivas: "Abaixo a felicidade da submissão. Viva o ódio, o desprezo, a insurreição, a morte" (final da cena 5). Ofélia coloca uma postura face à história radicalmente

A ESTÉTICA DE HEINER MÜLLER 149

oposta à de Hamlet, pondo o receptor em confronto com dois caminhos. Uma leitura que privilegie apenas um deles significa necessariamente uma redução, não fazendo jus à intenção política do autor: "No todo, o ato de escrever peças é um negócio solitário, as teorias se tornaram cinzentas no desenrolar vazio das discussões, o que só pode ser modificado por meio de política e não sem a colaboração política da arte".

Para que possa atualizar a implicação política, é preciso que o receptor tenha conhecimento do código da peça original e perceba a forma paródica da reescritura. Assim sendo, mesmo que os pré-textos secundários produzam um modelo de realidade complexo, ou nem sejam detectados em virtude da defasagem histórico-cultural entre o universo da produção e o da recepção da peça, é-lhe possível inferir uma intenção codificadora em ver de forma crítica o seu presente, pelo viés da representação do passado artístico e histórico. Acresce o fato positivo de Müller conceder aos produtores de teatro plena liberdade na montagem de seus textos, o que lhes permite fazer alterações tendo em vista o público-receptor.

Importante é que o teatro de Heiner Müller, em sua forma pósmoderna, possibilita um fragmentário com valor dialético. Na opinião de Florian Vassen (1991), o trabalho de Müller com a citação, a montagem e a dialética na inércia faz com que, "nas feridas abertas do texto e da história", o recalcado torne-se palpável para o trabalho de memória do receptor.

Se evocarmos as considerações traçadas por Renato Mezan sobre "a recordação que não neutraliza o efeito do recordado, que o presentifica, ao contrário, com intensidade e com vigor", vemos que a forma mülleriana de representação, dado o ritmo de percepção por ela imposta, é coerente com o tipo de recordação aí descrito. Mezan considera inoperante o trabalho psicanalítico que traz o reprimido à consciência para esvaziá-lo mediante um "entendimento desapaixonado", possibilitado pelo distanciamento entre sujeito e objeto e pela visão racional. Ao esquecimento que capta na metáfora "cicatrização", fruto de operações defensivas e passíveis de retorno, Mezan opõe a inclusão da lembrança em "múltiplos contextos associativos", cuja assimilação

recorta, mói e compacta os fragmentos de lembrança até torná-la irreconhecível, ou então conserva dela apenas a fachada, como a ponta de um iceberg, cuja parte submersa continuasse a ser trabalhada por poderosas forças de pressão, processos que considera não defensivos, por permitirem, por livre associação, um acesso oblíquo àquilo que foi esquecido[3].

3. R. Mezan, *Freud.*

150 A LITERATURA DA REPÚBLICA DEMOCRÁTICA ALEMÃ

Por isso é que esse psicanalista prefere o neologismo "inquecer" a "recordar", pois "só mediante o inquecimento do silenciado é que os fantasmas podem encontrar repouso".

A produção via fragmento, aliada à linguagem do corpo de Artaud, propicia o "inquecimento" necessário ao trabalho eficiente de memória; trata-se, portanto, de uma rememoração via corpo, de um pensar com o corpo, algo em que Artaud e Benjamin também acreditavam. Para Müller, o ato cognoscitivo vem *a posteriori*, precedido pela vivência, por algo que não pode ser definido de imediato, mas que só assim se transforma em experiência durável.

Na representação moderna, o espectador era direcionado para um olhar crítico, como no teatro de Brecht, e a resposta evocada era mais cognitiva do que afetiva; já agora a percepção se dá também via corpo e sentidos, sendo que a própria resistência à significação é um dos fatores que motivam a reflexão crítica. O texto/representação é fonte de *insight:* é a sua força que promove a ligação entre prazer e cognição.

Florian Vassen opõe o "teatro da memória" de Heiner Müller ao "teatro da esperança", nascido com Lessing sob o signo do projeto cultural da modernidade e que tem em Brecht o seu último grande representante alemão. Vassen define o modelo mülleriano como união entre distanciamento (atividade da memória) e aproximação (reação afetiva).

Assim, a pós-modernidade de Müller não deve ser vista como uma modernidade com perda de sentido, mas como um momento de "perlaboração efetuada pela modernidade sobre o seu próprio sentido" – nas palavras de Lyotard. A última peça do dramaturgo, *Germânia 3. Fantasmas Junto ao Morto,* publicada após sua morte, é uma reflexão sobre a história alemã no século XX, motivada pela pergunta registrada no final da primeira cena – "O que fizemos de errado?" –, pergunta esta colocada por Ernst Thälmann, um dos heróis da RDA, antimilitarista e antifascista, presidente do PC alemão antes da ascensão de Hitler, assassinado no campo de concentração de Buchenwald.

As dez cenas reelaboram o universo cultural e cênico de Müller, numa viagem de retorno às origens (Kriemhild e Hagen), passando pelo capítulo sangrento do capitalismo e do comunismo (Hitler e Stálin), pelo Berliner Ensemble

– Voz de Brecht

Mas de mim eles dirão Ele
fez propostas Nós não as
aceitamos Por que o faríamos?
E isso deve estar em minha lápide e
os pássaros devem cagar sobre ela
a grama deve crescer sobre meu nome

gravado na lápide Ser esquecido
por todos é o que desejo
um traço na areia[4].

– e pela sociedade da RDA. E termina, não dando voz a Rosa Luxemburg, mas sim ao Gigante Rosa, a "morte de Brandemburgo", como é chamado na imprensa. Um assassino desconhecido, trajando uma anágua rosa de sua mãe morta e uma jaqueta de exército, sua segunda mãe.

O gesto criador de Heiner Müller lembra o do nosso Oswald de Andrade. O título da contribuição de Müller à discussão sobre pós-modernismo, organizada por Ihab Hassan em Nova Iorque (1979) – *O Espanto – a Primeira Manifestação do Novo –*, coloca um princípio estético que permite um paralelo com o que Andrade afirma enfaticamente no *Manifesto Antropofágico* (1922): "Antropofagia. A transformação permanente do tabu em totem".

Em *Totem e Tabu*, de Freud, lê-se que, nos povos primitivos, o totem separava o não-natural do natural e o estigmatizava, visando a uma regulamentação. O totem estava intimamente relacionado com a proibição, no mais das vezes com a proibição do incesto. A idéia de Oswald de Andrade, de que o tabu deve se transformar em totem, subverte por completo a reflexão de Freud, por colocar justamente o proibido, o indesejável como algo digno do desejo (*wünschenswert*). Transformando o oposto à norma em objeto de busca, Andrade, instaura a ruptura como procedimento ideal, procedimento este que subjaz às palavras de Müller: o novo provoca, é geralmente um fator de perturbação da ordem.

Não obstante as diferenças ente os dois dramaturgos, procedimentos comuns a ambos – a deglutição intelectual, a representação paródica, a irreverência e a provocação, por exemplo – são justificáveis pela tradição incorporada pelos dois; no caso de Andrade a vivência da Semana da Arte Moderna que, segundo Gilberto Mendonça Teles, em *Vanguarda Européia e Modernismo Brasileiro* foi

um duplo vértice histórico; convergências de idéias estéticas do passado, apuradas e substituídas pelas novas teorias européias (futurismo, expressionismo, cubismo, dadaísmo e espiritonovismo); e também ponto de partida para as conquistas expressionais da literatura brasileira neste século[5];

no de Müller, o conhecimento e incorporação das vanguardas européias, mesmo das apócrifas, seja enquanto "arsenal de formas", seja por citação de seus representantes e precursores (Maiakóvski, Duchamp, Kafka, Rimbaud, Lautréamont etc.).

4. H. Müller, *Germânia 3. Gespenster am toten Mann*, p. 64.
5. G. M. Telles, *Vanguarda Européia e Modernismo Brasileiro.*

152 A LITERATURA DA REPÚBLICA DEMOCRÁTICA ALEMÃ

Assim como a obra de Andrade, a de Müller demonstra uma postura negativa, contestatória e subversiva, categorias das vanguardas praticadas em culturas marcadas "por profundas contradições e divisões, num painel de diferenciações de campos demarcados, onde é fácil distinguir o centro e a periferia, o novo e a tradição, o presente e o passado, o alto e o baixo repertórios", nas palavras de Philadelfo Menezes[6] (1994). Dadas as contradições vividas no socialismo real da RDA, bem como os contrastes socioeconômico-culturais entre os Estados alemães, o pós-moderno de Müller atesta um alto índice de modernidade, podendo ser considerado um pós-moderno de resistência.

Confirmam a intenção crítica de Müller os vários testemunhos em que ele opõe ao teatro socialista enquanto instituição: em sua opinião, a instituição perpetua a produção e a recepção, definindo-se paradoxalmente em relação à verdadeira função da literatura e às possibilidades sociais – como "mausoléu da literatura" e "conservante de situações ultrapassadas". Nessa crítica à instituição, o estético mostra-se profundamente vinculado ao social. E é a função social e política do teatro, cara a Müller, que salta aos olhos em suas palavras em defesa da renovação estética: "De uma peça que nada ensina aos escritores de peças, a sociedade também nada pode aprender".

GERMÂNIA 3. FANTASMAS JUNTO AO MORTO

Heiner Müller

DECISÃO 1956

Berliner Ensemble. Escritório da intendência. Três viúvas de Brecht. Notícia pelo rádio da prisão do inimigo do Estado Wolfgang Harich.

KILIAN *– Ele disse: quando eles mandarem os tanques Porque nada mais lhes ocorre, nosso lugar É na barricada. Com o povo Contra os tanques.*

WEIGEL *– Ele disse isso? Isso não era prudente, não acha? Não depois de Budapeste.*

KILIAN *– Sim, Brecht foi mais prudente. Ele tirou o chapéu diante dos tanques em cinqüenta e três.*

WEIGEL *– Ele não tinha chapéu. E, além do mais, Quem é o povo. O povo, se perguntarem, Elege Hitler.*

KILIAN *– Talvez devessem perguntar mais uma vez ao povo, era essa a sua opinião. E talvez o povo então não eleja mais Hitler, mas o socialismo. E não Ulbricht.*

6. P. Menezes, *A Crise do Passado. Modernidade, Vanguarda, Metamodernidade.*

A ESTÉTICA DE HEINER MÜLLER 153

HAUPTMANN – Ter tirado o boné diante dos tanques No meio dos baderneiros talvez também não tenha sido muito inteligente. Eles podiam tê-lo matado, não é, seu teatro, que agora vai de mal a pior com sua morte, estaria despachado já há três anos e agora precisamos salvar, uma ilha no lodaçal da corrupção de sangue e dinheiro com seus discípulos, que não o entendem e acham que são mais inteligentes do que ele e talvez o sejam, mas o que adianta isso se ser inteligente significa virar a bandeira de acordo com o vento.

KILIAN – Inteligente ou não, ele está preso e ele é meu marido. Eu o amei.

WEIGEL – Isso ocorre a você agora.

KILIAN – Sim, e a seu marido. Desculpe-me, isso me tomou de assalto.

WEIGEL – Isso ou ele, qual é a diferença. Você não foi a primeira e é a última. Estou acostumada a perdoar as mulheres. Ele deveria saber o que fazia o seu marido. Em casa de vidro não se lançam pedras.

HAUPTMANN – Ele é um tolo.

KILIAN – Ele é um filósofo.

WEIGEL – E ele vai saber como se sair dessa.

HAUPTMANN – Ele é inteligente demais, não vai encontrar o buraco.

WEIGEL – Como é que podemos ajudá-lo.

HAUPTMANN – E por quê. Ou salvamos o teatro ou ele. O abismo é o mesmo Homem é o Homem. Prisão ou caixão. A morte chega na hora certa. Ele morreu quando era a hora de encontrar a morte sem se lavar. Sabia quando. Sempre foi o mais inteligente. Não se entra duas vezes no mesmo rio. Não se tira duas vezes o boné diante de tanques.

WEIGEL – (liga o alto-falante) Preciso ouvir o ensaio. É importante. Eles estão no intervalo.

HAUPTMANN – E estão discutindo.

KILIAN – Isso eles aprenderam, sem dúvida. Discutir.

VOZ DE PALITZSCH – Manfred, assim não dá.

VOZ DE WEKWERTH – Peter, por quê.

VOZ DE PALITZXCH – Os proletários, Manfred.

VOZ DE WEKWERTH – Os plebeus. A ação se passa em Roma.

VOZ DE PALITZSCH – Aqui é Berlim. O ano é mil novecentos e cinqüenta e seis.

VOZ DE WEKWERTH – Não estamos fazendo uma peça de época, Peter, mas uma parábola. Stalin, se é o que está pensando, só aparece à margem.

VOZ DE PALITZSCH – E a margem é sangrenta.

VOZ DE WEKWERTH – Ah, você acha. Bem, essa é a sua opinião.

VOZ DE PALITZSCH – Estou falando de direção, não de política. Os proletários, ou os plebeus se você prefere, Roma em vez de Berlim são diferentes.

154 A LITERATURA DA REPÚBLICA DEMOCRÁTICA ALEMÃ

Voz de Wekwerth – *É, como é que eles são. O que você entende de proletários.*

Voz de Palitzsch – *Eles são amáveis, Manfred. Isso eles aprenderam. É a cruz deles. É preciso muita pressão para que eles lancem fora sua cruz.*

Voz de Wekwerth – *Você quer mais pressão.*

Voz de Palitzsch – *Eu não disse isso.*

(Pausa)

Voz de Wekwerth – *Bem. Será que eu sou amável. Eu sou proletário.*

Voz de Palitzsch – *Não sei se o partido vai aceitar isso. O seu partido.*

Voz de Wekwerth – *Quando é que você vai dizer: nosso.*

Voz de Palitzsch – *Não sei, Manfred. Dê-me tempo.*

Voz de Wekwerth – *Tempo, tempo. Eu não sei, eu não sei, eu não sei. Saber é poder.*

Voz de Palitzsh – *Essa foi a crença infantil dele. E o que ele não escreveu, é a nossa tragédia, a separação entre saber e poder.*

Voz de Wekwerth – *Você disse nossa tragédia. Mas ele a escreveu: Galileu. O poder da imbecilidade, imbecilidade no poder.*

Voz de Palitzsch – *Ou um outro saber.*

Voz de Wekwerth – *Não seja amável. É preciso permitir-se o luxo da amabilidade. Não consigo me permitir o luxo de sua amabilidade.*

Voz de Palitzsch – *Como proletário.*

Voz de Wekwerth – *Agora você não está sendo amável.*

Voz de Palitzsch – *Às vezes fico pensando, geralmente à noite ou num meio-sono, quando a manhã desponta e o cogumelo atômico fende minha retina: O pequeno monge é que tem razão, não Galileu. Cresci como filho de camponeses na Campanha. Pessoas simples. Sabem tudo sobre a oliveira, mas de resto bem pouco. Observando as fases de Vênus, posso agora ver meus pais diante de mim, sentados com minha irmã junto ao fogão, comendo seu prato de queijo. Vejo as vigas sobre eles, enegrecidas pela fumaça dos séculos, e vejo com exatidão suas velhas mãos fatigadas pelo trabalho e a pequena colher nelas. Eles não vão bem, mas mesmo em sua infelicidade jaz oculta uma certa ordem. São essas diferentes circulações, desde a do limpar o pó passando pela das estações do ano no campo de oliveiras até a dos impostos. Seguem uma regularidade as desgraças que lhes advêm. As costas de meu pai não se vergam de uma vez, mas cada vez mais com cada primavera no campo de oliveiras, assim como a prole, que minha mãe sempre gerou sem sexo, aconteceu em espaços bem regulares. Eles tiram a força para arrastar suas cestas o pedregoso trilho acima, o suor escorrendo, para dar à luz seus filhos, sim, para comer, do sentimento de continuidade e necessidade que lhes proporcionam a vista do solo, das árvores todo ano novamente verdejantes, da pe-*

A ESTÉTICA DE HEINER MÜLLER 155

*quena igreja, e o som dos textos bíblicos aos domingos. Foi-lhes asse-
gurado que o olho da divindade repousa sobre eles, perscrutando,
sim, quase temeroso de que o teatro do mundo seja erguido em torno
deles, para que eles, os agentes, possam se afirmar em seus grandes
ou pequenos papéis. O que eles diriam, se ficassem sabendo através
de mim que se encontram sobre um pequeno torrão de pedra, que se
move sem parar no espaço vazio girando em torno de outro astro, um
entre inúmeros, bem insignificante. Para que tal paciência, tal anuência
à miséria agora ainda é necessária ou boa? Para que ainda são bons
os escritos sagrados, que tudo explicaram e fundamentaram como
necessário, o suor, a paciência, a fome, a submissão, e que agora
foram considerados cheios de erros? Não, vejo seus olhares torna-
rem-se medrosos, vejo-os baixarem as colheres sobre a chapa do fogão, vejo como se sentem traídos e enganados. Então nenhum olho
repousa sobre nós, dizem eles. Então nós mesmos precisamos cuidar
de nós, sem instrução, velhos e gastos como estamos? Ninguém nos
destinou um papel a não ser esse terrenal, miserável, sobre um astro
minúsculo totalmente dependente, em torno do qual nada gira. Nenhum sentido jaz em nossa miséria, fome significa apenas não ter co-
mido, nenhuma prova de força; cansaço, apenas curvar-se e arrastar,
nenhum mérito.*

Voz de Wekwerth – Isso é traição.

Voz de Palitzsch – A quem?

Voz de Wekwerth – À razão.

Voz de Palitzsch – Ah, Manfred, você sai às vezes na rua?

*Voz de Wekwerth – E eu preciso disso? Eu sei o que se passa Em
nossas ruas e nos escritórios.*

*Voz de Palitzsch – Então, você sabe. É sua palavra no ouvido de
Deus.*

*Voz de Wekwerth – Um longo caminho. Longo demais para sua voz.
Sabe, há coisas que eu sei e não quero saber, não mais ou ainda não.*

Voz de Palitzsch – Quanto tempo quer esperar até saber?

*Weigel – Às vezes já me alegro por ser tão velha. Na morte, o
melhor é sua eternidade.*

(Ensaio)

Márcio/Coriolano – O que eles querem?

*Menênio – Grão segundo sua própria tabela. Nenhum grão ne-
nhuma guerra, assim dizem eles.*

*Márcio – Compreendo. Dizem eles. Enforcai-os! Sentados junto
ao fogão, eles sabem exatamente o que aconteceu no capitólio, o que
existe lá o que não existe lá! Esbanjar mais grão para eles! Se o sena-
do não exercesse essa benevolência que eu chamo bem diferente, dizem que lá há grão! A resposta teria de minha espada e com a lança
eu mediria, em vez de grão, as pilhas de seus cadáveres nas ruelas de
Roma. Bem, fragmentos. Agora vos inscrevei nas listas.*

156 A LITERATURA DA REPÚBLICA DEMOCRÁTICA ALEMÃ

Voz de Wekwerth – *Sua deixa é o preço do grão. Pegue a espada. Quando você ouvir preços, você pega a espada. Quando alguém quer comer, você pensa em matar.*

Márcio/Coriolano – *Assim aqui em Roma talvez também fiquemos livres de nosso excedente, que está embolorando.*

Weigel – *Os jovens imberbes. Ah, eles não sabem nada das crianças. Brincam de general com soldados de papel machê.*

Hauptmann – *Eles pegam o que conseguem. Horácio está morto. Ele manuseou ouro ou mármore, carregado por escravos. Nós trabalhamos, ele sabia, com merda e ainda com escravos para o transporte.*

Weigel – *Olhem, não quero mais saber disso.*

Hauptmann – *Agora ele precisa continuar a viver em duas metades, uma de mármore e a outra de gesso.*

Weigel – *Ou esquartejado, Orfeu sob o ardo.*

Kilian – *Destroçado pelas mulheres.*

Hauptmann – *O desprezado.*

Kilian – *Mas sua cabeça voga na corrente e continua cantando.*

Hauptmann – *E quem o ouve ainda.*

Weigel – *A corrente.*

(Ensaio)

Bruto – *Viste o olhar de Márcio quando, como tribunos do povo, o enfrentamos?*

Sicínio – *Eu ouvi o que ele disse.*

Bruto – *Um homem como esse é mais perigoso para a Roma do que para os volscos.*

Sicínio – *Isso eu não acho. A espada de um homem desses é mais valiosa do que o dano de seus vícios.*

Voz de Palitzsch – *Será que ele mesmo se achava substituível?*

Voz de Wekwerth – *Senão não estaríamos aqui, você, eu, nós todos fazendo o seu trabalho.*

Voz de Palitzsch – *Será que o fazemos?*

Entra o escultor Fritz Cremer com o molde do caixão de aço de Brecht. Dois trabalhadores da marcenaria Hennigsdorf carregam o caixão.

Cremer – *Peço desculpas. Caixões não são exatamente a minha especialidade, eu sou escultor, e este é o meu primeiro caixão. Eu me esqueci de tirar medida. Este é um molde de aço fundido. Preciso saber se o tamanho está correto.*

Wegel – (examina os trabalhadores, aponta para um deles) *O senhor.* (O trabalhador não entende.) *Por favor, o senhor poderia se deitar para experimentar?* (O trabalhador não entende.) *No caixão. Para provar. É só uma prova. O senhor tem o tamanho exato.*

Trabalhador 2 – *Você não poderia se dar ao luxo de ter um caixão assim.*

Trabalhador 1 – (deita-se no caixão) *Já estou dentro.*

A ESTÉTICA DE HEINER MÜLLER

TRABALHADOR 2 – *Agora você é uma celebridade.*

TRABALHADOR 1 – *Seu caixão de aço é confortável, poeta. De que você se esconde? Medo dos vermes? Não ligue para isso. Pelo menos eles não mentem. Eles fazem o seu trabalho assim como nós. E talvez você tenha se amado demais e a seu trabalho. Eu trabalho por dinheiro. Meu prazer se chama tempo livre, cerveja e mulheres. Agora o melhor é esquecer o que você representou para este ou aquele, poeta. A morte paga em dinheiro.*

(Ele sai do caixão.)

TRABALHADOR 2 – *Você está bêbado.*

TRABALHADOR 1 – *Eu. De quê.*

TRABALHADOR 2 – *Você falou dormindo.*

TRABALHADOR 1 – *Eu não disse nada.*

TRABALHADOR 2 – *Quem então.*

TRABALHADOR 1 – *A voz do povo. Ou as três bruxas.*

(Entra A Mulher em Chamas.)

TRABALHADOR 2 – *Um cavalo me deu um coice.*

TRABALHADOR 1 – *Esta é a quarta bruxa. Ela se queimou em seu quarto de hospital seguro particular, na Charité não tem mais texto. Só consegue ainda cantar.*

TRABALHADOR 2 – *Quem lhe contou isso? Como é que você sabe disso?*

TRABALHADOR 1 – *(canta com sotaque estrangeiro) RÖSLEIN RÖSLEIN RÖSLEIN ROT*

(A Mulher Em Chamas ri. Kilian chora.)

WEIGEL – *Não berre, sua boba. Desculpe. Eu sei que você o amou. Pelo menos é o que você imagina. Ou o nome dele, que a atingiu como uma fatalidade. (Kilian vai até a janela.) Mas agora ele está morto, e é só um nome sobre uma lápide que era pedra de vagonete, como ele queria. Tome este lenço. Limpe o ranho, ele deixa rugas. O caixão serve. (*Kilian se enforca, despercebida por todos, com exceção do escultor, que tira um bloco de rascunho do casaco e faz um desenho, apoiado na cruzeta da janela.)*

(Som do ensaio de Coriolano)

CORIOLANO – *Eu não sei mais nada. Deixai-os me condenar à íngreme morte Tarpéia, ao desterro, ao exílio vagabundo e a coisas mais, eu não comprei o favor deles por uma única palavra boa, nem mesmo por um bom dia. Basta. Isso me enoja. Bastardos! Cujo hálito eu já odeio como o fedor do pântano e cujo amor eu avalio como a carne em decomposição de inimigos ainda não enterrados. Eu vos desterro! Em Roma tereis de me continuar, estremecendo de medo, borrando quando um tufo de elmo de cor insólita assoma à porta. E também tereis de conservar o poder para amaldiçoar vossos defensores, até que no final vossa insensatez (que não compreende a não ser o que sente na pele), tudo afastando à exceção de vós mesmos, que sempre*

158 A LITERATURA DA REPÚBLICA DEMOCRÁTICA ALEMÃ

fostes vossos inimigos mais cruéis, até que vossa insensatez vos entregue a uma nação qualquer que venceu sem derramamento de sangue! Desprezando esta cidade, devido a vós, que a habitais, eu a abandono. Há ainda um mundo em algum lugar...Oh, mãe, mãe.
Voz de Wekwerth – *A mãe nós riscamos.*
Voz de Palitzsch – *Não podemos tirar isso.*
Voz de Schall – *Por que não?*
Vozes de Palitzsch e de Wekwerth – *Enfraquece a fábula.*
(Risada das três viúvas)
Weigel, Hauptmann, Mulher em Chamas – *Quando nós três vamos nos reencontrar no relâmpago e trovão, tempestade e chuva quando a confusão quietamente cala quem é o vencedor se mostra.*

Voz de Brecht – *Mas de mim eles dirão Ele fez propostas Nós não as aceitamos Por que o faríamos e isso deve estar em minha lápide e os pássaros devem cagar sobre ela e a grama deve crescer sobre meu nome gravado na lápide Ser esquecido por todos é o que desejo um traço na areia[7].*

---

7. H. Müller, *Germânia 3. Gespenster am toten Mann*, (7ª Cena: Die Massnahme, 1956), p. 48. Tradução de Ruth Röhl.

11. Da Dialética ao Diálogo: Estações da Lírica na RDA

Ulrich Johannes Beil*

O JORNAL SECRETO DA NAÇÃO: OS ANOS CINQÜENTA

Na regra começam exposições sobre a lírica da RDA com a assim chamada "hora zero" da poesia por volta de 1960, quando os "pais" foram substituídos. Como argumento serve, aqui, freqüentemente a antologia publicada em 1960, *Lírica Alemã do Outro Lado*, na qual, pela primeira vez, uma série de novos talentos poéticos saiu do quadro ideológico-político mais estreito. Se olharmos mais exatamente, porém, por um lado a situação do contexto da assim chamada I Conferência de Bitterfeld, de 1959, na qual o governo tentou, mais fortemente do que até então, instrumentalizar e contratar a ideologização do operariado, vê-se que os volumes de poesia de jovens autores como Adolf Endler, Karl Mickel ou Sarah e Rainer Kirsch, publicados logo depois, permaneceram ainda amplamente na linha do governo – certamente, como Gerrit-Jan Berendse observa, "com élan às vezes irritante"[1]. Por outro lado, a lírica dos anos de 1950 não foi de forma alguma marcada somente por textos de *agitprop* no estilo de Johannes R. Becher, Paul Wiens ou Günther Deickes. Sejam aqui apenas nomeados os nomes de autores extraordinários como Erich Arendt, Peter Huchel e Günter Kunert, os quais até hoje gozam de boa aceitação em toda a Alemanha.

---

* Professor da Ludwig-Maximilians-Universität Munique e da Universidade de Zurique. Tradução de Ruth Röhl.

1. Gerrit-Jan Berendse, *Die Sächsische Dichterschule*: *Lyrik in der DDR der sechziger und siebziger Jahre*, Frankfurt/M et alii, Verlag Peter Lang, 1990, p. XII.

160 A LITERATURA DA REPÚBLICA DEMOCRÁTICA ALEMÃ

A partir daí podem-se observar nos anos de 1950 pelo menos duas tendências: de um lado, uma poesia nitidamente orientada no materialismo dialético e em sua transposição estética, como a feita por Bert Brecht e pelo jovem Günter Kunert, mas também pelo ministro da Cultura da RDA, Johannes R. Becher. De outro, uma poesia que se mostrava influenciada fortemente por modelos clássicos e antigos, e se interessava principalmente pela observação da natureza, pelo mítico e elementar, bem como por uma subjetividade obstinada. Peter Huchel, Georg Maurer e Johannes Bobrowski pertencem a esta linha. Pode-se assim dizer que não apenas na Alemanha Ocidental havia posições poetológicas diferenciadas, com figuras líderes como Gottfried Benn e Wilhelm Lehmann (Brecht tornou-se modelo só mais tarde, nos anos de 1960), mas, se bem que menos diferenciadas do que do outro lado da cortina de ferro, também no espaço dos líricos da RDA. "Oficialmente" bem-vistos e incentivados foram logicamente aqueles poetas que se esforçavam por uma organização político-dialética de seus versos e cuja produção Johannes R. Becher, depois de uma grande crise de criação, procurou incentivar e acompanhar[2]. Como uma tal poesia dialética deveria ser, Becher tentava apresentar em composições sempre novas. Por exemplo, em seu poema "A Respeito de um Novo Tipo de Verso": "Assim precisa o velho comprovado/ Do novo,/ Para poder viver,/ E o novo precisa do velho comprovado,/ Para nele medir suas forças/ Para se esforçar,/ Para superar a si mesmo"[3]. Menos didaticamente seco lê-se em "Sinal de Mudança", uma poesia do bem mais criativo aluno de Brecht, Günter Kunert: "Digam: Nossos pais tiveram o sonho./ Nós temos mais./ Eles foram embrião./ Nós somos a árvore"[4]. A dialética marxista-hegeliana desempenha, enquanto concepção incômoda, por muito tempo ainda um papel importante nas poetologias dos autores da RDA, mesmo quando a maioria dos autores não mais queria deixar-se usar como cúmplice estético de uma práxis política restritiva. Ainda em 1970 lê-se no texto de Volker Braun "Como então Poesia?"

A duplicação primeira – a qual a específica didática da poesia é como processo, do especial ao coletivo, do recorte ao processo, do fazer e do querer à totalidade dos sentimentos e dos feitos e do querer etc. – e a que precisa de notação sinalizada, coloca o leitor na poesia; sua presença na poesia está preparada[5].

2. V. Klaus Schuhmann, *Lyrik des 20. Jahrhunderts. Materialien zu einer Poetik.* Reinbek bei Hamburg, Rowohlt TB Verlag, 1995, p. 308-310

3. Johannes R. Becher, Von einer neuen Versart, *Schritt der Jahrhundertmitte.* Berlin, Aufbau Verlag, 1958, p. 15-19.

4. Günter Kunert, Wendemarke, *G. K. Unter diesem Himmel*, Berlin, Verlag Neues Leben, 1955, p. 81.

5. Volker Braun, Wie Poesie?, *V. B. Texte in zeitlicher Folge*, v. 3, Halle/Leipzig, Mitteldeutscher Verlag, 1990, p. 293-295.

DA DIALÉTICA AO DIÁLOGO: ESTAÇÕES DA LÍRICA NA RDA 161

Os líricos ocupados com natureza, mito e lembrança cultural tiveram, por sua vez, dificuldade para serem ouvidos. Ao lado de Peter Huchel, a figura mais significativa dos anos de 1950 e do início dos anos 60 é, sem dúvida, Johannes Bobrowski, nascido em Tilsit, um fascinante mágico da palavra, mitopoeta, arquiteto de paisagens melancólicas e de sua efemeridade. É espantoso que um autor – o qual de tal maneira contava com a própria percepção subjetiva e com a atração das regiões orientais por ele cantadas – com o seu volume *Tempo Sarmático*, publicado em 1961, obteve em parte aceitação entusiástica, e não só no Ocidente (onde logo recebeu vários prêmios, entre eles o do grupo 47), mas também no Oriente. No lugar de uma dialética obrigatória do singular e do geral, encontra-se aqui, como no poema seguinte" Narrativa", o diálogo cuidadoso, sutil, dificilmente audível de um eu com uma/um outro; no lugar do progresso coloca Bobrowski o "passo" bem concreto do eu na paisagem – e com isso torna-se modelo para líricos como Wulf Kirsten ou Sarah Kirsch:

Areia clara, rastros,
verde, e a floresta voejante
escuridão, no alto o peixe de aço
anda através das árvores,
para cima dos cumes, eu
dou apenas um passo,
mais um passo.

Kitesh, a cidade,
tem torres
e uma rua,
lá estou eu,

sem olhos eu o contemplo,
eu me dirijo a você
sem ruído,
eu lhe dirijo a palavra
sem voz[6]

Como exemplo especialmente impressionante da vitalidade, mas também do perigo da poesia nos primeiros anos da RDA, deve-se considerar a revista *Sinn und Form*, dirigida pelo próprio lírico Peter Huchel entre 1949 e 1962, portanto, por catorze anos[7]. Walter Jens tinha

6. Johannes Bobrowski. *Sarmatische Zeit/Schatten-land Ströme*, com um posfácio de Horst Bienek. München, Heyne Verlag, 1978, p. 64.
7. V. também o artigo de Uwe Schnoor, Das geheime Journal von der Nation: Sinn und Form' unter der Leitung von Peter Huchel, Ernest Wichner; Herbert Wiesner (eds.). *Literaturentwicklungs-prozesse*: *Die Zensur der Literatur in der DDR*, Frankfurt/M, Suhrkamp Verlag, 1993, p. 50-72.

162   A LITERATURA DA REPÚBLICA DEMOCRÁTICA ALEMÃ

cunhado em 1963 a expressão "jornal secreto da nação"[8]. Quando a escrita de lírica na RDA tinha na maioria das vezes o caráter de um ato de balança entre censura e autocensura, exigência subjetiva e obediência política, justamente ainda possível e já muito arriscante – Richard Pietrass deu a essa situação extenuante o nome "roleta lírica"[9] – a revista *Sinn und Form* apresenta, já nos anos de 1950, tensões dessa espécie de modo exemplar. As tensões assim se mostram na composição da redação da revista: Johannes R. Becher, lírico e ministro da Cultura da RDA, e Paul Wiegler eram os editores, o redator chefe responsável era Peter Huchel. Huchel pôde, apesar de enormes dificuldades com os editores e o partido, fazer a "sua" revista; ele conseguiu convidar autores internacionais de alto nível e, assim, abrir o diálogo entre Oriente e Ocidente na literatura – numa época em que a Guerra Fria havia realmente começado. Que a revista representava para a mídia ocidental, informa um artigo do *Deutsche Volkszeitung* (Düsseldorf) de 25 de fevereiro de 1955, segundo o qual em *Sinn und Form*, a "unidade da literatura alemã" se tornou "um fato preto no branco". Que Peter Huchel, um intelectual próximo do socialismo, mas do ponto de vista estético mais livre e admirador da lírica internacional, tenha podido manter a revista tantos anos, poder-se-á atribuir à sua grande sensibilidade pelo que era possível fazer naquela época na RDA, justamente o que era razoável: sua capacidade até de atravessar fronteiras aqui e ali, sem ser intimado por isso de forma massiva. Apesar de toda a diplomacia, Huchel não pôde impedir que a crítica da direção do partido, há muito existente em relação à sua página literária, se aguçasse em 1957 em crítica de princípio, e que no início dos anos de 1960 – quando a mídia ocidental chamava a atenção mais provocativamente para a diferença fundamental entre *Sinn und Form* e a política cultural oficial da RDA – levasse à sua demissão – e em conseqüência, a um isolamento de anos. O último número de *Sinn und Form*, dirigido por Huchel e indicado pelo PSUA (1962), encerra ao lado de textos de Jean Paul Sartre, Hans Mayer, Werner Krauss, Ernst Fischer, Jewgenij Jewtuschenko, Günter Eich e Paul Celan, também o seguinte poema do redator chefe, que há muito faz parte dos clássicos da nova lírica alemã[10]:

O Jardim de Teofrasto

A meu filho

Quando ao meio dia o fogo branco
Dos versos dança sobre as urnas,

---

8. Walter Jens, Wo die Dunkelheit endet: Zu den Gedichten von Peter Huchel, *Die Zeit*, 6.12.1963.

9. Richard Pietrass, Lyrische Roulette: Zensur als Erfahrung, E. Wichner/ H. Wiesner, op. cit., p. 178-198.

10. Peter Huchel, *Ausgewählte Gedichte*, seleção e posfácio de Peter Wapnewski. Frankfurt/M, Suhrkamp Verlag, 1973, p. 82.

Pense, meu filho. Pense naqueles
Que outrora plantaram conversas como árvores.
Morto é o jardim, minha respiração torna-se
mais pesada,
Guarde a hora, aqui andou Teofrasto,
Para adubar o solo com casca de carvalho,
Para ligar a casca ferida com entrecasca.
Uma oliveira divide as ruínas cansadas
E ainda há voz no pó quente.
Eles ordenaram arrancar a raiz.
Tua luz baixa, folhagem indefesa.

ESCOLA SAXÔNIA DE POETAS: OS ANOS SESSENTA

A partir de meados dos anos de 1960 pode-se observar na lírica da RDA uma atmosfera de advento. Forma-se um feixe criativo de energias, até então fendido nas tendências desligadas, que corriam paralelas, da poesia histórico-dialética e da natureza mágica. O novo nessa lírica consiste em uma consciência lingüística e própria mais marcada, mas principalmente também porque ela trabalha com uma outra compreensão de dialética e não se contenta mais com a versão oficial histórico-materialista.

Escrever de forma dialética significava, a partir de então, não apenas copiar a progressão histórica em direção à sociedade sem classes, ou festejar a utopia como já realizada. Tratava-se, de forma muito mais concreta, de certificar-se daqueles processos dialéticos que aconteciam entre o singular e o geral, o sujeito e o meio ambiente, o indivíduo e a sociedade. Na medida em que os líricos dessa nova geração retiravam-se por trás da perspectiva histórico-abstrata e refletiam sobre as muitas possibilidades de sua linguagem, a experiência subjetiva, que até então era privilégio principalmente dos mágicos da natureza, surgia de uma nova forma político-sutil à visão.

Já Adorno tinha aludido a isso em seu *Discurso sobre Lírica e Sociedade*: "O auto-esquecimento do sujeito, que se entrega à língua como a um objetivo, e a espontaneidade e o involuntário de sua expressão são o mesmo: assim a linguagem serve de medianeiro para a lírica e a sociedade no íntimo"[11]. Isso não quer dizer que os novos líricos se retiraram da realidade histórico-política e se voltaram para a interioridade e subjetividade, mas que tomaram a subjetividade como ponto de partida para, através da linguagem, encontrar seu caminho para a sociedade, suas reivindicações e desilusões. Tratava-se do "eu" criativo como base óbvia para experiências lingüísticas e inovações,

11. Theodor W. Adorno, Rede über Lyrik und Gesellschaft, *Noten zur Literatur*. Frankfurt/M, Suhrkamp Verlag, 1981, p. 73-104.

164   A LITERATURA DA REPÚBLICA DEMOCRÁTICA ALEMÃ

como base também para uma nova determinação da relação para com a sociedade, para com "nós". Na medida em que os jovens líricos questionavam o modelo dialético existente de antagonismo de classes e de sua anulação no Estado livre "dos trabalhadores e camponeses", no que diz respeito às relações concretas entre indivíduo e coletivo, as experiências diárias, as pessoas, tornaram-se pedra-de-toque para a "situação das coisas", o "progresso" real na sociedade socialista.

Um indício externo para essas mudanças foi, ao mesmo tempo, *ex negativo*, o mal-afamado 11. Pleno do Comitê Central do PSUA de 1965, no qual a direção do partido deixou inequivocamente claro a artistas como Wolf Biermann, Stefan Heym, Peter Hacks e Heiner Müller que eles, ao invés de espalhar ceticismo burguês ou niilismo, deviam contribuir de forma construtiva e sem limites para a construção do socialismo. Essa "política cultural de ferro"[12], que a inúmeros artistas não só tornou a vida difícil, mas também os levou à margem da ruína psíquica e física, despertou decisiva oposição. Justamente a decisiva recusa do Pleno, no que tange à "livre expressão da opinião", levou ao aparecimento de textos, os quais permaneceram em sua subjetividade e obstinação.

Assim se lê no poema de Wolfgang Hilbig, "Vocês me Construíram uma Casa", do mesmo ano: "vocês me abriram um caminho/ eu me movo/ através do matagal ao lado do caminho"[13]. O primeiro volume de Volker Braun, *Provocação para Mim*, também publicado em 1965, já trouxe o tão ameaçado "eu" demonstrativamente no título, e no poema "Jazz" pôde se ler os versos espantosamente claros: "Esta é a música do futuro: cada um é um criador!/ Você tem o direito de ser você, e eu sou eu"[14]. Mas havia, além dessa invectiva político-partidária, indícios positivos para uma mudança na paisagem lírica alemã oriental. Um deles foi a publicação da antologia, por Adolf Endler e Karl Mickel, *Neste País Melhor* (1966), na qual chama a atenção a tendência ao poema mais extenso, mais complexo e a coragem a textos difíceis. Um outro indício foi a discussão poetológica extensa que, iniciada no verão de 1966 na revista *FDJ Forum*, teve continuação em outros jornais e revistas como a *Neue Deutsche Literatur*: ao todo, um dos mais importantes confrontos sobre poesia na RDA, comparável à discussão sobre o "poema longo e curto" que teve lugar, mais ou me-

---

12. Ver também Harald Hartung, Die ästhetische uns soziale Kritik der Lyrik, em Hans-Jürgen Schmitt (ed.). *Die Literatur der DDR* (*Hansers Sozialgeschichte der deutschen Literatur von 16. Jahrhundert bis zur Gegenwart*, v. 11), München-Wien, Hanser Verlag, 1983, p. 261-303, especialmente 264-272. Joachim-Rüdiger Groth, Widersprüche: Literatur und Politik in der DDR 1949-1989. *Contextos-obras-documentos. 2*, Tiragem sem mudança. Frankfurt/M, Suhrkamp Verlag, 1996, p. 84.

13. Wolfgang Hilbig, *Abwesenheit. Gedichten*, Frankfurt/M, Suhrkamp Verlag, 1979, p. 8.

14. Volker Braun, *Gedichte*, Suhrkamp Verlag, Frankfurt/M, 1979, p. 12.

DA DIALÉTICA AO DIÁLOGO: ESTAÇÕES DA LÍRICA NA RDA

nos no mesmo tempo, na revista *Akzente*[15]. Os 26 versos de um único poema, "O Lago", de Karl Mickel, foram sempre objeto de polêmica, contradição, defesa e interpretação. O texto, rico em metáforas de um eu lírico, o qual, "no rastro de Tamerlão", bebe um lago transformado em caveira e, assim, bem no sentido do conceito marxista de trabalho, apropria-se da natureza, foi uma provocação, porque ele não representa a dialética como "veículo de sínteses pré-existentes", mas quer tornar um processo elementar sensível, executável. A nova definição estética de dialética mostrou-se, talvez de modo exemplar, nos trabalhos daquele grupo de poetas que Adolf Endler cedo designou de Escola Saxônia de Poetas. Gerrit-Jan Berendse dedicou a essa escola toda uma monografia[16]. Exemplar parece nesse agrupamento, ao qual até hoje excelentes poetas como Sarah Kirsch, Volker Braun, Karl Mickel, Elke Erb, Wulf Kirsten, Heinz Czechowski e o próprio Adolf Endler pertenceram, é que eles reinterpretaram o conceito de dialética. Pode-se dizer que eles o reescreveram e o ampliaram, como Berendse acentua, em direção à dialogicidade. Certamente deveria a tentativa de Berendse estar convencida de coordenar os textos surgidos nesse círculo de poetas ao conceito de dialogicidade de Mikhail Bakhtin: pois nos textos trata-se pouco ou muito limitadamente de uma polifonia poética de diferentes vozes, socioletos, gêneros ou linguagens. Mas sua tentativa de descobrir um princípio dialógico vale a pena, contanto que se entenda como diálogo uma comunicação interpessoal ou intertextual. Nesse sentido, pode-se observar, segundo Berendse, pelo menos três diferentes formas dialógicas nos poetas nomeados: em primeiro lugar, uma "dialogicidade sociológica" (reunião amiga, companheira dos poetas, grupos de trabalho e seminários), em segundo, uma "dialogicidade cênica" (alusões a amigos e colegas nos textos, biografismos; afinidades e diferenças entre os diferentes líricos são abertamente postas à mostra), e em terceiro, uma "dialogicidade literária de texto para texto (intertextualidade)[17]. Acresce o que Berendse não torna tão explícito, uma "dialogicidade críptica", ou seja, a comunicação irônica, diplomática, latente nos textos com a "monossemia" – afirmação do partido. Isso quer dizer que se comunicava nos poemas indiretamente com o poder, punha em prova sua paciência, ironizava suas metáforas prediletas ou ultrapassava o limite dado em um texto determinado de vontade própria tão evidentemente, que a censura o pegava e eliminava – de forma que o resto do livro estava na maioria das vezes salvo. Assim permaneceu a "nova lírica em contato criativo, durável com o meio lingüístico do cotidiano ou da tradição literária. Entre outros, serviu o conceito de "exatidão", usado por Adolf Endler

15. Ver sobre esta discussão principalmente H. Hartung, op. cit., p. 279-283.
16. Gerrit-Jan Berendse, op. cit.
17. Idem, p. XIV.

166 A LITERATURA DA REPÚBLICA DEMOCRÁTICA ALEMÃ

e Georg Maurer, justamente em meados dos anos de 1960 para se afastar da regulamentação lingüística oficial e ganhar um perfil estético próprio. "Os líricos não se emancipam, na medida em que exigem exclusividade e se isolam, mas partem para a peleja com a monossemia, para, partindo de uma reflexão no e sobre o meio lingüístico dominante, conquistar uma posição própria no meio da "sociedade literária"[18].

A Escola Saxônia de Poetas conseguiu dentro de pouco tempo liquefazer o esquema dado de dialética e liberar seu potencial dialógico. Isso quis dizer primeiramente, de forma concreta, que os poetas deixaram sua existência isolada, descobriram "afinidades eletivas", encontraram-se em determinados lugares, discutiram e trocaram pensamentos e leituras. Além das correspondências pessoais entre os autores, surgiram textos. Pode-se lembrar do culto da amizade no final do século XVIII, de autores como Friedrich G. Klopstock ou Ewald von Kleist com seus poemas de retratos e dedicação, bem como seu uso de iniciais. Surgiu a idéia de um "texto comum", de um "trabalho coletivo" poético, às vezes também conspirativo, ao qual não só pertencia citar os amigos pelo nome em poemas ou aludir a textos deles, mas também na escolha de temas, consciência de forma e reescritura de determinada literatura estrangeira, de, enfim, referir-se mutuamente[19]. Em Sarah Kirsch, essa escrita "correspondente" soa, por exemplo, assim:

> Eu sento no castelo. Edi e Elke
> Em seu moinho. À noite
> Temos, ela e também eu,
> Essa borboleta perdida
> De cor e desenho raros
> Em nossas salas. Eu estou deitada
> Em um sofá Biedermeier, Edi
> Certamente numa cama de campanha, os velhos poetas
> Folheando e examinando. E Elke
> [...] aí ela pensa
> Em mim aqui nesse
> Castelo do povo onde particulares
> Agouram desgosto a mim gritando[20]

No mais tardar desde seu volume de poesia *Provocação para Mim,* de 1965, Volker Braun é considerado uma das figuras mais significativas da Escola Saxônia de Poetas. Esse livro é orientador para muitos jovens e nele encontram-se não só versos que exprimem o desejo de partida, como também poemas segundo modelo de Maiakóvski. No

18. Idem, p. 29 s.
19. Idem, p. 94.
20. Sarah Kirsch, *Rückenwind. Gedichte.* Adoff Endler e Elke Erb (eds.), Ebenhausen: Langewiesche-Brandt, 1977, p. 18-29 (do "Wiepersdorfer Zyklus").

DA DIALÉTICA AO DIÁLOGO: ESTAÇÕES DA LÍRICA NA RDA   167

seguinte poema, por exemplo, é aludida a diferença para com o deseja-do modo de escrever oficial e, também, transformando em uma oferta de comunicação aos colegas "camaradas":

Camaradas! Nós nos chamamos: poetas
porque nós cantamos o positivo
A funcionária do correio, arrastando o honorário,
não saúda mais amigavelmente
As moças nos amam e não nos elogiam
Os amigos nos elogiam, mas não nos amam
A gente nos nega o honorário do coração[21].

O "honorário do coração" foi, porém, pago nos anos seguintes entre os amigos com freqüência e prazer em moeda poética. Vejamos apenas um exemplo pregnante[22]. No "Soneto para Leising" – Richard Leising também fazia parte do círculo – o autor Kurt Bartsch tece uma rede de diferentes ligações transversais. Lê-se lá entre outros: "O poe-ta Leising admirado por todos nós/ encontra-se entre nós e é por nós todos admirado/ Mickel escreveu um soneto, de 16 linhas, pleno de elogios Braun,/ um hino, Hölderlin também um hino". Bartsch ironiza o entusiasmo dialógico dos colegas, refere-se aí a um soneto de Mickel e a um hino de Braun, no qual Braun assume a forma do hino de Hölderlin. Que também o clássico Friedrich Hölderlin é aceito na série dos "amigos" não é sem dúvida um acaso: Hölderlin representava para o círculo de poetas um papel importante como modelo, o mesmo que Klopstock, e entre os modelos mais novos contava naturalmente Brecht, mas também Johannes Bobrowski, que morreu cedo.

Mesmo quando a Escola Saxônia de Poetas ocasionalmente pôde cair na "zona de perigo" do epigonal, manteve aqui e ali muito no que diz respeito a mimetismo e repetição (de temas e motivos): a medida de solidariedade, trabalho conjunto, referência mútua no que tange ao lírico e aos ideais permanece até hoje impressionante e única na lírica alemã-alemã do pós-guerra. Não parece, portanto, um acaso que os membros mais importantes desse círculo até hoje consideram normativo o que se chama de "lírica da RDA". Essa solidariedade poética não seria certamente pensável sem a sombra do poder, que jazia sobre as atividades e desafiava a um confronto constante e necessário com a "linguagem *encrática*" monossêmica, como Roland Barthes chamou o idioma do poder. Assim cresceram, também no final dos anos de 1960, as oposições políticas contra esse agrupamento de poetas, a olhos vistos imprevisível, aberto para diferentes lados, não fixados em determina-dos modelos ou padrão de pensamento. Aos funcionários da política

21. Volker Braun, *Provokation für mich. Gedichte*, Halle, Mitteldeutscher Verlag, 1965, p. 70.
22. Documentado por G.-J. Berendse, op. cit., p. 76 s.

168 A LITERATURA DA REPÚBLICA DEMOCRÁTICA ALEMÃ

cultural da RDA, a abertura da dialética histórico-materialista em direção ao diálogo devia parecer suspeita, principalmente quando – como no poema "Feijões Pretos" de Sarah Kirsch, publicado pela primeira vez em 1968 na antologia *Estação para Lírica* – da dialética só permaneceu o paradoxo, faltando a síntese libertadora, redentora:

> À tarde pego um livro na mão
> à tarde largo o livro da mão
> à tarde ocorre-me que há guerra
> à tarde esqueço toda e qualquer guerra
> à tarde môo café
> à tarde coloco no café moído
> para trás junto belos
> feijões pretos
> à tarde dispo-me de mim
> canto estou calada[23]

Em um poema como esse, a crença no progresso não era a melhor parte da Alemanha, mesmo com a melhor boa vontade reconhecível: ao invés de progressão encontra-se a retirada de qualquer ação que pudesse trazer uma mudança, uma espécie de balanço parado.

O poema foi, o que não chega a espantar, fortemente criticado em 1969, no VI Congresso de Escritores, por ser revisionista, e representar uma "posição da burguesia tardia de inutilidade e de qualquer começo"[24]. À autora foi exigido tirar as primeiras quatro linhas para publicação na edição do livro Zaubersprüche, 1973 (Fórmulas Mágicas) – o que ela também fez. Para a Escola Saxônia de Poetas começou então um tempo difícil, que levou à emigração obrigatória de alguns de seus membros, e finalmente à destruição do círculo.

LIMITES DA TOLERÂNCIA: OS ANOS SETENTA

No início dos anos de 1970 parecia primeiro que os escritores na RDA poderiam se sentir mais seguros do que nunca antes. Com Erich Honecker como presidente do Conselho Estatal, Walter Ulbricht recebeu em 1971 um sucessor que, por um lado, se apoiava mais fortemente na União Soviética, mas, por outro, na marcha da descontração com o Ocidente, e, principalmente com a RFA, também os artistas puderam fazer avanços. Mesmo quando a "censura" estatal – na qual nunca se falava oficialmente e nem podia – tornou-se mais generosa e as pressões contra os poetas diminuíram, o aparato estatal persistiu na obediência ideológica dos artistas, em seu "ponto de vista firmemente socialista"

---

23. Jochim Schreck (ed.), *Saison Für Lyrik. Neue Gedichte von siebzehn Autoren.* Berlin/DDR e Weimar, Aufbau Verlag, 1968, p. 130.

24. G.-J. Berendse, op. cit., p. 194.

DA DIALÉTICA AO DIÁLOGO: ESTAÇÕES DA LÍRICA NA RDA   169

e recusava toda aproximação à modernidade burguesa-capitalista[25]. É certo que na primeira metade dos anos de 1970 uma série de volumes de lírica foram publicados, como por exemplo *Contra o Mundo Simétrico* (1974) de Volker Braun, *Ovelhas e Estrelas* de Adolf Endler, *O Grão de Areia* (ambos de 1974). Mas de forma alguma, da perspectiva da política cultural, tudo o que os líricos da RDA punham no papel era apropriado também para uma publicação na RDA. Assim, os livros *Para os Meus Camaradas* (de Wolf Biermann), *Dias Contados* (de Peter Huchel), *Volume do Som da Sala* (de Reiner Kunze; todos de 1972), *Tempo de Ferro* (de Karl Mickel, 1976) e *Vento nas Costas* (de Sarah Kirsch, 1976) só puderam encontrar seu caminho para o leitor na República Federal.

A impressão de tolerância, que o partido PSUA adotara por motivos táticos, não pôde ser mantida por muito tempo. Logo a abertura político-cultural do VIII Encontro do Partido, em 1972, provou ser "a dissimulação exterior do velho conceito". Decididamente não se queria saber de "liberalização"[26], conseqüentemente também de uma dialética entendida como dialógico-democrática. Um dos melhores "dialógicos" no sentido desacreditado foi o autor Reiner Kunze.

Antes de Kunze publicar seu livrinho em prosa *Os Anos Maravilhosos* – muito elogiado na RFA, em 1976 em Frankfurt am Main –, ele teve centenas de conversas com aprendizes, alunos, estudantes, trabalhadores e soldados, e, no qual, também por meio de casos exemplares, tematizou o modo de trabalhar do serviço de segurança estatal. Esses diálogos serviram como base empírica para poder analisar as situações reais, as experiências e opiniões das pessoas na RDA e representá-las literariamente num estilo preciso, asquético. Também nos poemas de Kunze encontravam-se diálogos ou explicações solidárias que tinham de ser apreendidos como subversivos: lembranças de escritores tornados malquistos, mortos ou expulsos, como Johannes Bobrowski ou Peter Huchel. Depois da morte de Bobrowski, Reiner Kunze caricaturou os ritos oficiais de luto da seguinte forma:

Em memória de Johannes Bobrowski
Sua foto
nas colunas Morris

Agora
O espólio está
eliminado, o poeta
tranqüilizadoramente morto[27]

25. J.-R. Groth, op. cit., p. 93 s.
26. Idem, p. 105.
27. Reiner Kunze, *Zimmerlautstärke. Gedichte*. Frankfurt/M, Suhrkamp Verlag, 1977, p. 55.

170 A LITERATURA DA REPÚBLICA DEMOCRÁTICA ALEMÃ

Do lado estatal não havia dúvida de que essa e outras posturas poéticas, que Kunze[28] havia posto no papel, dirigiam-se contra a exigência ditada pelo partido e a teoria do realismo socialista, bem como simpatizavam com concepções "reacionárias". Assim decidiram, devido à publicação dos *Anos Maravilhosos*, estabelecer um exemplo: Kunze foi expulso da Associação dos Escritores em outubro de 1976, depois de uma campanha na mídia. Protestos do lado ocidental e uma carta pessoal a Honecker não obtiveram sucesso; ao contrário, as chicanas aumentaram, atingiram um ponto tão elevado que Kunze, em abril de 1977, decidiu deixar a RDA com a sua família.

O segundo exemplo, que a política cultural quis estabelecer, aconteceu um mês mais tarde. Em novembro de 1976, Wolf Biermann, um outro membro da Escola Saxônia de Poetas, durante uma *tournée* na República Federal teve sua cidadania recusada por "procedimento inimigo com relação à República Democrática Alemã". Embora Biermann já há doze anos estivesse proibido de publicar na RDA, muitos o viam como um símbolo de oposição, que "ao mesmo tempo em que seu 'não obstante' passava otimismo"[29]; seus textos impertinentes, provocantes, tinham encontrado divulgação secreta justamente entre os jovens da RDA. Em 1965 foi publicada em Berlim Ocidental *A Harpa de Arame*. Seguiram-se (só) no Ocidente, entre outros, os livros *Com a Língua de Marx* e *Inglês* (1968), bem como em 1972 *Para Meus Camaradas*. Nesse último livro encontra-se, por exemplo, a seguinte "Canção a Hölderlin", na qual se alude a uma formulação do *Hyperion* de F. Hölderlin, "estranhos na própria casa"[30]:

> Nesse país vivemos
> como estranhos na própria casa
> A própria língua, como ela nos
> soa, não a entendemos
> nem entendem o que dizemos
> Os que falam nossa língua [...]
> Apagados estão os fornos da revolução
> antigo fogo cinza jaz os nossos lábios
> mais frio, frios sempre mais frios abatem sobre nós
> sobre nós sobreveio
> uma tal paz!
> tal paz
> tal paz

Mas Biermann não tinha apenas escrito canções mais ou menos abertamente irônicas, críticas do sistema, como essa, ele também tinha,

---

28. Idem, *Deckname "Lyrik". Eine Dokumentation.*
29. J.-R. Groth, op. cit., p. 109 s.
30. Wolf Biermann, *Für meine Genossen: Hetzlieder, Gedichte, Balladen.* Berlin/West, Wagenbach Verlag, 1972, p. 19.

DA DIALÉTICA AO DIÁLOGO: ESTAÇÕES DA LÍRICA NA RDA 171

em sua conhecida "Stasi-Ballade", deixado as atividades do serviço secreto, da assim chamada "Segurança do Estado" da RDA, ao escárnio e troça dos leitores, e com isso ganhou fama de poeta odiado pelo lado oficial. Mas o tiro, com o qual se queria resolver o problema Biermann – a expatriação –, ameaçava sair pela culatra. Pois não só na RFA e no Ocidente houve protestos veementes: Heinrich Böll, por exemplo, falou de "uma das maiores tolices político-culturais"[31]. Pela primeira vez na história da RDA colocou-se uma série de artistas e intelectuais famosos por trás de um poeta caído em desgraça. Em cinco dias o governo recebeu um apelo para retirar a expatriação, assinado por mais de cem nomes. Para agir contra a perda de rosto, o partido tomou a ofensiva. Seguiram-se prisões, ameaças, processos de comissão, demissões. Cada vez mais autores deixaram, em 1977, a RDA – Sarah Kirsch, Reiner Kunze, Hans Joachim Schädlich, Jürgen Fuchs, Christian Kunert e Gerulf Pannach –, uma possibilidade que um ano antes tinha sido assumida por autores como Thomas Brasch, Bernd Jentzsch e Ulrich Schacht. Quando então, devido a uma situação política sempre pior, oito escritores assumiram a iniciativa e, em carta aberta a Erich Honecker, se manifestaram contra a crescente difamação, isolamento e perseguição de colegas como Stefan Heym, deu-se um fato evidente: a Associação dos Escritores e Partido decidiram em tribunal demitir os membros inoportunos Bartsch, Becker, Endler, Loest, Poche, Schlesinger, Schubert e Stade. "O resultado do tribunal foi para o PSUA", segundo Joachim-Rüdiger Groth, "fulminante". A cena literária sangrava ainda mais forte do que antes. Nessa época já tinham deixado ou estavam deixando a RDA, entre outros, Günter Kunert, Jurek Becker, Stefan Schütz, Wolfgang Hinkeldey, Frank-Wolf Matthies, Wolfgang Deinert. Com tendência crescente, a parte mais interessante da cena literária da RDA passava para a República Federal"[32]. É certo que não se deveria enganar sobre o fato de que a maioria dos autores expulsos da RDA permaneceu pessoal e emocionalmente ligada a essa parte do país. Que eles freqüentemente afirmavam querer voltar quando a situação política ficasse menos tensa, e um pouco mais daquele potencial de esperança socialista pudesse se realizar. Desse modo, até 1989, alguns autores ainda se ligavam a "esse melhor país", assim o título de antologia já citada.

No entanto: os anos amargos, entre a expatriação de Wolf Biermann em 1976 e o Encontro da Associação de escritores em maio de 1979, ameaçavam não só toda e qualquer esperança de poder trabalhar na Alemanha Ocidental como, em certa medida, o escritor livre; eles enfraqueceram ou cortaram concretamente também aquela rede de malha

---

31. *Frankfurter Allgemeine Zeitung* de 17.11.1976; citado em Andréas W. Mytze (ed.). über Wolf Biermann. Europäische Ideen, Sonderheft 1., Berlin/West, 1977, p. 19.
32. J.-R., op. cit., p. 133 s.

172 A LITERATURA DA REPÚBLICA DEMOCRÁTICA ALEMÃ

fina de relações pessoais e literárias que manteve por tantos anos a Escola Saxônia de Poetas em tensão produtiva. O risco desse diálogo, tão importante para a vida, para os autores desse grupo, exigia também uma elaboração lírica. Não há nenhum texto que expresse mais intensa e credulamente a ameaça e destruição do círculo que o "O Lago Müggel" de Volker Braun (um poema de 1977, que só em 1990 pôde aparecer na edição da obra). Vale a pena apresentar o texto inteiro:

Mas o mais belo é
A partir das encostas de uvas do lago brilhante
                                        No tempo confuso
Que os amigos rudemente espalhados
De coração a mim, ser um
Com seu país, e

Pensado
Com amigos cheio o navio, eu viajo
Embora no texto, pois o mais velho
Manifestou, em outro ponto.

                    e sobre os bancos Bernd
Rindo baixinho, Reiner, dentadura de chapa de latão
Wolf gritando uma canção impertinente
E nós sentávamos no mesmo barco
Sobre a mesma onda ainda, diante de que margem
É-me igual e seja merda
Seca na Prússia, você viria, alegria

Moderação plena desce sobre nós

Mas eu viajo para lá, para o ponto mais escuro
Da história, que um rosto alegre
Distorce em careta, e a vergonhosa
Bela Natureza presenteada
E Sarah do décimo sétimo andar
Lança-se dobre a muralha, sua canção
Predileta plena de corvos! Corvos!
Negros, sob a água.
Bandeiras inchadas. Mas do barco
Eles caem que o escuro estranho
Aborda, ou com obstinados
Golpes brincam de gangorra no caldo.
Feliz água
E eles vão ao fundo
Do texto alegre neste aqui amargo
Que eu rosno, uma grama
Sem valer o suor.

Nesse complexo texto, espécie de uma síntese poética, são apanhados um grande número daqueles momentos que caracterizaram a Escola Saxônia de Poetas: o diálogo poético de amigos entre si, o chamar

DA DIALÉTICA AO DIÁLOGO: ESTAÇÕES DA LÍRICA NA RDA   173

pelo nome (Wolf = Biermann, Bernd = Jentzsch, Reiner = Kunze, Sarah = Kirsch), a caracterização rápida, freqüentemente apenas com um gesto, a alusão a poemas dos outros e, finalmente, o diálogo intertextual com "O Lago Zürcher" de 1750, de Friedrich Gottlieb Klopstock. Essa referência, por sua vez, chama outra na memória, o tão otimista poema numa referência a Klopstock, "Nós e não Eles", de 1970, em que Volker Braun tinha festejado a RDA como a vencedora revolucionária da história. Em relação a ele, "O Lago Müggel", sete anos mais tarde, precisa parecer como oposto dialético sinistro, como sua contrafatura: os amigos, assim comenta o eu lírico, "eles caem / do texto alegre / neste aqui amargo" (o barco da RDA não os segura mais, eles precisam saltar). O eu lírico, que pode visivelmente manter-se no arco, consegue traduzir o Klopstock otimista em um melancólico, mas não mais levar os amigos para uma margem segura – e assim permanece o "grama", "sem valer o suor"[33].

OS JOVENS SELVAGENS: OS ANOS OITENTA

A política cultural rígida da RDA no final dos anos de 1970 desmontou mais do que os detentores do poder queriam perceber. Não se tratava apenas de que alguns críticos do sistema ou dissidentes tornados malquistos eram acuados e convidados a deixar o país. Todas essas ações restritivas, das quais o caso Biermann/Kunze foi só a ponta do iceberg, originaram, primeiro discretamente, uma mudança radical na paisagem literária e especialmente também na autoconsciência do escritor.

Nas primeiras décadas da "nova Alemanha", os escritores eram, principalmente os líricos com sua obra – com toda a diferença da linguagem do Partido e da RDA realmente existente –, válidos como uma espécie de instituição moral; eles se entendiam como protetores da utopia, como "poetas em serviço"[34], que ao poder político reclamavam aquelas promessas do espírito de um humanismo marxista, as quais fingiam realizar e nunca realizavam[35].

Esse consenso que à maioria dos autores, ao lado da certeza existencial, proporcionava, também, o sentimento de estarem ligados razoavelmente à sociedade, de serem necessários e de ajudarem a construir

33. Volker Braun, *Lustgarten, Preussen. Ausgewählte Gedichte*. Frankfurt/M, Suhrkamp, 2000, p. 63. Sobre a Classificação do poema e seu papel na crise do "Círculo Saxônio de Poetas" v. principalmente Wolfgang Emmerich, *Eine andere deutsche Literatur*: Aufsätze zur literatur aus der DDR. Opladen, 1994, pp. 208-212.

34. Günther Deicke, Die jungen Autoren der Vierziger Jahre, *Sinn und Form 39* 1987, H. 3, Berlin, Rütten & Loening, 1987, p. 644.

35. W. Emmerich, op. cit., p. 169.

174 A LITERATURA DA REPÚBLICA DEMOCRÁTICA ALEMÃ

o socialismo como artistas, enfraqueceu nos anos de 1970 e rapidamente desapareceu nos anos 80. No mais tardar desde a publicação da antologia *Contato é Apenas Manifestação à Margem*, em 1984, jovens líricos como Uwe Kolbe, Sascha Anderson, Rainer Schedlinski e Bert Papenfuss-Gorek, que até então só haviam publicado em revistas *Samisdat* (ou seja, em tiragem mínima), agora marcavam claramente a distância em relação à geração mais velha de poetas, como ela era representada na Escola Saxônia. Volker Braun, assim se lê na antologia, não tem "mais nada a nos dizer", "Desilusão – assim declara F.-H. Melle – não é nenhum tema: Eu já me criei em uma sociedade frustrante"[36]. A co-editora Elke Erb fala, em seu prefácio, programaticamente de uma "nova autoconsciência", que é a "conseqüência da saída de um sistema autoritário", "da demissão da tutela de um sentido superior"[37]. O que de fato se pode observar nos textos dos "jovens selvagens", como Wolfgang Emmerich os chama[38], é uma criativa amplidão e radicalização do conceito de dialogicidade, que tinha sido normativo na Escola Saxônia de Poetas. Se a dialogicidade lá ainda tinha se limitado a referências interpessoais e intertextuais numa linguagem meio mimética, ela se lançou, no caso dos "jovens selvagens", quase no sentido de Bakhtin, sobre textos e mesmo sobre a forma do texto. Finalmente ousava-se apropriar-se da herança da vanguarda "burguesa" sem receio de incorreção política e trabalhar com ela independentemente. Com a renúncia ao realismo e ao classicismo (marxista) realizou-se uma aproximação de técnicas surrealistas de imagem, montagem de material textual heterogêneo, fragmentação, quebra de sentenças e palavras, uma predileção pelo plural, polifônico e labiríntico, o que subtraiu os textos já pela forma de linguagem de todo acesso monossêmico. O guia para essa mudança de estilo foi o simbolismo, o expressionismo, o dadaísmo, Walt Whitman e a poesia concreta do Ocidente, mas também a idéia da linguagem "desautomatizada" da poesia, representada no formalismo russo. Já no volume *Lua Alta*, de Jürgen Rennert, essa tendência tinha sido indicada, quando se diz: "Eu falo muitas línguas em minha,/ isso faz com que eu seja o que eu fui, o que serei,/ poderia ser, não fui e não serei, não sou"[39]. Ou no poema de Sascha Anderson, que utiliza o modo de trabalho da poesia concreta, como o *enjambement* de palavras ou a polissemia combinatória: "que línguas fa/la você/ além

36. Sascha Anderson; Elke Erb (eds.), *Berührung ist nur eine Randerscheinung*: Neue Literatur aus der DDR, Köln, Kiepenheuer & Witsch, 1985, p. 151.

37. Elke Erb, Prefácio, idem, Ibidem, p. 15. Ver, também, sobre a jovem lírica na RDA: Anneli Hartmann. Schreiben in der Tradition der Avantgard: neue Lyrik in der DDR, em Christine Cosentino;Wolfgang Ertl; Gerd Labroisse (eds.), *DDR-Lyrik im Kontext*. Amsterdam, Rodopi, 1988, p. 1-38.

38. W. Emmerich, op. cit., p. 171.

39. Jürgen Rennert, *Hoher Mond. Gedichte*, Berlin/DDR, Union Verlag, 1983, p. 10.

DA DIALÉTICA AO DIÁLOGO: ESTAÇÕES DA LÍRICA NA RDA

da que/ você domi/na/ pois eles falam com vo/cê/ & seu ouvido é um aberto guar/da-vento"[40]. Bert Papenfuss-Gorek maneja – estimulado por Chlebnikov, não por Ernst Jandl – soberanamente o material lingüístico livre de todo o regulamento oficial, e faz esquecer totalmente a tradição da poesia didática:

buscando de longe testemunho
vagueando a seguir conversas contestando tédio desperdiçando em depósitos conscientes resolvem
carcaças movem sobre nenhuma pele de vaca
mistura quase sexual de toda a montanha prenzlauer
sobre o fundamento do heterismo herético mais
saudade alternativa, diga-se: chicagoização
dos órgãos internos que nos instruem [...][41]

A nota "Prenzlauer Berg" tinha caráter de sinal para a nova geração de poetas: os "jovens selvagens" tinham esboçado para si, nos sótãos e porões de bairros saneados da metrópole, um império próprio de formas de vida alternativas e de produtividade artística, que lhes tornou fácil, bem antes da "virada" de outono de 1989, desligarem-se do sistema onipresente de prêmios e castigos. É claro que isso não dava sempre certo, e muitos deixaram o país – como Sascha e Uwe Kolbe[42]. Que o novo prazer em brincar com a língua também se liga com o prazer na anarquia e na carnavalização – inteiramente no sentido de Bakhtin –, bem como com a troça dos outrora "pregadores" ideológicos; o poema de Uwe Kolbe exemplifica de forma impressionante: "Uma saudação" (do volume *Bornholm II* de 1986), no qual o "Deus Vindouro" de Hölderlin, Dioniso, experimenta uma surpreendente ressurreição:

Nos trens vem, nas ruas galopa, sobre a vinha
Voa, através dos rios lamacentos arroja, sobre igrejas e
Torres de catedrais caminha a divindade pagã,
A irmã de um Deus, o irmão de um Deus.
Nós deveríamos apagar os fogos.
Nós deveríamos cantar nas montanhas.
Nós deveríamos nos permitir esse prazer infernal,
Oferecer as máscaras mesquinhas às

Repartições, lançá-las diante das repartições em todas
As cidades e lugares.

40. O poema "Kavarna November" encontra-se no volume: Sascha Anderson; Ralf Kerbach, *Totenreklame: Eine Reise. Texte und Zeichnungen*. Berlin/West, Rotbuch Verlag, 1983, p. 85-89.
41. Bert Papenfuss-Gorek, *Dreizehntanz. Gedichte*, Frankfurt/M, Luchterhand, 1989, p. 153.
42. W. Emmerich, op. cit., p. 170.

176   A LITERATURA DA REPÚBLICA DEMOCRÁTICA ALEMÃ

Nós deveríamos reaprender aquela língua, que antes
Das gazetas e das mentiras da câmera existia,
Segurava a barriga e ria.
Eu sou apenas um dos emissários.
Venham, vamos blasfemar contra os pregadores da água.
Nós morremos de rir deles[43].

O poeta que mais se destacou na época da agonia da RDA é, porém, o lírico Durs Grünbein, que nasceu em Dresden em 1962. Hoje se
pode argumentar que ele já não é mais um "lírico da RDA", que só na
República Federal ele se desenvolveu como uma das mais importantes
e mais citadas figuras da cena lírica de toda a Alemanha, chegando a
receber o prêmio Büchner de 1995. Nisso pode haver um grãozinho de
verdade, mas não muito mais: é verdade que Grünbein teve um sucesso
sem exemplos com seus livros publicados desde 1989 no Ocidente,
nos quais ele trabalhou de forma crescente com motivos clássicos,
metros e esquemas de rima, transformando-se num intelectual do for-
mato e da envergadura de um Hans Magnus Enzensberger, o qual hoje,
ainda jovem em anos, é apostrofado como "clássico" moderno. Mas
não se deve esquecer que os primeiros impulsos de sua escrita se devem à época de crise e ao fim da RDA, e que os primeiros volumes de
poesia publicados no Ocidente (*Zona Cinzenta pela Manhã*, 1988, e
Lição da Base de Crânio, 1991), como de costume demonstram uma
energia experimental, um vigor, que não podem ser substituídos ou
reprimidos pela obra tardia. Como exemplo expressivo da primeira
fase lírica de Grünbein sejam aqui citados alguns grupos de versos da
Zona Cinzenta pela Manhã, que permitem perceber, como através de
lente, três décadas de história da RDA, e então dirigem o olhar para
uma espera, plena de imagens do estrangeiro e da partida:

NESTA MANHÃ CHEGARAM os anos 80
        Ao fim com esses restos dos
        70, que como os
        60 pareciam: racionais e selvagens

        >3 décadas com uma esperança em of...<

Pegue um negativo (e esqueça): essas
        Filas de espera cruzando-se em
        Pontos de ônibus, os engarrafamentos no
                Trânsito do trabalho, total

        congelados gestos no quiosque de jornais, as
        faltas de compreensão (>O senhor está ferido?<)
        (>O senhor conhece DANTE?<). Você via como eles

43. Uwe Kolbe, *Bornholm II*, Frankfurt/M, Suhrkamp Verlag, 1987, p. 77.

DA DIALÉTICA AO DIÁLOGO: ESTAÇÕES DA LÍRICA NA RDA 177

esperavam, muitos do brilho de seu exílio
Solitários. O ar (antes invulnerável)

estava cheio de cenas dos
filmes de Chaplin, um
turbilhão de pigmentos cinza diante [...][44]

A VIRADA: 1989

Sobre o "tempo da virada" literária não se refletiu nem se publicou muito nos quinze anos passados na Alemanha. Também se sabe que houve inúmeras denúncias, insultos, ajustes de contas pessoais, sim, uma verdadeira "briga literária" alemã-alemã. O lado escuro da existência de muitos líricos da RDA não pôde mais ser escondido. Falava-se, com uma freqüência cada vez maior, em cooperação com a Stasi, também no contexto de autores, dos quais se esperava tudo menos serviço de denunciante[45].

No que diz respeito às reações líricas em relação à virada, pode-se ler a respeito desse diálogo alemão-alemão no livro valioso *De um País e de Outro: Poemas sobre a Virada Alemã*[46]. Nos poemas escritos por autores da RDA encontram-se esperança, curiosidade, mas também lembranças do que foi, desilusão, ironia amarga e frustração – com a nova Alemanha "real existente", na qual, como logo era de se esperar, não se pôde salvar para lá nada das esperanças de outrora por uma sociedade socialmente mais correta. O que significa, de repente, ser lírico de uma Alemanha unida sob o signo da liberdade capitalista ocidental? O papel do público de substituição, do educador secreto da nação, do conselheiro e terapeuta intelectual, que tinha de se balançar entre ideal e realidade, desapareceu a partir de então. Desapareceu também aquela grande atenção pública, que se gozava como poeta na RDA (também da parte da leitura dos censores!), sem falar na segurança financeira dos "poetas em trabalho". Agora precisava-se entrar numa luta de concorrência dura, na qual (quase) só vigoravam as leis do mercado – e na qual a lírica ocupava o nível mais baixo da escala literária do ganha-pão. Não por fim faltavam também a oposição, o desafio, o escrever contra algo, o ter de codificar uma mensagem. Essa

---

44. Durs Grünbein, *Grauzone morgens*, Frankfurt/M, Suhrkamp Verlag, 1988, p. 16.
45. Sobre essas discussões ver: Karl Deiritz; Hannes Klaus (eds.), *Der deutsch-deutsche Literatur-Streit oder "Freunde, es spricht sich schlecht mit gebundener Zunge". Analysen und Materialien*. Hamburg-Zürich, Luchterhand, 1991, Thomas Anz (ed.). *Es geht nicht um Christa Wolf: Der Literaturstreit im vereinten Deutschland*. München, Edition Spangenberg, 1991.
46. Karl Otto Conrado (ed.), *Von einem Land und vom audern. Gedichte zur deutschen Wende, 1989/1900*, Frankfurt/M, Suhrkamp Verlag, 1993.

178 A LITERATURA DA REPÚBLICA DEMOCRÁTICA ALEMÃ

oposição faltante já tinha dado o que fazer a poetas emigrados em épocas anteriores, como Reiner Kunze – freqüentemente em forma de uma crise escrita.

A expressão talvez mais coerente desse banho de mudança dos sentimentos, ao qual muitos autores se viram entregues, encontra-se no poema "A Propriedade". Ele vem da pena daquele Volker Braun, que, como nenhum segundo autor, acompanhou competentemente as diferentes etapas da história da lírica da RDA:

> Aí estou eu ainda: meu país vai para o oeste
> GUERRA ÀS CHOUPANAS PAZ AOS PALÁCIOS.
> Eu mesmo lhe dei o chute.
> Ele avilta a si e a sua magra honra.
> Ao inverno segue o verão da cobiça.
> E eu posso ficar onde a pimenta cresce.
> É incompreensível torna-se o meu texto.
> O que nunca possuí é-me ainda arrancado.
> O que não vivi sentirei sempre a falta.
> A esperança jazia no caminho como uma cilada.
> Minha propriedade, agora a tendes em garra.
> Quando direi novamente eu e direi todos.

Quando a esperança (pela grande síntese utópica) era uma "cilada", então nada fica à dialética histórico-materialista, outrora incômoda com tanta freqüência, a não ser se consolar com a paradoxia, com a contradição não resolvida (O que nunca possuí é-me ainda arrancado), correndo o risco de que ele se torne "incompreensível". O eu lírico confessa ter ele mesmo contribuído para o que agora está acontecendo e, pelo menos em parte, precisa lastimar. "Propriedade", neste sentido, não é apenas anotação para uma "apropriação" capitalista, mas para a perda de um lar, que, como Ernst Bloch uma vez formulou, ainda "nunca houve". A esse "eu", que encerra "todos", Volker Braun[47] não liga mais nenhuma esperança, mas uma questão – como de costume aberta.

---

47. V. Braun, Das Eigentum, op. cit., p. 141.

12. Textos após 1989 na Alemanha Oriental. Sobre Rupturas, Tensões e Continuidade

*Ilse Nagelschmidt**

RUPTURAS – ESCOMBROS – PERDAS DE UTOPIA

> *E não são desde sempre homens – que não querem ou não conseguem viver com a perda de sentido que sentem –, autores de grandes mudanças?*[1]

Gostaria de introduzir este capítulo com três impressões de leitura, a fim de remeter à situação ainda tensa entre a Alemanha Oriental e a Alemanha Ocidental no final do último século. Um artigo no *Süddeutsche Zeitung* no verão de 1999 sobre a antiga rua de desfiles na parte oriental de Berlim, a Karl-Marx-Allee[2], é intitulado "Em Casa entre Estranhos". Heinrich Senfft, autor alemão ocidental e advogado, não consegue descobrir muitos pontos em comum entre Oriente e Ocidente e dá esse título, "A Devastação dos Ocidentais"[3], a seu artigo, no qual ele parte da tese de que quase nada restou da RDA e tanto os danos morais quanto os econômicos seriam grandes. No décimo ano da

---

* Livre-docente da Universidade de Leipzig. Tradução de Ruth Röhl.

1. Christa Wolf, *Hierzulande Andernorts. Erzählungen und andere Texte 1994-1998*, München, Luchterhand, 1999, p. 219.

2. Steffi Kämmerer, Zuhause unter Fremden. Einst Paradestrasse, dann vom Klassenfeind gerkauft. Die Karl-Marx-Allee wartet auf den Aufbruch, *Süddeutsche Zeitung* de 17/18.07.1999.

3. Heinrich Senfft, Die Wüstenei der Westler, *Süddeutsche Zeitung*, de 14/15.08.1999.

180 A LITERATURA DA REPÚBLICA DEMOCRÁTICA ALEMÃ

lembrança das demonstrações pacíficas em Leipzig, Berlim e outras cidades, aparece um livro que dificilmente pode estar em concordância com todos aqueles que nos dias de outono foram para as ruas com os gritos "Nós somos o povo". Gabriela Mendling, que publica sob o pseudônimo de Luise Endlich, esposa de um médico-chefe de Wuppertal (Alemanha Ocidental), chegando agora nos confins do Oriente, em Frankfurt no rio Oder (Alemanha Oriental), escreve sobre impressões de um mundo esquisito, estranho, se não até mesmo hostil, no qual as mulheres preferem pulôveres de lurex, os homens usam calças de treino amassadas e onde – cúmulo da falta de cultura – lasanha é comida com as mãos[4]. Com isso eu me dou por satisfeita.

O foco de minha atenção dirige-se ao modo como autoras e autores da RDA – após 1989 – lidam com as mudanças, como eles refletem sobre conceitos como terra natal e estrangeira, se, e de que forma, eles registram desequilíbrio íntimo e como conseguem novamente encontrar a saída. Neste contexto, o conceito de identidade, e, em especial, o de "balança"[5], empregado por Jessica Benjamin, mostram-se como uma possibilidade de acesso à análise dos textos de escritoras e escritores da Alemanha Oriental.

Muito subjetivas – cobrindo um espaço de tempo de doze anos – são as declarações de autoras e autores orientais, como as que se seguem, determinadas por partida, medo, perdas definitivas, mas também por obstinação e ironia. Para o espectro de esquerda da RDA, os resultados das primeiras eleições livres e secretas em 18 de março de 1990 simbolizaram o fim notório dos acontecimentos do outono do ano de 1989. "O Jogo com as Máscaras", escreve amargurada Helga Königsdorf no início de 1990, agora está no fim. Com "passos desajeitados", continua ela, "cambaleia para a liberdade, mas esta é a liberdade dos outros, pois não tem "nenhum uso para ela". A autora justifica seu luto de outrora a partir de uma imagem ilusória da realidade da reunificação. Da beleza, que ela percebeu no outono de 1989, permaneceu

---

4. Luisa Endlich, *Neuland. Ganz einfache Geschichten*, Berlim 1999. A esse texto, bem como à situação na Alemanha Oriental, o *New York Times* dedicou um ensaio: Roger Cohen, Germanys East and West. Still Hostile States of Mind, *The New York Times International*, 25 de outubro de 1999. O magazine *ZDF Frontal* trouxe em seu material de outubro que a "velha RDA" continuava a viver em Frankfurt an der Oder e que a cidade seria dominada por desempregados e radicais de direita. Contra isso levantou-se um protesto da cidade e um fórum, também do *ZDF*, que possibilitou por fim um diálogo alemão-alemão. O casal Mendling vive e trabalha nesse ínterim em Berlim (Ocidental).

5. Jéssica Benjamin, *Fesseln der Liebe. Psychoanalyse, Feminismus und das Problem der Macht*, Frankfurt a.M. 1990. Este conceito também serve de base para Hannelore Scholz em sua análise na edição *Von Abraham bis Zwerenz. Eine Anthologie als Beitrag zur geistig-kulturellen Einheit in Deutshland*. Hannelore Scholz, Die unheimliche Suche nach der deutschen Identität. Reflexionen über die 'Wende' acht Jahre danach, Hannelore Scholz et. all. (orgs.), *Zeit-Stimmen. Betrachtungen zur Wende-Literatur*, Berlim, Trafo Verlag, 2000, p. 13.

TEXTOS APÓS 1989 NA ALEMANHA ORIENTAL

no ano seguinte apenas a bela aparência falsa. No seu caso foi menos o desconhecimento das circunstâncias do que a sobrestimação do campo de influência pessoal que teve, por conseqüência, esse erro de pensamento[6]. "Seduzidos pelo belo início de nossa revolução, seduzidos pela crença na possibilidade de grandes encenações, queríamos finalmente ser nós mesmos diretores de teatro [...] Mas, ao mesmo tempo, na medida em que misturávamos arte e vida, caímos no espetáculo".

Também Wolf Biermann encontrou metáforas teatrais para esses acontecimentos: "Esta revolução é uma *première* mundial: uma revolução sem revolucionários. Aliás, na Alemanha tivemos sempre o inverso: um monte de revolucionários que nunca realizaram uma única revolução. Sim, é uma peça absurda, e todos os papéis estão distribuídos de modo fantasticamente errado"[7]. Os mais jovens, em contrapartida, como Uwe Kolbe, reconheceram esse erro a tempo. Durante sua estada nos EUA, em Austin (Texas) – com isso Kolbe tinha também uma distância geográfica para com os acontecimentos do outono de 1989 –, ele escreveu, na época, em uma carta aberta à advogada constitucional Bärbel Bohley: "Nós não temos o direito de conservar o domínio minoritário reformando-o, aumentando-o meramente no que diz respeito à nossa participação e assim por diante. [...] Eu penso em um referendo, o próprio povo deve falar em sua totalidade"[8]. Ao mesmo tempo, repetidamente era afirmada a "vivência artificial" desses meses na "língua emancipada", na "fortuna literária do povo". Assim, lê-se no *Ensaio de Berlim*, de Christa Wolf: "A florista na rua Ossietzky, que falava com o padroeiro de sua rua"[9]. Em seu entusiasmo pela capacidade de articulação coletiva liberada, muitas autoras e autores só aos poucos compreenderam que o povo havia se emancipado não só de seu governo, mas também deles, de porta-vozes representativos – "os administradores da língua" – nome dado por Heiner Müller à corporação autoral da RDA. O *front* popular composto pela vanguarda intelectual e pelas massas, que realmente existiu por pouco tempo, espatifou. As autoras e autores da esquerda democrática, com sua saudade do socialismo, agora atrapalhavam aqueles que tinham a unidade

---

6. V. Stefan Schulze, Der fliegende Teppich bietet wenig Raum. Schriftstellerinnen der ehemaligen DDR vor, während und nach der Wende: Brigitte Burmeister, Jayne Ann Igel, Helga Königsdorf, Angela Krauss und Christa Wolf. Biographische, textkritische und literatur-soziologische Diskurse, *Texte*, Universidade de Leipzig, Leipziger Universitätsverlag, 1996.

7. Wolf Biermann, Nur wer sich ändert bleibt sich treu. Der Streit um Christa Wolf, das Ende der DDR, das Elend der Intellektuellen: Das alles ist komisch, *Die Zeit*, 24.08.1990.

8. Uwe Kolbe Offener Brief an Bärbel Bohley v. 08.11.1989, *Oktober 1989. Neues Leben / Temperamente*, Elefanten Press Verlag GmbH, Berlin (West), 1989, p. 198-199.

9. C. Wolf, op. cit., p. 45.

182 A LITERATURA DA REPÚBLICA DEMOCRÁTICA ALEMÃ

alemã – não importa por quais motivos – diante dos olhos. Essa então estilizada revolução, com seu pano de fundo utópico, foi destruída pela população que pensava (mais) pragmaticamente. E assim Helga Königsdorf introduziu seu livro *Adieu RDA* com a seguinte passagem:

> Nós desistimos dele, desse país, que, com suas estruturas erradas, tornou impossível o nosso querer. "Cinza", ele foi chamado. Mas nós, que não sabíamos exatamente como é o mundo, que estávamos doentes de anseio pelo estrangeiro, vivemos nele, quase sem o notarmos, uma vida bastante intensa. [...] O que vai permanecer somos nós, as pessoas deste território. Sem mudar de lugar, vamos para o estrangeiro. Desistência de pátria pode ser uma operação de importância vital. Mas, sempre que o tempo mudar, vamos nos olhar uns aos outros, por muito tempo ainda, e sentir essa dor, essa familiaridade, que ninguém mais entende[10].

Exatamente nessa situação Volker Braun escreve o poema "A Propriedade"[11] – (ver infra cap. XI) publicado pela primeira vez em agosto de 1990 – , no qual ele se movimenta em um sólido campo referencial entre Hölderlin e Büchner. A tensão desse poema, bem como o efeito prolongado, resultam da multiplicidade de citações tanto próprias quanto de material lingüístico-literário já existente.

O primeiro verso remete à obra provavelmente mais conhecida da literatura alemã moderna: o *Fausto* de Goethe, primeira parte. Enquanto no weimariano se lê "Aí estou agora, eu, pobre tolo", Braun faz seu eu lírico ficar no AQUI e AGORA: "Aí estou eu ainda". De um lado está a espera observadora do autor, ao passo que o outro lado sincroniza com os pés, abandona a RDA, a fim de construir uma nova existência no Ocidente. Há muito se perdeu o grito "Nós somos o povo" que partiu de Leipzig, a cidade das demonstrações às segundas-feiras. Queda do muro, consumismo, o presente questionável de cem marcos por pessoa como dinheiro de saudação, bem como olhares indiferenciados ao outro lado da Alemanha conduziram à mudança do grito em "Nós somos um povo". No segundo verso, o famoso dito de Büchner do *Mensageiro Rural de Hessen*, que na RDA toda criança aprendia na escola, é invertido: GUERRA ÀS CHOUPANAS PAZ AOS PALÁCIOS. As coisas estão fora da ordem, o "Ocidente" – na RDA, para muitos, sinônimo de liberdade, dignidade humana, uma outra vida e, ao mesmo tempo, também um código da "linguagem de escravos"[12], contendo tudo o que significava anseio, saudade, abarcando o "outro" – torna-se agora

---

10. Helga Königsdorf, *Adieu DDR. Protokolle eines Abschieds*, Berlim, Rowohlt, 1990, (prefácio).

11. Karl-Otto Conrady (ed.), *Von einem Land und vom andern. Gedichte zur deutschen Wende 1989/1990*, com um ensaio de Karl-Otto Conrady. Frankfurt a.M., Suhrkamp Verlag, 1993, p. 51.

12. V. Hans Mayer, *Der Turm von Babel. Erinnerung an eine Deutsche Demokratische Republik*, Frankfurt a.M., Suhrkamp Verlag, 1991, p. 261.

TEXTOS APÓS 1989 NA ALEMANHA ORIENTAL 183

momento de ameaça. A propriedade do país RDA, individual e coletiva, vê-se ameaçada; os ideais e noções de valor, outrora válidos, são desconstruídos. "Eu mesmo lhe dei o chute", implica tanto a consciência de realizações críticas em seu papel de escritor na RDA, como também a pseudomoral e a pseudovida antes de 1989. As cidadãs e os cidadãos da RDA, criados e marcados ambiguamente, com a tolerância do Estado, viviam em dois mundos: no mundo real da RDA do socialismo e no mundo irreal da televisão ocidental, das lojas virtuais e do catálogo Genex[13]. Esse pensamento é retomado no verso 4: "Ele avilta a si e a sua magra honra". Quase dezesseis milhões de cidadãos da RDA esforçam-se, em sua dança em torno do bezerro de ouro – leia-se marco alemão –, em despir, como uma segunda pele, tudo o que também constituiu a vida na RDA, apesar da liberdade limitada de viajar, danos individuais e segurança pública onipresente. Conquistas da RDA, como o direito ao trabalho, a equiparação da mulher, creches de preços módicos, moradia para todos, possibilidades de formação grátis e o fim do privilégio da educação, não são mais válidas. "Ao inverno" – às demonstrações às segundas-feiras em Leipzig e, principalmente, ao dia 4 de novembro de 1989, o dia da maior manifestação democrática que Berlim Oriental jamais viu, e que se tornou símbolo de mudança e esperança – segue "o verão da cobiça". No dia primeiro de julho de 1990 o marco alemão torna-se a moeda principal em ambos os Estados alemães. Isso se faz acompanhar pela vontade coletiva, na Alemanha Oriental, de comprar apenas produtos ocidentais, levando, com isso, à ruína da indústria da RDA. "E eu posso ficar onde a pimenta cresce" – esta citação deve ser interpretada em sua ambivalência. De um lado como expressão coloquial empregada pejorativamente, de outro como o não-lugar, o qualquer lugar ou nenhum lugar no mundo, nos confins do Oriente: Índia ou Madagascar, os lugares pensados pela ditadura nazista, no início dos anos de 1940, para dar asilo aos judeus. Exatamente no meio do poema eu encontro a frase decisiva para Braun e para as outras autoras e autores alemães orientais: "E incompreensível torna-se o meu texto". Isso implica tanto o medo do autor de perder suas leitoras e seus leitores, de não ser mais publicado, como também a ameaça da desvalorização de sua própria vida e do seu contexto de

---

13. Enquanto, até o início da tomada de poder por Erich Honecker (1971), a televisão ocidental era tida como reacionária e proibida, essa postura se liberalizou na medida em que a televisão ocidental passou a ser tolerada e antenas coletivas sobre os telhados das casas de vários andares garantiam uma recepção primorosa. Nos *intershops* os cidadãos da RDA podiam comprar mercadorias ocidentais em troca de divisas. A rede dessas lojas cresceu sistematicamente até o fim da RDA. Para responder à constante falta de divisas na RDA, criou-se o comércio Genex. Mercadorias produzidas na RDA podiam ser encomendadas, via catálogo, por alemães ocidentais que pagavam com marco ocidental e depois eram entregues na RDA. Tratava-se de bens de consumo cobiçados como carros, *freezer*, tapetes, até viagens no bloco socialista.

184 A LITERATURA DA REPÚBLICA DEMOCRÁTICA ALEMÃ

vida[14]. "O que nunca possuí é-me ainda arrancado" revela o fundo duplo do momento. A propriedade coletiva, que vigorava como propriedade do povo, agora é pisoteada pela maioria das pessoas, e o que nunca foi reconhecido como "a propriedade" é arrancado por forças sinistras. Apoiando-se no último verso do poema "Memória"[15], de Friedrich Hölderlin, pode-se concluir que o que permanece "não" é mais doado pelos poetas; o que fica é resignação. O que um dia se possuiu, mas nunca foi aceito, desaparece; a grande utopia desde o classicismo de Weimar não foi resgatada; o socialismo da RDA não provou ser uma alternativa vivível: "A esperança jazia no caminho como uma cilada". No verso seguinte, novamente aparece um ditado popular: "Minha propriedade, agora a tendes em garra". Essa frase também é passível de muitas interpretações. Não se trata mais da propriedade material, coletiva, que vigorava como fundamento da RDA, mas igualmente a propriedade espiritual. O medo do autor Braun de não ser ouvido, compreendido e aceito, é incorporado como *leitmotiv*. Finalmente ele retorna, no último verso, a um de seus problemas centrais desde os anos de 1960: a relação do Eu para com Nós. E, assim, esse verso também pode ser lido no contexto da obra do autor, como autocitação: "Quando direi novamente eu e direi todos".

Os meses de verão do ano de 1990 foram determinados por outro acontecimento que iria ter grandes conseqüências. No dia 10 de junho de 1990, políticos, autoras e autores, representativos da Alemanha Oriental e Ocidental, encontraram-se no palácio Caecilienhof, a convite da fundação Bertelsmann. No centro dos debates estavam os receios tanto da perda da independência literária como também da indústria literária ocidental, no contexto da questão, se as autoras e autores representativos da RDA tinham produzido uma literatura afirmativa que deveria estabilizar o sistema não-democrático da RDA[16]. O desfecho já era previsível nessa polarização. Enquanto principalmente Christa Wolf e Stephan Hermlin foram censurados por não terem ou raramente terem se preocupado com os perseguidos políticos da época do PSUA, querendo agora se apresentar como se tivessem sido da oposição, sem terem

14. V. Klaus Welzel, op. cit., p. 101.

15. O último verso do poema de Hölderlin "Andenken" diz: "Mas o que permanece, doam os poetas". Esse verso é citado por Christa Wolf em seu texto publicado em 1990 – *Was bleibt*, München, Luchterhand, 1990.

16. Esse problema foi tematizado desde o fim dos anos setenta principalmente pelas autoras e pelos autores que tiveram de deixar a RDA após a expatriação de Wolf Biermann. Em seu discurso na Universidade de Paderborn em 17.12.1984, Erich Loest falou sobre "as quatro espécies de literatura da RDA hoje" e apontou uma possibilidade de literatura como a que estabiliza o sistema. Erich Loest, "Leipzig é incansável. Sobre as quatro espécies de literatura da RDA hoje", *Paderborner Universitätsreden*, Paderborn 2/1984. V. Andrea Jäger, Schriftsteller der DDR. Ausbürgerungen und Übersiedlungen von 1961 bis 1989, *Studie*, v. 1 e 2, Frankfurt a.M., Peter Lang Verlag, 1995.

TEXTOS APÓS 1989 NA ALEMANHA ORIENTAL

procurado contato com as verdadeiras vítimas do regime, Günter Grass e Walter Jens argumentaram que intelectuais ocidentais não têm o direito de se imiscuir nos confrontos passados da RDA. O que aconteceu em seguida encontra-se hoje na história literária como a "contenda literária alemã-alemã"[17]. Esta pegou fogo com o texto *O Que Fica*[18], escrito por Christa Wolf já em fins dos anos de 1970 e mais tarde reelaborado; o alastramento do conflito sucedeu muito rápido. Como de costume, a avaliação provavelmente mais correta é a de Wolf Biermann: "Trata-se de Christa Wolf, mais exatamente: não se trata de Christa Wolf". O crítico literário Uwe Wittstock conclui: "Não se trata de literatura, mas de um confronto exemplar com currículos exemplares. Os escritores são substituíveis". Como principais círculos problemáticos do intenso debate que se desenrolou principalmente nos *feuilletons* dos grandes diários e semanários, também se estendendo rapidamente para a situação literária não elaborada na Alemanha (Ocidental) nos anos de 1950, precisam ser ressaltados ambos os campos problemáticos – o do papel político dos intelectuais e o da relação entre moral e estética.

Com isso, as autoras e os autores alemães orientais foram focalizados nos mais variados discursos. Motivos, intenções, biografias e valores foram postos à prova, dominantemente na Alemanha Oriental. Parecia ter começado uma nova cronologia sem levar em consideração a antiga; classificações e coordenações polarizantes pareciam dominar. O teólogo Klaus-Peter Hertzsch, de Jena, relata suas vivências na época, a qual deve ser situada no campo de tensão entre proximidade e distância:

> Quando a República Federal da Alemanha e, logo depois, a República Democrática Alemã foram fundadas, eu tinha acabado de concluir o segundo ciclo. Quando a RDA juntou-se à República Federal, acabara de festejar meu 60º aniversário. Essa foi a minha vida. E ela, minha vida, é hoje elaborada como passado e posta à prova. Isso acontece em conversas com nossos patrícios dos antigos Estados. Nessa altura, primeiro se coloca a questão – e ela é agora basicamente a questão chave e inicial para minhas reflexões –: Que critérios norteiam isso? Qual é a medida que se aplica à minha, à nossa vida e que decide o que no passado era prova bem-sucedida e o que era fracasso? As pessoas dos velhos Estados nos asseguram que estão plenamente dispostas a compreender mesmo o nosso fracasso; mas elas exigem, e com razão, que isso seja precedido por um balanço honesto, uma confissão honesta do que passou. Mas que critérios devem nortear isso, segundo qual norma será aqui julgado? Nossa experiência nos diz que a norma presume obviamente a antiga República Federal. O que havia aqui e o que há hoje vale como o normal[19].

17. V. Thomas Anz (ed.), *Es geht nicht um Christa Wolf. Der Literaturstreit im vereinten Deutschland*, Frankfurt a.M, Fischer TBV, 1995. Karl Deiritz; Hannes Krauss (eds.), *Der deutsch-deutsch Literaturstreit oder "Freunde, es spricht sich schlecht mit gebundener Zunge". Analysen und Materialiene*, Hamburg, Luchterhand Verlag, 1991.

18. Christa Wolf, *Was bleibt*. Frankfurt a.M. Suhrkamp Verlag, 1990.

19. Ingrid Gamer-Wallert; Elke Blumenthal; Gottwalt Klinger (eds.), *Nähe und Ferne. Erlebte Geschichte im geteilten und vereinigten Deutschland*, Tübingen, Attempto Verlag, 1997, p. 16.

186   A LITERATURA DA REPÚBLICA DEMOCRÁTICA ALEMÃ

Ao lado do sempre lembrado confronto com a própria obra e a própria biografia, havia a união das moedas, a extinção da RDA, insegurança e medo diante do futuro. Ernst-Ulrich Pinkert expressou essa situação em sua palestra por ocasião do III Colóquio Internacional de Leipzig sobre Estudos Culturais (2001) no tema *A Reunificação como Choque Cultural*[20]. Sob choque cultural ele entende, referindo-se a Alois Wierlacher e Corinna Albrecht: "Choque cultural é um conceito empregado na antropologia e na etnologia, nas ciências da educação, na psicologia (social) e na moderna didática de línguas estrangeiras. Ele designa, resumindo, reações psíquicas individuais no contato estrito com uma cultura estrangeira"[21]. Para muitas autoras e autores, os acontecimentos do ano de 1989 foram em primeira linha uma experiência de perda de utopia e de religião[22]. Na maioria dos poemas escritos imediatamente após 1989 prevalecem rupturas, danos e melancolia; as mudanças parecem "menos esperançosas do que esmagadoras, menos utópicas do que sem rumo, menos estabilizadoras do que ameaçadoras do eu"[23].

Um lírico destaca-se, contudo, dessa série de relativa homogeneidade: Durs Grünbein. Com sua "poesia biológica"[24] ele dá continuidade a uma linha conceitual que, iniciando-se com os materialistas franceses e passando por Büchner e Benn, coloca o corpo como ponto de partida da contemplação poetológica. Para o conteúdo dos poemas isso significa uma dureza multilingual, na qual faz o material fixo entrechocar-se em montagem com o efeito de choque. A forma – no caso de Grünbein progressivamente o metro da Antigüidade clássica – é apenas

20. Ernst Ullrich Pinkert, Die Wende als Kulturschock. Palestra proferida no III Colóquio Internacional de Estudos Culturais de Leipzig, em novembro de 2001 em Leipzig. Nessa palestra ele estabeleceu uma ligação direta com seu ensaio "Wunschbilder, Schreckbilder, Trugbilder. Bilder des Westen in Werken der ostdeutschen Nachwendeliteratur", Christa Grimm; Ilse Nagelschmidt; Ludwig Stockinger (eds.), *Mannigfaltigkeit der Richtungen. Analyse und Vermittlung kultureller Identität im Blickfeld germanistischer Literaturwissenschaft. Literatur und Kultur. Leipziger Texte*, v. 2. Leipzig, Leipziger Universitätsverlag, 2001, p. 273-295.

21. Alois Wierlacher; Corinna Albrecht, *Fremdgänge. Eine anthologische fremdheitslehre für den Unterricht Deutsch als Fremdsprache*, Bonn, Inter Nationes, 1995, p. 158.

22. V. Klaus Welzel, op. cit., p. 105. Welzel intitula um capítulo de seu confronto com textos de autoras e autores alemães orientais, Die Wende als Trauma (p. 104-107).

23. Walter Erhart, Gedichte, 1989. Die deutsche Einheit und die Poesie, Walter Erhart; Dirk Niefanger (eds.), *Zwei Wendezeiten. Blicke auf die deutsche Literatur 1945 und 1989*, Tübingen, Niemeyer Verlag, 1997, p. 165. V. Volker Wehdekind, *Die deutsche Einheit und die Schriftsteller. Literarische Verarbeitung der Wende seit 1989*. Stuttgart, Berlin, Köln, Verlag W. Kohlhammer, 1995.

24. Durs Grünbein, Brief über Dichtung und Körper, *Galilei vermisst Dantes Hölle. Aufsätze*, Frankfurt a.M., Suhrkamp Verlag, 1996, p. 45.

TEXTOS APÓS 1989 NA ALEMANHA ORIENTAL

um meio para que o pensamento penetre nos "espaços anteriores da memória"[25], tornando-se lição para a base do crânio.

Exemplificando esse aspecto de projeto e contraprojeto, segue o cotejo de dois poemas.

O Dia Nove de Novembro

A água salobre de beiços eriçados, arames cortados
Sem som, como em sonho, à deriva vão as minas de pratos
De volta para a prateleira. Um surreal
                              momento:
Com pé pontiagudo sobre a fenda do mundo, e nenhum
                              tiro é disparado.
A razão acossada, infinitamente cansada, agarra
Qualquer erro... a ligadura imunda
                              arrebenta.
Letreiros luminosos caminham ocupando o centro.
                              BERLIM.
AGORA ALEGRE-SE, cedo demais. Aí, duro nordeste.
                                             Volker Braun

12/11/89

Seja, poema, agora o muro de Berlim está aberto.
Plangente espera, tédio no magro país de *Hegel*.
Para trás como o silêncio de aço... Ave Stalin.
Último brilho de custódias, entrincheirado por
                              trás de blindados.
Lentamente os relógios desembestam, cada um para
                              um lado.
Azar dos cefalópodes, afundados na água salobre.
Sucata de revolução em massa, as massas enganadas
No trote de bandos em bancarrota, o que fica um
                              poema:
São Kim Il Sung, fênix de Pjoenjang, ore por nós[26].
                                             Durs Grünbein

Ambos os títulos, à primeira vista, parecem ser uma resposta ao esperançoso inverno de 1989, cujo ápice foi o dia 4 de novembro em Berlim. Poucos dias depois, Günter Schabowski, membro do *politburo* do PSUA, comunica – por engano, pois como cabeçalho – à imprensa a abertura definitiva do muro entre a Alemanha Oriental e a Ocidental – é o dia 9 de novembro de 1989. Enquanto Braun constrói uma paisagem surreal, o deserto da virada, o gesto básico do poema definido por extremo cansaço e cheio de maus pressentimentos, Grünbein esboça "uma" antítese a Braun. O dia da abertura do muro, da torrente imparável de viajantes alemães orientais para a Alemanha Ocidental revela o "tédio

---

25. Durs Grünbein, Mein babylonisches Hirn, op. cit., p. 26.
26. V. Braun, Der Tag des Neunten November; D. Grünbein, 12/11/89, Karl-Otto Conrady (ed.), op. cit.

188 A LITERATURA DA REPÚBLICA DEMOCRÁTICA ALEMÃ

no magro país de Hegel". Em contrapartida a poemas de Volker Braun, Heinz Czechowski, Annerose Kirchner, Jürgen Rennert, entre outros[27], fala-se em um novo começo, superado o "silêncio de aço. Lentamente os relógios desembestam, cada um para um lado". Esta frase está exatamente no meio do poema. Não será um começo fácil. Haverá dificuldades, que lembram o famoso verso de Brecht: "As dificuldades das montanhas estão atrás de nós/ Diante de nós estão as dificuldades das planícies"[28]. Os tempos dos cefalópodes também passaram, as custódias vão se apagando. Na imagem dos relógios andando um para cada lado jaz a advertência à responsabilidade de cada um, bem como a evocação de uma perspectiva pós-abertura do muro que vai se comprovar complicada.

Receios de cobrança e de novas repetições – lê-se em Christa Wolf: "Alienação segue-se a alienação" –, de perda da terra natal, de uma mudez renovada e de colonização – conceito freqüentemente usado por autores como Heiner Müller e Christa Wolf podem ser reconhecidos em muitos textos[29]. Segundo o psicanalista e filósofo martinicano Frantz Fanon, um país pode ser considerado colonizado quando sua "singularidade cultural local foi posta abaixo"[30], quando se primitiviza e confunde um povo sistematicamente[31]. Por isso não é de espantar que Christa Wolf durante sua estada na Califórnia, em 1993, que se seguiu imediatamente ao debate da segurança pública, quando ficou patente sua colaboração informal (Informelle Mitarbeiterin: IM) com a Stasi de fins dos anos de 1950 até inícios dos 60[32], tenha comparado o destino dos índios catequizados com o dos alemães orientais: "E estou

27. Idem, op. cit.
28. Bertolt Brecht, Wahrnehmung (1949), *Gedichte VII*, Frankfurt a.M., Suhrkamp Verlag, 1964, p. 39.
29. Em seu texto autobiográfico, Gisela Steineckert afirma: "Nós dois não sabíamos, na época, se queríamos continuar vivendo ou podíamos. Mas nós sabíamos que nunca mais iríamos sentir lar. Lar é algo que não existe fora da própria pessoa". Gisela Steineckert, *Das Schöne an den Frauen*, Berlim, 1999, p. 13. Muito mais sem patos, mas em contrapartida cheia de conclusões irônicas é a conclusão de Katja Lange-Müller, que se mudou da RDA para Berlim Ocidental em 1984: "Não, a mim pelo menos ela ainda não faz falta, a RDA, e também nada dela, absolutamente nada. Nem o caramanchão que tive de deixar lá se desmoronando, nem os livros, cartas, vasos de flores que não pude trazer comigo, nem o 'corso' Reiner, de barba vermelha. Apenas eu mesma me faço falta às vezes. Assim como era na época, tão incorruptível, apaixonada, bondosa e jovem nunca mais serei". Katja Lange-Müller, Ich weiss es noch wie heute... *Stern-Zeitgeschiche. Der DDR-Rückblick auf ein verschwundenes Land. Die anderen Deutschen*, Setembro de 1999, p. 17.
30. Frantz Fanon, *Schwarze Haut, weisse Masken*. Frankfurt a.M., Suhrkamp, 1985.
31. Idem, p. 12, 17.
32. V. Joachim Walther, *Sicherungsbereich Literatur. Schriftsteller und Staatssicherheit in der Deutschen Demokratischen Republik*. Berlin, Christoph Links Verlag, 1996.

TEXTOS APÓS 1989 NA ALEMANHA ORIENTAL

consciente de que minha ira, minha melancolia não dizem respeito apenas aos índios"[33]. Esse e outros depoimentos deram origem a um grito de protesto. A autora foi censurada por desdém e arrogância, tendo início uma discussão que lembra o debate ocorrido em decorrência da frase de Ingeborg Bachmann em *O Caso Franza*, "eu sou uma papua"[34], mas que agora pode ser encontrada em discursos bem diferentes.

No ambiente modificado após 1990 – a reunificação estatal ocorreu em 3 de outubro de 1990 –, dá-se na Alemanha Oriental um advento de identidades de papéis[35], corroborando para isso, ao lado da perda de valores, sentimento de inferioridade e impotência. Nesse contexto, a problemática da identidade oriental faz parte, até o novo milênio, dos focos palpitantes em discussões políticas e culturais na Alemanha. À primeira vista chama a atenção o tratamento diferenciado que autoras e autores deram, nos últimos anos, a essa questão. Daniela Dahn, detentora do prêmio Tucholsky de 1999, ajusta contas com o mito da identidade da RDA. Ele advoga a tolerância de tensões e a manutenção de "equilíbrios"; ela não quer julgar de forma global, mas constata que "o total de repressões nos dois Estados é mais ou menos o mesmo"[36]. É nesse sentido que se deve entender seus *Pensamentos Prematuros sobre a Identidade Alemã Oriental* (1994).

Com a palavra identidade sempre tive problemas em se tratando da RDA. Ela implica que as pessoas devem ter se sentido idênticas a alguma coisa. O melhor, na RDA, é que noventa por cento das pessoas estavam contra ela. Mais ou menos, é claro. Também mais ou menos publicamente. Mas no coletivo do trabalho ou o mais tardar em casa, isso estava patente. Era-se a favor de estar contra[37].

Do imenso número de textos científicos, selecionamos três ensaios para exemplificar as tendências da discussão principal e da pesquisa. Laurence McFalls[38] parte de uma perspectiva sócio-empírica e contradiz a opinião de que a "unidade cultural" entre alemães orientais e

33. V. Hermann Vinke (ed.), *Akteneinsicht Christa Wolf. Zerrspiegel und Dialog. Eine Dokumentation*, Hamburg, Luchterhand, 1993.
34. Ingeborg Bachmann, *Der Fall Franza, Ausgewählte Werke*, v. 3. Berlim und Weimar, Aufbau-Verlag, 1987, p. 426.
35. Margarete Mitscherlich; Brigitte Burmeister, *Wir haben ein Berührungstabu. Zwei deutsche Seelen – einander fremd geworden*, München, Piper Verlag, 1993, p. 86-87.
36. Egon Bahr, Laudatio für Daniela Dahn, *Verleihung des Kurt-Tucholsky-Preises für literarische Publizistik 1999 an Daniela Dahn*. Editado por Michael Hepp a pedido da Sociedade Kurt Tucholsky, Rowohlt, Reinbek bei Hamburg 1999, p. 18.
37. Daniela Dahn, *Vertreibung ins Paradies. Unzeitgemässe Texte zur Zeit*, Rowohlt, Reinbeck bei Hamburg, 1998, p. 104.
38. Laurence McFalls, Die kulturelle Vereinigung Deutschlands. Ostdeutsche politische und Alltagskultur vom realexistierenden Sozialismus zur postmodernen kapitalistischen Konsumkultur, *Aus Politik und Zeitgeschichte*, v. 11, 2001, p. 23-29.

190 A LITERATURA DA REPÚBLICA DEMOCRÁTICA ALEMÃ

ocidentais estaria ausente mesmo depois da unificação política, consolidando-se apenas depois de várias gerações. Em contrapartida, ele desenvolve a tese de que a união cultural dos alemães orientais e ocidentais já teve lugar, embora continuem existindo "diferenças subjetivas" entre ambos os grupos. Os alemães orientais teriam há muito inconscientemente adquirido um repertório de aptidões totalmente novo. Eles já teriam aprendido a viver em uma estrutura que exige maior individualização e fragmentação social. Tal ordem social é normal para os membros de sociedades ocidentais pós-industriais extremamente desenvolvidas, bem como a estrutura de valores ligada a ela. Mas para os alemães orientais isso seria uma novidade. As exigências, ligadas à passagem para uma tal ordem social, teriam significado uma ruptura radical com a experiência de vida dos alemães orientais de até então, orientados por "uma ordem coletiva estagnante, se não estática, extremamente escassa"[39]. Contudo, a reeducação de uma ordem social socialista para uma (pós) capitalista estaria concluída. Os alemães orientais teriam se adaptado. Essa tese representa uma variante de concepção, dominante na pesquisa de mentalidades, que vê a RDA como campo provinciano, conferindo aos alemães orientais uma mentalidade provinciana. Tal mentalidade – essa é a tônica –, atribuída à permanente escassez econômica da RDA, teria dado, agora, lugar à embriaguez consumista dos novos tempos. Aos antagonismos entre alemães orientais e ocidentais, verificados durante as pesquisas, McFalls os atribui à construção de uma "identidade póstuma da RDA". A construção dessa identidade independente, em oposição à dominância do Ocidente, representa, todavia, um passo necessário para que o indivíduo se sinta compensado nas novas estruturas sociais, implicando o reconhecimento principal da ordem social criticada[40].

Hans-Joachim Maaz[41], de Halle, parte, por outro lado, da perspectiva psicanalítica para analisar a situação dos cidadãos nos novos Estados. Maaz considera injusta a divisão da população da RDA em vítimas e culpados. O modo de viver do povo inteiro da RDA teria sido perturbado pelos efeitos deformantes do regime totalitário. De mais a mais, não era possível fugir à deformação; as únicas diferenças localizavam-se na forma como se podia reagir à violência repressora. Não só a política e a práxis econômica e científica, mas também a jurisprudência e a educação foram igualmente atingidas. Essas destruições teriam influenciado até a cultura diária da convivência inter-humana e, sobretudo, as

---

39. Idem, p. 23.

40. V. Dietrich Mühlberg, Beobachtete Tendenz zur Ausbildung einer ostdeutschen Teilkultur, idem, p. 30-38.

41. Hans-Joachim Maaz, *Der Gefühlsstau. Ein Psychogramm der DDR*, Berlim, Rowohlt Verlag, 1990.

TEXTOS APÓS 1989 NA ALEMANHA ORIENTAL

estruturas psíquicas de cada um[42]. A conseqüência dessa repressão onipresente é denominada por Maaz como "síndrome de carência"; um estado que surge pelo fato de necessidades básicas serem satisfeitas apenas insuficientemente. Manifestações de um tal estado são tensão, irritabilidade, insatisfação e medo. Caso seja interditado também o sentir – como no caso da população da RDA –, surge o "congestionamento do sentimento". A experiência da insegurança, da inferioridade, da desconfiança, bem como da falta de esperança e de sentido que, segundo Maaz, fazem parte das experiências básicas de todos os cidadãos da RDA, não passa de um "estado crônico de carência".

O estudo de Karsten Dümmel[43] oferece uma contribuição importante para a interpretação de textos literários, no tocante à problemática da identidade. Ele considera que em inúmeros textos narrativos da literatura da RDA, nos anos de 1970 e 80 (entre outros os de Thomas Brasch, Christoph Hein, Volker Braun, Monika Maron), são elaborados esteticamente os efeitos destruidores de uma "identidade coletiva prescrita"[44], como por exemplo a perda da capacidade de conflito, uma "memória manipulada" ou uma "consciência atormentada". Base desse trabalho é a oposição indivíduo/sociedade, sendo que o processo de extinção da identidade do eu recebe um tratamento especial. A partir dos textos ele demonstra o recuo constante do "eu particular" perante as normas do "eu coletivo", o que teria conduzido a uma redução da individualidade. Disso resultam momentos de tensão e rupturas, essenciais no confronto tanto com a vida vivida como também com a literatura. A identidade do eu coletivo era muito bem expressa na RDA; momentos dignos de nota são a participação do indivíduo em estruturas sociais e a consciência do indivíduo de se achar em intercâmbio coletivo com a estrutura da comunidade.

A derrocada estatal do sistema da RDA significou também a derrocada do sistema cultural e literário[45]. Era o caso de se despedir das conquistas da RDA e dos mitos, mas também de lançar atrás olhares muito conscientes, a fim de poder realizar mudanças. Autoras e autores da RDA – como os membros da Associação de Escritores da RDA – possuíam imensos privilégios, tinham seguro social, direito a aposentadoria, ligações sólidas com editoras, a associação organizava leituras, vistos e punha à disposição dos escritores lugares em asilos de velhos – como em Peetzow ou Wiepersdorf. Contudo, não se pode

42. Idem, p. 12.

43. Karsten Dümmel, *Identitätsprobleme in der DDR-Literatur der siebziger und achtziger Jahre*, Frankfurt a.M., Berlin, Bern, New York, Paris, Wien, Peter Lang Verlag, 1997.

44. Idem, p. 13.

45. V. Wolfgang Emmerich, *Kleine Literaturgeschichte der DDR*, Erweiterte Neuausgabe Leipzig, Gustav Kiepenheuer Verlag, 1996. Ver capítulo 8: Wendezeit 1989-1995.

192 A LITERATURA DA REPÚBLICA DEMOCRÁTICA ALEMÃ

omitir que tudo isso era dirigido centralizadamente, dando pouco espaço ao indivíduo e prejudicando aqueles que anos a fio não tinham tido chance de serem aceitos na Associação de Escritores, ou que haviam sido dela expulsos (por exemplo, Heiner Müller). Essa segurança não existe na República Federal. A Associação de Escritores (VS), na RFA, define-se como uma associação profissional semelhante a um sindicato e tem pouca coisa em comum com a Associação de Escritores da RDA.

Hoje eu considero autoras e autores alemães orientais aqueles que publicaram na RDA, que se confrontaram esteticamente com a realidade existente, bem como com sua estrutura de condições, aqueles que em parte tiveram de deixar o país após a expatriação de Wolf Biermann (1976) – como Erich Loest – ou viveram com um visto de permanência na República Federal ou em outros países (por exemplo, Jurek Becker, Wolfgang Hilbig). Escapam, porém, desse modelo de classificação, todos aqueles que com seus escritos ficaram anos distanciados da RDA – que viveram *Em Casa no Exílio*[46] – e não tiveram chance de serem publicados na RDA. Estes podem ser entendidos dominantemente como autoras e autores alemães ou de língua alemã (por exemplo, Hans-Joachim Schädlich, Sarah Kirsch, Katja Lange-Müller e a geração bem jovem que está muito distante dessa problemática). Essas ambivalências também apontam para processos na ciência literária, determinantes para a discussão atual[47].

A indústria editorial da RDA também se achava solidamente em mão estatal. Com exceção de poucas editoras pequenas, que podiam se dar o luxo de uma independência relativa – por exemplo, a St. Benno, na qual Johannes Bobrowski trabalhou como leitor –, a paisagem editorial era equiparada, vigiada e tinha de se curvar a regras uniformes. A literatura da RDA esteve até o último congresso regular de escritores (1987) – em que Christoph Hein pronunciou o discurso programático contra a censura – sob as condições da censura. Sem a aprovação da administração central, nenhum texto podia ser publicado pelas editoras e pelos mercados de livros. Às escritoras e escritores essa ligação a uma editora trouxe muitas vantagens. Eles não apenas podiam trabalhar, ano após ano e cuidadosamente, em conjunto com suas leitoras e leitores[48], como também lhes eram freqüentemente garantidas tiragens

---

46. V. Jürgen Serke, *Zu Hause im Exil. Dichter, die eigenmächtig blieben in der DDR*, München, Zürich, Piper Verlag, 1998.
47. V. Ilse Nagelschmidt, DDR-Literatur und ostdeutsche Literatur nach 1989, *Akten des X. Internationalen Germanistenkongresses Wien 2000*, v. 7: *Gegenwartsliteratur – Deutschprachige Literatur in nichtdeutschsprachigen Kulturzusammenhängen*, Bern 2002.
48. Os diários de Brigitte Reimann, publicados após 1989, permitem uma boa idéia desse trabalho conjunto.

TEXTOS APÓS 1989 NA ALEMANHA ORIENTAL 193

e divulgação. Em contrapartida, aqueles que publicavam textos críticos, que não queriam nadar com a corrente dos nivelados, tinham dificuldades imensas para publicar. No que diz respeito a isso, a lista abarca desde os anos de 1960 – Christa Wolf: *Em Busca de Christa T.* – passando pelos anos de 1970 – Erich Loest: *Vai Indo ou Dificuldades em Nossa Planície* –, até os de 1980 – Günter de Bruyn: *Nova Magnificência*, Volker Braun: romance *Hinze-Kunze*.

Depois de 1989, tanto o mercado editorial quanto o de livros quebraram. Como em todo o país, agora vigorava a palavra mágica mercado, e tudo tinha que se curvar ao ditado do dinheiro. As quase oitenta editoras com um número imenso de trabalhos a mando do partido e do governo, agora submetidas às condições do mercado, foram liquidadas ou degradadas à insignificância. Esse processo também se revelou uma conseqüência tardia da divisão da Alemanha. A título de exemplo, vejamos a editora Reclam. Fundada em 1828 em Leipzig, ela existiu até depois da Segunda Guerra como uma das maiores editoras alemãs, anunciando, com a fundação da Biblioteca Universal, em 1867 – publicação do Fausto I e II de Goethe –, o nascimento do livro de bolso barato. Em 1947 a família Reclam deixou a zona soviética. A editora em Leipzig que, imediatamente após a guerra havia recebido, da administração militar soviética, a licença para ser reaberta, foi assumida pela associação fiduciária. A conseqüência foi não só a existência de duas editoras nos dois Estados alemães, com sedes em Leipzig e em Stuttgart, mas também o perfil em ambos os postos. A editora Reclam de Leipzig obteve reconhecimento internacional sob o não incontroverso editor Hans Marquardt. Depois de 1989 sucederam grandes mudanças na editora de Leipzig. Com o acordo assinado, em 1990, entre a editora Philipp Reclam de Stuttgart e a Reclam de Leipzig, foi iniciada a reestruturação no posto alemão oriental. Depois da reprivatização, a Biblioteca Universal foi substituída pela Biblioteca Reclam.

A editora Insel, fundada em 1899 e desde 1901 sediada em Leipzig, teve seus ramos Frankfurt a.M. e Leipzig unificados em 1991, e agora só tem uma sede em Leipzig. A editora Gustav Kiepenheuer, fundada em 1909 em Weimar, conhecida nos anos entre 1919 e 1928 principalmente pelo trabalho conjunto com autoras e autores como Bertolt Brecht, Arnold Zweig e Anna Seghers e, após a tomada do poder pelos nacional-socialistas, em 1933, presente no estrangeiro através das editoras de exílio Querido e Allert de Lange, juntou-se em 1977, na RDA, às editoras Insel, Dietrich'schen Verlagsbuchhandlung e a Paul List. Em 1990 a editora foi privatizada por meio da entidade fiduciária e, em 1994, vendida ao grupo editorial Aufbau. Este se entende no momento, na Alemanha Oriental, como a editora efetiva, dirigida pelo negociante de imóveis Bernd F. Kunkewitz, de Frankfurt a.M. Ao lado dessas reduções e quebras, que fizeram com que muitas escritoras e

194 A LITERATURA DA REPÚBLICA DEMOCRÁTICA ALEMÃ

escritores perdessem suas editoras da noite para o dia, constam também novas editoras. É de destaque, para a nossa temática, a editora Faber & Faber, em Leipzig, a qual foi fundada em setembro de 1990 por Elmar Faber, ex-diretor da editora Aufbau, em Berlim Oriental, e por seu filho Michael. Em 1994 ela se mudou para Leipzig. Das cinco séries editadas, é digna de nota a Biblioteca RDA que, ao lado da edição de textos de Johannes R. Becher, Heiner Müller, Adolf Endler, Hermann Kant e Christa Wolf, entre outros, oferece também informações essenciais sobre obra e história da recepção.

O mercado do livro sofreu também amplas mudanças. Este era, até 1989, igualmente estatal, e teve de submeter-se às condições do mercado. A situação do verão de 1990 é, hoje, dificilmente compreendida. Teve início uma onda de destruição voluntária de livros, milhares de impressos foram destruídos e lançados no entulho de carvão, existente na Alemanha Oriental, parcialmente estoques gigantes de literatura da RDA e internacional. Deve-se à iniciativa do pastor Martin Weskott, de Niedersachsen, não só terem-se salvo toneladas de literatura, mas também direcionadas a um novo público em Katlenberg – com a participação de literatos, agora de escombros, como Volker Braun e Christoph Hein.

A meu ver faz-se mister discutir o mito RDA – terra da leitura, bem como os conceitos: publicidade de substituição, função substituta e médium substituto, que sempre retornam na teoria literária sobre esse tempo. Em uma terra onde a censura dominava e o mercado de revistas era limitado, cabia à literatura e às autoras e autores uma função especial. Também concordo com Dieter Hensing, que define o campo de tensão que existia entre "apelo ativante e compensação"[49]. A literatura da RDA e, no tempo da *glasnost* e da *perestroika*, também em número crescente a literatura moderna soviético-russa – principalmente o *quirguiz Aitmatow* – foram aceitas e serviam, nos tempos da falta de informações e de meias verdades, como padrão de orientação do público intelectual. Em uma terra em que não havia falta, mas a falta de economia, textos de Christoph Hein, Adolf Endler, Volker Braun, Christa Wolf e Maxie Wander, entre outros, eram encontráveis apenas nos balcões das livrarias. O comércio com textos literários vicejava como o comércio com bens de consumo valorizados[50]. Não se deve ignorar que, a partir dos anos de 1970, temas como destruição do meio ambiente, violência na família, jornada dupla da mulher, doença e alcoolismo, bem como crescente alienação, passaram a ser tratados principalmente

---

49. Dieter Hensing, Die Hoffnung lag im Weg wie eine Falle, *Schriftsteller der DDR unterwegs zwischen Konsens und Widerspruch. Konstellationen und Beispiele von den fünfziger bis in die neunziger Jahre.* Publicado na série Duitsland Cahier. 7.2000, Amsterdam 2000, p. 9-10.

50. Esse "comércio de produtos do solo" foi descrito por Hermann Kant.

TEXTOS APÓS 1989 NA ALEMANHA ORIENTAL

na literatura, sendo que esta, com isso, deixou de ser especial. Enquanto, na mesma época, as grandes editoras há muito na República Federal trabalhavam com esses temas em séries tematicamente orientadas, na RDA dominavam a realidade da vida, o cotidiano e seus problemas, freqüentemente refletidos de forma insuficiente, escritos por autodidatas. Seja dita ainda uma palavra sobre a paisagem cultural e científica. Os 65 teatros, 10 cabarés, 87 orquestras, 751 museus e 861 casas culturais, altamente subvencionados, sofreram um destino semelhante. Teatros especializados há anos, que também montavam obras pouco conhecidas, apesar das adversidades e graças ao trabalho de diretores corajosos e inovadores, tiveram de ser fechados, como o teatro Kleist, em Frankfurt/Oder. Os intendentes rapidamente trocados do famoso teatro de Brecht, o Berliner Ensemble, mostram o que acontece quando a cultura se torna joguete de interesses individuais e da própria auto-apresentação. Esse teatro viveu um apogeu sob Heiner Müller que, após imensas querelas com Peter Zadeck, assumiu o cargo no primeiro quarto dos anos noventa e realizou a belíssima encenação do *Arturo Ui* de Brecht. A reanimação do brilho antigo conseguiu aqui o que Claus Peymann, depois de sua mudança de Viena para o rio Spree, até hoje não obteve.

A Academia das Ciências da RDA, com seus vinte mil funcionários foi também posta fora de função, assim como o Instituto de Literatura Johannes R. Becher, em Leipzig. Em letras claras, isso significa: após uma fase passageira, deu-se a reestruturação na paisagem científica da República Federal, acompanhada de uma onda de demissão desmedida. O Instituto Central de História da Literatura, na Academia, conhecido por seus trabalhos principalmente sobre literatura do século XIX, literatura contemporânea e teoria literária, foi extinto e reposto em novas estruturas. O Instituto de Literatura de Leipzig, há muito sem o seu velho nome, é desde os anos de 1990 parte da Faculdade de Filologia da Universidade de Leipzig.

Um pensamento deve fazer a passagem para a segunda parte. Heiner Müller conseguiu, como presidente da Academia, uma de suas melhores peças. Juntamente com Walter Jens, o colega presidente de Berlim Ocidental, esboçou a concepção de uma nova academia de arte berlinense-brandemburguesa. Juntos, Müller e Jens, apesar de todas as ameaças, inimizades e tentativas de chantagem política, mantiveram firme a idéia da união das academias oriental e ocidental – um exemplo para a união digna no processo de reunificação dos dois Estados alemães.

196 A LITERATURA DA REPÚBLICA DEMOCRÁTICA ALEMÃ

TENSÕES – DESLOCAMENTOS – CONTINUIDADE

> *Os alemães de hoje vêem de dois dife-*
> *rentes campos de experiência: eles se asse-*
> *melham a filhos de uma família que cresce-*
> *ram separados em diferentes ambientes e*
> *foram influenciados por um outro tipo de*
> *educação. Pois a Cortina de Ferro dos anos*
> *de 1950, que nos anos 60 se transformou na*
> *Alemanha em um muro de concreto armado*
> *e depois de 28 anos pôde ser afastada sem*
> *violência, não separou apenas blocos mili-*
> *tares, estruturas econômicas e ideologias,*
> *mas também sentimentos vitais, que não se*
> *pode afastar tão rápido quanto o muro*
> *Günter de Bruyn[51].*

Faz-se aqui mister discutir o conceito de "virada" (Wende) carregado de tensão. Esse tempo e os processos nele desenrolados receberam várias denominações, como mudança radical, revolução pacífica, volta dos tempos e virada. Nesse contexto são de interesse os testemunhos de Karl Otto Conrady[52] e Bernd Schirmer[53]. Ambos acentuam os esforços em definir padrões de classificação e, com isso, achar uma explicação para os acontecimentos do outono de 1989. Conrady ressalta a recepção da palavra "virada" pelos funcionários do PSUA, cujos discursos, em fins de outubro e início de novembro de 1989, se fala freqüentemente – pondo em risco a própria segurança. O que se esconde por trás dessa palavra banal? No dicionário Grimm pode-se ler que seu uso recai essencialmente no emprego com o sentido de mudança, reviravolta, momento de transição[54]. Portanto, limita-se a campos de aplicação não somente ligados a um acontecimento, mas também a processos sociais que implicam o momento da repetição. Para mim surge obrigatoriamente a questão se esse conceito é útil à análise literária, uma vez que provoca mais perguntas do que resposta a problemas. Vamos nomeá-las em uníssono com a explanação de Schirmer. A virada como assunto? Literatura da virada; o autor da virada (*der gewendete Autor*); textos, motivos, concepções estéticas da virada (*gewendete*)... Eu poderia dar continuidade

---

51. Günter de Bruyn, Deutsche Befindlichkeiten, *Günter de Bruyn: Jubelschreie, Trauergesänge. Deutsche Befindlichkeiten*, Frankfurt a. M., Fischer TB, 1994.

52. V. referência 11.

53. Bernd Schirmer, Literatur braucht Zeit. Anmerkungen zu Büchern der Wendezeit, *Was blieb von der DDR? Autoren und Bücher in der Wende. Lesezirkel. Literaturmagazin*, novembro de 1994, número especial, p. 3-5.

54. Jacob e Wilhelm Grimm, *Dicionário alemão de Jacob e Wilhelm Grimm*, elaborado por Alfred Götze, Leipzig, Aufbau-Verlag, 1955, v. 28, p. 1742.

TEXTOS APÓS 1989 NA ALEMANHA ORIENTAL

a essa série e tropeço num problema que também Hanno Moebius focalizou em sua comunicação "Sobre a Dimensão Estética da 'Literatura da Virada'", no encontro em Halle/S. sobre a temática *Literatura como Precursora da União Espiritual e Cultural da Alemanha*[55]. A literatura assim descrita serve, na crítica literária, dominantemente para designar aspectos conteudísticos, mas não para pesquisar concepções estéticas. Por esse motivo sou cética em relação a esse conceito, pois de um lado ele se opõe à minha intenção de também mostrar continuidade e, de outro, focaliza em demasia o envoltório político dos textos. Os textos de Thomas Brussig, Volker Braun, Kurt Drawert, Wolfgang Hilbig, entre outros, escritos após 1989, precisam ser lidos sempre no campo de tensão entre confronto social e estética.

Como resposta direta à tentativa da chefia do PSUA de salvar a pretensão do poder, eu considero o discurso de Christa Wolf na já mencionada demonstração de 4 de novembro de 1989 na Alexanderplatz de Berlim. "Com a palavra 'virada' tenho minhas dificuldades. Eu vejo um barco a vela, o capitão grita 'Livre para a virada', porque o vento tinha virado, e a equipe se agacha, quando o mastro varre o barco. Esta imagem está correta? Será que ela é ainda válida nessa situação que diariamente impele para a frente?"[56].

Como possibilidade de acesso à definição e interpretação dos textos depois de 1989 comprova-se o campo de tensão entre centro e periferia. Como já explanado, a literatura da RDA, servindo-se de muitas funções substitutivas, sempre esteve no centro. Esse lugar não é mais realizável sob as condições mudadas em termos de política, sociedade, mercado e arte, e precisou, devido a esse "processo radical de transformação"[57], ser abandonado. Estou partindo da tese de que antes e depois de 1989 as periferias, tanto na RFA como na Alemanha Oriental, possuem um significado decisivo. Homi K. Bhabha escreve no ensaio "Dissemi Nation: Time, Narrative and the Margins of the Modern Nation"[58] que hoje a nação moderna está sendo reescrita a partir das margens, por aqueles que vivem nas margens. A literatura da Alemanha Oriental encontra-se, de um lado, nas margens, e estas querem, conforme formulado por Brigitte Burmeister em 1995 em uma palestra na universidade de Leipzig, ser preenchidas[59]. De outro, muitas au-

---

55. Hanno Möbius, Zur ästhetischen Dimension der 'Wendeliteratur', *Berliner Lesezeichen. Literaturzeitung* n. 3/4, 1996, p. 46-53.

56. Christa Wolf, Sprache der Wende, (Discurso proferido na Alexanderplatz) *Christa Wolf Reden im Herbst*, Berlin, Weimar, Aufbau-Verlag, 1990, p. 119.

57. Peter-Uwe Hohendahl, Wandel der Öffentlichkeit. Kulturelle und politische Identität im heutigen Deutschland, Claudia Mayer-Iswandy (ed.), *Zwischen Traum und Trauma – Die Nation*, Tübingen, Stauffenberg Verlag, 1994, p. 133-134.

58. Homi K. Bhabha, *Nation and Narration*, London, Routledge Press, 1990.

59. Brigitte Burmeister formulou, no contexto de sua conferência política sobre o tema *Fim da Cultura de Leitura?*, em 5.12.1995 na Universidade de Leipzig, que a

198 A LITERATURA DA REPÚBLICA DEMOCRÁTICA ALEMÃ

toras e autores encontram-se também, através desses movimentos descritos, nas margens, e com isso têm a chance de, a partir daqui, pelos seus deslocamentos pessoais, políticos e estéticos, bem como da novidade e da diferença de seus escritos poetológicos, de sua impaciência, de seu modo duplo de olhar, têm a chance, repito, de encontrar outros lugares. Em seu discurso de homenagem a Thomas Brasch, Christa Wolf disse: "A partir das margens – mas este é o lugar de seus protagonistas – minhas figuras são certamente as que se mantêm na margem, por incapacidade ou porque, no centro, se sentem apertadas. Aí elas naturalmente estão em perigo"[60].

Após 1989 as autoras e os autores vivem entre tempos e entre lugares. A vida nas periferias significa questionamento conseqüente, reflexão rigorosa, mas também continuação consciente de concepções estéticas. Tanto em declarações poetológico-ensaísticas como em textos poéticos de muitas escritoras e escritores, eu me confrontei com os conceitos de lugar, situação limítrofe e marginalização. Eu entendo o conceito de lugar com quatro dimensões: como grandeza espacial, temporal e política, em relação à qual o indivíduo se coloca; como grandeza de linguagem; como momento de reconstrução e imaginação; e como momento marginal, que assim está submetido a limitações, onde e de onde o indivíduo tanto pode tatear quanto se afastar. Disso resultam conseqüências comprováveis em campos de tensão, nos processos estéticos da escrita após 1989:

1. Deslocamento no sentido de cair e roçar em limites.

2. Fixação do indivíduo no sentido de tatear, de achar e definir o lugar.

Na medida em que lugares são limitados, podem ser descritas marginalizações. O próprio e o outro – o estranho – são assim iluminados. O distanciamento e a aproximação do eu que escreve em relação ao outro, aparecem, nessa reflexão, em uma luz mais forte.

Carsten Gansel chama a paisagem literária que surgiu na Alemanha Oriental após 1989 de "liberdade da queda"[61]. Nisso a desaparição do próprio significado pesa muitíssimo. Enquanto Heiner Müller, em verdadeiro desespero, deu entrevistas e mais entrevistas, Volker Braun procurou, de início, localizar o ponto de vista do literato e do crítico engajados em meio à paisagem política mudada, fazendo uso de viagens

---

literatura, na fase atual da revolução técnica, não pode mais estar no centro, que ela se encontra agora à margem, e que essas margens querem ser preenchidas.

60. Christa Wolf, *Laudatio para Thomas Brasch*. Leipzig, Reclam, 1990, p. 5-15.

61. Carsten Gansel, Auf der Suche nach dem Gral aber kein Seeweg nach Indien? Deutsche Literatur zwischen Gegendiskurs und dem Prinzip Hoffnung, *Angekommen? – DDR-Literatur in Deutschland*. II Uckermärkisches Literatursymposium em Angermünde, de 3 a 5 de maio de 1994, Angermünde, Ehm-Werk-Literaturmuseum, 1994, p. 41.

TEXTOS APÓS 1989 NA ALEMANHA ORIENTAL

para leituras e de bolsas de estudo. À situação, para ele nova, de nivelamento de contradições sob condições democrático-mercadológicas, ele contrapõe sua cólera lingüística sobre a perda de posturas uma vez assumidas numa sociedade polarizada segundo pontos de vista de classe[62]. Pensamentos bem semelhantes também expressou Helga Königsdorf em conversa com Günter Grass *De Volta à História Cotidiana* (1994)[63].

Das transformações explanadas resultam escritas diferenciadas que atualizam em um número imenso de gêneros, temas e técnicas de configuração. Essas outras situações são refletidas, sobretudo na literatura alemã oriental; os olhares às situações alemãs-alemãs, lançados por autores alemães ocidentais como Günter Grass, Rolf Hochhuth e Martin Walser devem ser objeto de outro ensaio.

Também faz parte do diálogo visado por Christa Wolf, e por outras autoras e autores, a produção de biografias para a auto-sondagem e a sondagem de outros. Encontrar a identidade depende sempre da aceitação de outros. Só se pode obter compreensão e o necessário conhecimento quando as pessoas narram a história de suas vidas. Através dessa narração de história, assim diz Christa Wolf em 1991 em correspondência com Jürgen Habermas, pode-se chegar à tolerância[64]. A grande conversa foi posta em movimento pela literatura alemã oriental. Isso é testemunhado pela abundância de textos autobiográficos que vão de Günter de Bruyn a Hedda Zinner[65]. Emmerich fala desse fenômeno como a "reapropriação do que foi calado em autobiografia e documento"[66].

Monika Maron chama seu texto de *Cartas de Pawel – História de uma Família*. A partir de cartas do espólio de seu avô e através de conversas com sua mãe, Maron quer reconstruir a história da vida dela. No início do texto ela explica o seu procedimento: "Desde que eu decidi escrever esse livro, eu me pergunto por que agora, por que só agora, por que ainda agora"[67]. O processo de reconstrução ocupa um

62. V. Ideale in der Kolonie. Conferência de Volker Braun quando da entrega do prêmio Schiller. *Stuttgarter Zeitung*, 11.09.1992.

63. V. Zurück in die Alltagsgeschichte, Helga Königsdorf em conversa com Günter Grass, NDL 5, 1994, p. 79-92.

64. V. Christa Wolf, *Auf dem Weg nach Tabou. Texte 1990-1994*, Köln, Kiepenheuer & Witsch, 1994, p. 150-155.

65. V. Günter de Bruyn, *Zwischenbilanz. Eine Jugend in Berlin* (1992); *Vierzig Jahre. Ein Lebensbericht* (1996); Adolf Endler, *Tarzan am Prenzlauer Berg. Sudelblätter 1981-1983* (1994); Walter Janka, *Schwierigkeiten mit der Wahrheit* (1990); Hermann Kant, *Abspann. Erinnerungen an meine Gegenwart* (1991); Günter Kunert, *Erwachsenenspiele. Erinnerungen* (1997); Heiner Müller, *Krieg ohne Schlacht. Leben in zwei Diktaturen* (1992).

66. W. Emmerich, op. cit., p. 479.

67. Monika Maron, *Pawels Briefe. Eine Familiengeschichte*, Frankfurt a.M., S. Fischer Verlag, 1999.

200 A LITERATURA DA REPÚBLICA DEMOCRÁTICA ALEMÃ

espaço enorme nessa obra, através da representação da relação com a mãe e com o avô ele se torna importante para a localização e autocertificação da autora. Erich Loest consegue com o romance *Igreja de São Nicolau*[68] – filmado paralelamente ao processo da escrita – ligar fatos históricos a ficcionais. Sua grande familiaridade com a cidade de Leipzig, que teve de deixar em 1981 e para a qual ele regressou logo após 1989, torna-lhe possível fazer seus personagens agir em cenários autênticos, apanhar atmosferas e, servindo-se de uma saga familiar, em cujo centro se encontra o chefe de polícia Alfred Bacher, desvendar a onipresença da segurança pública. Heiner Müller acompanhou a reunificação com profundo ceticismo. Contra a voz de levante de milhares, ele profetizou em 4 de novembro de 1989 a quebra econômica e um futuro social sinistro. Esse autor da diferença e da agudeza provocatória esteve atrás de contradição e contradições até a sua morte, em 1995, embora sua escrita tenha estagnado. Os ataques violentos dos jornais alemães devido a supostos contatos com a Stasi foram ainda o menor mal[69]. Parecia-lhe que seu opositor estava perdido, o material da *Vida em Duas Ditaduras* lhe faltava. Na colagem cênica *Germânia 3. Fantasmas junto ao Morto*[70] ele não permite esperança nem orientação em seu olhar retrospectivo sobre o século; ele não concede nenhum consolo. Müller destrói a ilusão de nossa suposta inocência – para trás ficam luto e confusão.

Com a predileção pelo cômico – do humorístico até o crítico, do irônico-satírico até o grotesco – os processos sociais básicos, aguçados ou detonados nos anos 1989/1990, são respondidos. As rupturas nomeadas por mim exigem formas descontínuas, como as oferecidas pelos tipos de estilo do cômico. Volker Braun apropriou-se da figura grotesca do torcicolo. Também aqui vale a pena verificar o significado da palavra. Logo após 1600 essa figura foi posta em campo, primeiramente em tom moralizante, contra os hereges, convertidos do catolicismo para a crença reformada[71]. Braun diz: "Eu caminho por aí, e conforme eu me viro, vejo que o homem atrás de mim também se virou e, ao invés, como esperado, de voltar novamente a cabeça, continua a marchar com o pescoço assim torcido"[72]. Thomas Brussig mostra no romance *Heróis como Nós*[73] o absurdo no cotidiano da RDA e se despede definitivamente da antiga geração de autores da RDA e da sua função

68. Erich Loest, *Nikolaikirche*, Leipzig, Linden-Verlag, 1995.
69. V. Chaim Noll, Der Sturz der Götzen. Feuilletonkämpfe um den Mythos von Christa Wolf und Heiner Müller, *Focus*, 6.1993, p. 63.
70. Heiner Müller, *Germania 3 Gespenster am toten Mann*. Frankfurt a.M Suhrkamp, 2004. (1ª ed.)
71. Jacob e Wilhelm Grimm, op. cit., (ver nota 55), v. 14, p. 1751.
72. Volker Braun, *Der Wendehals. Eine Unterhaltung*, Frankfurt a.M., Suhrkamp Verlag, 1995, p. 9.
73. Thomas Brussig, *Helden wie wir*, Berlin, Verlag Volk und Welt, 1995.

TEXTOS APÓS 1989 NA ALEMANHA ORIENTAL 201

de superego, na medida em que coloca na boca da melhor treinadora de esqui no gelo do mundo, que concedeu a Katharina Witt honras olímpicas – Jutta Müller –, o discurso de Christa Wolf na Alexanderplatz de Berlim. *A Redescoberta do Andar Através das Caminhadas*, de Thomas Rosenlöcher[74] e as Simples Histórias, de Ingo Schulz são irônicas[75]. O texto de Schulz, narrado na primeira pessoa do singular, oferece uma série de destinos orientais. Essas histórias em seqüência, ligadas através de relações parentais das protagonistas e dos protagonistas, apresentam a loucura diária dos tempos de mudança. Ele mantém o equilíbrio entre seriedade e brincadeira, narração distanciada, freqüentemente lacônica, e participação concreta.

Experiências com o estranho são tematizadas principalmente por Christa Wolf e Wolfgang Hilbig. No texto *Medeia*, a distante Cólquida e as utopias perdidas situam-se próximas do local lar, do qual a protagonista está prenhe: "falar torna a saudade intragável"[76]. Na saudade por esse lugar a autora tenta uma reconstrução pela lembrança: "Corinto e tudo o que havia acontecido e acontecera nele não me importava em absoluto. Nossa Cólquida era-me como meu próprio corpo aumentado, eu sentia cada uma de suas pulsações. Pressenti a queda de Cólquida como uma doença perversa em mim mesma, prazer e amor sumiram"[77]. No romance *O Provisório*, Wolfgang Hilbig sacode "mais uma vez com fria cólera as incompatibilidades entre Oriente e Ocidente"[78]. Pendendo como deslocado entre Oriente e Ocidente antes de 1989, ele faz o seu herói (a proximidade de sua biografia está sempre presente), o autor C. passar pelo inferno. Experiências com o estranho, como alcoolismo, pânico de relacionamentos e vínculos são descritas com exatidão lingüística, nada é enfeitado ou deixado de lado. Esse romance também pode ser lido como uma recusa da literatura e da indústria literária do Ocidente. Acostumado à economia com falta de livros, no Oriente, precisa agora desiludido descobrir, em uma livraria do Ocidente: "E aí ele reconheceu que os livros aqui no Ocidente não valiam mais nada. Demorou um bom tempo até esse pensamento fincar pé em seu cérebro, tanto mais duradouro foi o choque que ele desencadeou"[79]. Em Hilbig a ditadura do proletariado é substituída problematicamente sem contorno pela ditadura do dinheiro. A imunda estação ferroviária de Leipzig é, logo depois de 1989, iluminada por um símbolo mercantil vitorioso: AEG.

74. Thomas Rosenlöcher, *Die Wiederentdeckung des Gehens beim Wandern. Harzreise*, Frankfurt a.M., Suhrkamp, 1991.

75. Ingo Schulze, *Simple Storys. Ein Roman aus der ostdeutschen Provinz*, Berlin, Berlin Verlag, 1998.

76. Christa Wolf, *Medea. Stimmen*, Frankfurt a.M., 1996, Luchterhand, p. 30.

77. Idem, p. 98.

78. Ingo Arend, Die Anrufung des toten Gottes, *Freitag Literatur*, 24.03.2000.

79. Wolfgang Hilbig, *Das Provisorium*, Frankfurt a.M., 2000, p. 180.

202 A LITERATURA DA REPÚBLICA DEMOCRÁTICA ALEMÃ

Autoras e autores orientais escrevem, depois de 1989, de diferentes direções e com posturas diferenciadas. É errado falar de uma "hora zero" no sentido de partir de um novo começo artístico-estético. Em meu ensaio "A Tecitura do Fio Inteiro – Prosa de Ângela Krauss"[80] analisei a continuidade da escrita de uma concepção estética na obra da autora de Leipzig. Essa continuidade, realizada com procedimentos estético-formais como, entre outros, colagem, alegoria, citação de si mesma e de outros[81], é importante para a literatura alemã oriental. Íris Radisch esboça, em sua avaliação das literaturas alemãs após 1990, a imagem marcante de dois trens que correm em linhas separadas[82]. Eu concordo com sua opinião de que, em oposição à literatura alemã ocidental da imanência pura, voltada "domesticamente ou pósmodernamente [...] para a superfície dos fenômenos e discursos"[83], a literatura alemã oriental é, "em um sentido quase esquecido, sociocrítica"[84]. É preciso ter muita coragem para não se curvar à pressão sempre crescente do mercado, à banalidade e à moda. Kerstin Hensel viu esses perigos muito evidentemente já em 1990:

Quando havia ainda uma RDA, podia-se criar – entre muitas contradições difíceis de serem superadas. E por sinal obras próprias, exigentes, de muitos quilates; das quais se falará, quando se falar da arte do século XX. Do aforismo até a encenação operística, o inconfundível era possível. Era preciso apenas saber ou querer. Hoje os gostos dominam amplos espaços. O gosto (que traz ou não o dinheiro) define a moda. Moda é censura. O que iremos criar hoje é indefinido e cai facilmente através das malhas do retículo[85].

80. Ilse Nagelschmidt, Das Weben am ganzen Faden – Prosa von Angela Krauss, Helga Abret; Ilse Nagelschmidt (orgs.), *Zwischen Distanz und Nähe. Eine Autorinnengeneration in den achtziger Jahren*, Bern, Lang, 1998, p. 41-53.

81. V. Stefan Schulze, op. cit.

82. Iris Radisch, Zwei getrennte Literaturgebiete. Deutsche literatur der neunziger Jahre in Ost und West, Heinz Ludwig Arnold (ed.), *DDR-Literatur der neunziger Jahre. Sonderband.* Text + Kritik. Zeitschrift für Literatur, München 2000, p. 26.

83. Idem, p. 25.

84. Idem, p. 26.

85. Kerstin Hensel, *Gute Nacht, du Schöne*, Anna Mudry (ed.), Frankfurt a.M., Luchterhand, 1991, p. 121.

Bibliografia

ABUSCH, Alexander. *Humanismus und Realismus in der Literatur:* Aufsätze. Frankfurt an der Oder: Röderberg-Verlag, 1977.

ARONOWITZ, Stanley. Pós-modernismo e Política. In: HOLLANDA, Heloisa Buarque de (org.). *Pós-modernismo e Política*. Rio de Janeiro: Rocco, 1991. Trad. Cristina Cavalcanti.

BECHER, Johannes R. Lied der neuen Erde. In: *Gesammelte Werke.* (Gedichte 1949-1958). Berlin/Weimar: Aufbau Verlag, 1972, Band 6.

BECKER, Jurek. Der Verdächtige. In: *Erzählungen.* Rostock: Hinstorff Verlag, 1986.

BIERMANN, Wolf. Deutsches Miserere (Blochlied). In: *Preussischer Ikarus.* München: DTV, 1981.

BLOCH, Ernest. *Das Prinzip Hoffnung.* Frankfurt am Main: Suhrkamp Taschenbuch Wissenschaft, p. 554, 1998, 3 vols.

BRASCH, Thomas. Fliegen im Gesicht. In: *Vor den Vätern sterben die Söhne.* Berlin: Rotbuch Verlag, 1977.

BRAUN, Volker. *Es genügt nicht die einfache Wahrheit – Notate,* Frankfurt am Main: [S.I.], 1976.

_____. Unvollendete Geschichte. In: *Die Unvollendete Geschichte und ihr Ende.* Frankfurt am Main: Suhrkamp Verlag, 1998.

BRECHT, Bertolt. *Gesammelte Werke.* Frankfurt am Main: Suhrkamp Verlag, 1967.

BRUYN, Günter de. *Das Leben des Jean Paul Richter,* Halle/Leipzig: Mitteldeutscher Verlag, 1975.

CLAUDIUS, Eduard. Mensch auf der Grenze. In: HOFMANN, Fritz (ed.). *Mensch auf der Grenze.* Berlin: Verlag der Nation, 1981.

DAHNKE, Hans-Dietrich. *Erbe und Tradition in der Literatur.* Leipzig: VEB Bibliographisches Institut, 1977.

204 A LITERATURA DA REPÚBLICA DEMOCRÁTICA ALEMÃ

EICH, Günter. Inventur. In: HÖLLERER, Walter (ed.). *Ausgewählte Gedichte*. Frankfurt am Main: Suhrkamp Verlag, 1960.

EISLER, Hanns. *Johann Faustus*. Leipzig, Verlag Faber & Faber, 1996.

EMMERICH, Wolfgang. *Kleine Literaturgeschichte der DDR*. Darmstadt/ Neuwied: Hermann Luchterhand Verlag GmbH, 1981.

FEDERMAN, Raymond. Imagination as Plagiarism (an unfinished paper...). In: *New Literary History* (3), 1976. [S.I.]

FLAKER, Aleksandar. *Modelle der Jeans Prosa*. Kronberg/Ts: Scriptor Verlag, 1975.

FÜHMANN, Franz. Das Judenauto. *Erzählungen*. Leipzig: Verlag Philipp Reclam, 1987.

_____. Die Schöpfung. In: *Erzählungen 1955 – 1975*. Rostock: Hinstorff Verlag, 1977.

_____. Ernst Theodor Amadeus Hoffman. Rede in Akademie der Künste der DDR. In: *Essays, Gespräche, Aufsätze 1964-1981*. Rostock: Hinstorff Verlag, 1993.

GERHARDT, Marlis (ed.). *Irmtraud Morgner. Texte, Daten, Bilder*. Frankfurt am Main: Luchterhand Literaturverlag GmbH, 1990.

GREINER, Bernhard. *Die Literatur der Arbeitswelt in der DDR*. Heidelberg: Quelle & Meyer, 1974.

HANNEMANN, Joachim; ZSCHUCKELT, Lothar. *Schriftsteller in der Diskussion. Zur Literaturentwicklung der fünfziger Jahre*. Berlin: Dietz Verlag, 1979.

HERMLIN, Stephan. Hölderlin 1944. In: *Äusserungen 1944-1982*. Berlin/ Weimar: Aufbau-Verlag, 1983.

HILBIG, Wolfgang. Die verlassene Fabrik. In: *Stimme Stimme*. Leipzig: Philipp Reclam, 1983.

HOHENDAHL, Peter Uwe; HERMINGHOUSE, Patrícia. *Literatur der DDR in den siebziger Jahren*. Frankfurt am Main: Suhrkamp Verlag, 1983.

HUTCHEON, Linda. *A Theory of Parody. The Teachings of Twentieth-century Art Forms*. New York/London: Routledge, 1985.

_____. *A Poetics of Postmodernism. History, Theory, Fiction*. New York/ London: Routledge, 1988.

JÄGER, Andrea. *Schriftsteller aus der DDR. Ausbürgerungen und Übersiedlungen von 1961 bis 1989*. Frankfurt am Main: Peter Lang GmbH, 1995.

JAMESON, Frederic. Postmoderne – zur Logik der Kultur im Spätkapitalismus. In: HUYSSEN, Andreas; SCHERPE, Klaus R. (eds.). *Postmoderne. Zeichen eines kulturellen Wandels*. Reinbek bei Hamburg: Rowohlt Taschenbuch Verlag, 1989.

KANT, Hermann. *Die Aula*. Berlin: Rütten & Loening, 1974, (1ª ed. 1965).

KRENZLIN, Leonore. *Hermann Kant. Leben und Werk*. Berlin: Volk und Wissen, Volkseigener Verlag, 1988.

KUNERT, Günter. *Heinrich von Kleist – Ein Modell*. Berlin: Akademie der Künste, Anmerkungen zur Zeit 18, 1978.

_____. Pamphlet für K., *Sinn und Form, 5. Heft*. Berlin: Rütten & Loening, 1975.

KUNZE, Reiner. Mitschüler. In: *Die wunderbaren Jahre*. Frankfurt am Main: Fischer Verlag, 1976.

LOEST, Erich. *Es geht seinen Gang oder Mühen in unserer Ebene*. Stuttgart: DTV, 1998.

LUKÁCS, Georg. *Georg Lukács Werke. Essays über den Realismus*. Neuwied/ Berlin: Hermann Luchterhand Verlag GmbH, 1971, vol. 4.

BIBLIOGRAFIA 205

_____. Die Romantik als Wendung in der deutschen Literatur. In: PETER, Klaus (ed.). *Romantikforschung seit 1945*. Königstein/Ts: Athenäum: (Hain, Scriptor, Haustein), 1980.

LYOTARD, Jean-François. *La condition postmoderne. Rapport sur le savoir*. Paris: Les Éditions de Minuit, 1979.

MALAGUTI, Simone. *O Romance Intertextual "Die neuen Leiden des jungen W." de Ulrich Plenzdorf*. Dissertação de Mestrado. São Paulo: USP/FFLCH, 1998.

MALERBI, Dorothee F. *Christa Wolf: Kassandra*. Dissertação de Mestrado. São Paulo: USP/FFLCH, 1994.

MANDELKOW, Karl Robert. Die literarische und kultur – politische Bedeutung des Erbes. In: GRIMMINGER, Rolf (ed.). *Hansers Sozialgeschichte der deutschen Literatur*. München/Wien: Carl Hanser Verlag, 1983, vol. 11.

MARX, Karl; ENGELS, Friedrich. *Philosophie. Studienausgabe*. Frankfurt am Main: Fischer Taschenbuch Verlag, 1971, band I.

MAYER, Hans. *Zur deutschen Literatur der Zeit*. Reinbek bei Hamburg: Rowohlt Verlag GmbH, 1967.

MENEZES, Philadelpho. *A Crise do Passado. Modernidade, Vanguarda, Metamodernidade*. São Paulo: Experimento, 1994.

MEZAN, Renato. *Freud*. São Paulo: Brasiliense, 1991.

MITTENZWEI, Werner. *Der Realismus-Streit um Brecht*. Berlin/Weimar: Aufbau-Verlag, 1978.

MORGNER, Irmtraud. *Leben und Abenteuer der Trobadora Beatriz nach Zeugnissen ihrer Spielfrau Laura*. Berlin/Weimar: Aufbau-Verlag, 1983. (1ª ed. 1974).

MÜLLER, Heiner. *Herzstück*. Berlin: Rotbuch Verlag, 1983. (Rotbuch 270).

_____. O Achatador de Salários. In: *Medeamaterial e Outros Textos*. Tradução de Christine Roehrig e Marcos Renaux. Rio de Janeiro: Paz e Terra, 1993.

_____. *Rotwelsch*. Berlin: Merve Verlag, 1982.

_____. *Material*. Leipzig, Reclam Verlag, 1989.

_____. Der Bau. In: *Geschichten aus der Produktion I*. Berlin: Rotbuch Verlag, 1984.

_____. *Germania 3. Gespenster am toten Mann*. Köln: Kiepenheuer & Witsch, 1996.

MÜLLER-WALDECK, Gunnar. Erbestrategie und dramatische Methode. Zur Gestaltung des Bauernkriegsstoffes in der DDR-Dramatik um 1950. In: PALLUS, Walter; MÜLLER-WALDECK, Gunnar (eds.). *Neuanfänge. Studien zur frühen DDR-Literatur*. Berlin/Weimar: Aufbau-Verlag, 1986.

MÜNZ-KOENEN, Inge. "Johann Faustus" – ein Werk, das Fragment blieb, und eine Debatte, die Legende wurde. In: *Werke und Wirkungen. DDR-Literatur in der Diskussion*. Leipzig: Verlag Philipp Reclam jun., 1987.

PLENZDORF, Ulrich. *Die neuen Leiden des jungen W.*, Frankfurt am Main: Suhrkamp Verlag, 1973.

POSADA, Francisco. *Lukács, Brecht e a Situação Atual do Realismo Socialista*. Trad. A. Veiga Filho. Rio de Janeiro: Civilização Brasileira, 1970.

RADDATZ, Fritz J. Zur Entwicklung der Literatur in der DDR. In: DURZAK, Manfred (ed.). *Die deutsche Literatur der Gegenwart*. Stuttgart: Philipp Reclam jun., 1971.

206   A LITERATURA DA REPÚBLICA DEMOCRÁTICA ALEMÃ

RENNER, Rolf Günter. *Die postmoderne Konstellation. Theorie, Text und Kunst im Ausgang der Moderne*. Freiburg im Breisgau: Rombach GmbH+Co Verlagshaus Kg, 1988.

RÖHL, Ruth. *O Teatro de Heiner Müller:* Modernidade e Pós-modernidade. São Paulo, Perspectiva, 1997.

SCHULZ, Genia: LEHMANN, Hans Thies. Protoplasma des Gesamtkunstwerkes. Heiner Müller und die Tradition. In: FÖRG, Gabriele (ed.) *Unsere Wagner. Essays.* Frankfurt am Main: Fischer Verlag, 1984.

SEGALEN, Victor. *Essai sur l'exotisme. Une esthétique du divers.* Paris: Éditions Fata Morgana, 1982.

SEGHERS, Anna. *Aufsätze, Ansprachen, Essays 1954-1979.* Berlin/Weimar: AufbauVerlag, 1984.

_____. Die Reisebegegnung. In: *Gesammelte Werke in Einzelausgaben. Vol. XII: Erzählungen 1963-1977.* Berlin/Weimar: AufbauVerlag, 1981.

_____. Das Licht auf dem Galgen. In: *Ausgewählte Erzählungen.* Darmstadt/ Neuwied: Luchterhand Verlag, 1984 (1ª ed., 1963).

TELLES, Gilberto Mendonça. *Vanguarda Européia e Modernismo Brasileiro.* Rio de Janeiro: Record, 1987.

TORO, Alfonso de. Hacia un Modelo para el Teatro Postmoderno. In: TORO, Fernando de (ed.). *Semiótica y Teatro Latinoamericano.* Buenos Aires: Editorial Galerna, 1990.

WELLMER, Albrecht. *Zur Dialektik von Moderne und Postmoderne. Vernunftkritik nach Adorno.* Frankfurt am Main: Suhrkamp Verlag, 1985.

WOLF, Christa. *Kassandra. Erzählung.* Darmstadt/Neuwied, Luchterhand Verlag, 1983.

_____. Voraussetzungen einer Erzählung: Kassandra. *Frankfurter Poetik Vorlesungen.* München: DTV, 1993, (Sammlung Luchterhand).

_____. *Nachdenken über Christa T.,* Hamburg, Verlag Luchterhand, 1981.

WOLF, Christa e GERHARD. *Ins Ungebundene gehet eine Sehnsucht.* Berlin/ Weimar: Aufbau-Verlag, 1986.

ZHDANOV, Andrej. Die Sowjetliteratur, die ideenreichste und fortschrittlichste der Welt. In: SCHMITT, Hans-Jürgen; SCHRAMM Godehard (eds.), *Sozialistische Realismuskonzeption. Dokumente zum 1. Allunionskongress der Schriftsteller.* Frankfurt am Main: Suhrkamp Verlag, 1974.

RUTH RÖHL

Nascida em 1941, formou-se em Letras Anglo-Germânicas pela Pontifícia Universidade Católica de Campinas, em 1963, e especializou-se em Literatura Alemã na Ludwig-Maximilians-Universität de Munique, em 1968. De volta ao Brasil, trabalhou no Instituto Hans Staden e lecionou na Universidade de São José do Rio Preto e na Faculdade Ibero-Americana. Em 1971, passou a lecionar na Universidade de São Paulo, ajudando a fundar a área de Estudos da Tradução e Profissionalização do Tradutor. Defendeu mestrado sobre a obra de Franz Kafka e doutorado sobre a de Ingeborg Bachmann. Em 1994, tornou-se livre-docente, com trabalho de pesquisa sobre Heiner Müller. A partir de 2002, passou a organizar o volume *A Literatura da República Democrática Alemã*, complementado, após sua morte em 2005, por Bernhard J. Schwarz.

É autora de *História da Literatura Alemã* (com Eloá Heisa, Ática, 1966), *Franz Kafka. Os Filhos: Rossmann, Bendemann e Samsa* (Edusp, 1976), *A Dimensão Mitopoética na Prosa de Ingeborg Bachmann* (Edusp, 1984), *A Expressão da Modernidade e Pós-Modernidade* (Editora da FFLCH/USP, 1996) e *O Teatro de Heiner Müller* (Perspectiva, 1997). Traduziu *Malina*, de I. Bachmann (Siciliano, 1993).

BERNHARD JOHANNES SCHWARZ

Nascido na Baviera, Alemanha, mudou-se em 1988 para Vancouver, Canadá, onde se formou em Belas Artes/Fotografia, pela Emily Carr College of Arts, em 1991, e se especializou em Multimídia, com uma pesquisa sobre a relação entre a fotografia e a literatura. Trabalhou como artista plástico e fotógrafo em Paris e Santiago antes de mudar-se para o Brasil em 1996. Completou seu mestrado no Departamento de Letras Modernas da Universidade de São Paulo em 2003, com uma tese sobre o impacto da obra de Georg Büchner nas narrativas de Volker Braun, autor da Alemanha Oriental, e Peter Schneider, autor da Alemanha Ocidental, sob a orientação de Ruth Röhl, em que procurou traçar um paralelo das recepções literárias nas duas Alemanhas, sob dois sistemas políticos e econômicos distintos. Parte desta pesquisa está presente no capítulo 8 da presente obra. Atualmente, faz seu doutorado na Universidade de São Paulo sobre a recepção de Georg Büchner em Bertolt Brecht.

Impressão e Acabamento
Com fotolitos fornecidos pelo Editor

EDITORA e GRÁFICA
VIDA & CONSCIÊNCIA
R. Agostinho Gomes, 2312 • Ipiranga • SP
Fonefax: (11) 6161-2739 / 6161-2670
e-mail:grafica@vidaeconsciencia.com.br
site: www.vidaeconsciencia.com.br